芥川龍之介

小説家と俳人

中田雅敏

鼎書房

芥川龍之介――小説家と俳人　目次

第三章　芥川龍之介と室生犀星

第四章　芥川龍之介と久保田万太郎

第五章　芥川龍之介と瀧井孝作

第六章　芥川龍之介と飯田蛇笏

第七章　芥川龍之介と川端茅舎

はしがき

芥川龍之介が活躍した大正という時代は、一見穏やかな平穏な時代に見える。龍之介は第七短編集の名を『黄雀風』と名付けて出版した。大正十三年七月十八日の発行で、龍之介はあとがきに「『黄雀風』の後に」と題して、「黄雀風と云ふ名は深意のある訳ではない。唯、此節東南常有風。俗名黄雀風。とあるのに依り、『春服』に継いだ意を示しただけである。」と書いた。

黄雀風は俳句の季語でもあり、陰暦五月に吹く東南の風を言う。この風が吹く頃に海魚が黄雀に変ずるという俗説が中国にはあった。東南アジアから吹きこんでくる南西季節風も、太平洋高気圧から吹き出してくる東南季節風も、ともに湿気が多く気温が高い。今では黄雀風の名はすたれてしまったが、この季節の南よりの風は、日本や中国の気候を定め、それが経済にも大きな影響を及ぼす重要な風でもあった。

大正三年七月にサラエボ事件を契機として第一次大戦が勃発し、日本は日英同盟を名目として参戦した。大正七年には寺内正毅内閣がシベリア出兵を宣言した。だが日本は何ら成果を得ないまま大正十一年に撤兵した。一方、第一次大戦後、国内は大戦ブームに沸き、商工業や農業も好況を享受したが、大正七年には米価をはじめ消費者物価が急激に上昇し、庶民の家計を著しく圧迫した。各地で米騒動も起きていた矢先の大正十二年九月一日には関東一円を大地震が急襲した。それに伴ない社会運動も高揚し、各地で労働組合が結成され、小作争議も激増した。芥川龍之介は意を決して、大正十三年四月二十二日「農地紛擾史」を書くための実地調査に千葉県八街まで足を運んだ。翌年この取材から未完の小説『美しい村』という作品を書いている。

昭和元年、日本は恐慌の時代に遭遇しようとしていた。昭和二年三月十四日の衆議院予算委員会での片岡直温蔵相の失言がきっかけで、全国的に銀行の取り付け騒ぎがおこり、金融恐慌がはじまった。政府は銀行法を公布し、金融界の信用を回復するため、中小銀行の整理、合同を促進し一応収まったかのように思えた。しかし昭和四年十月のアメリカの恐慌を契機に発生した世界大恐慌は日本を直撃し、翌五年から七年にかけて未曾有の大恐慌となってしまった。幸い龍之介はこの時点ではあの世の人であったからこれ以降の惨憺たる日本の歴史は知らない。

芥川龍之介が「将来に対するぼんやりした不安」という謎めいた言葉を残して自裁して果てたその年、昭和二年に突如として起こった社会事象がふたつあった。ひとつは震災後の急速なモータリゼーションに伴う車の普及であった。市電に代わって市バスの「円太郎」とか「乗合自動車」と呼ばれたバスが普及し、中でも青い車体で市民の足として親しまれるようになる私営のバスは、「青バス」と特別な名で呼ばれた。そして基本料金一円で乗ることができた「円タク」の普及があった。芥川龍之介の『或阿呆の一生』の中にも自動車に乗っている記述がある。（ここ

でいう自動車は比喩であり、小説における主義や主張をたとえて表現している）

「けふは半日自動車に乗ってゐた」
「何か用があったのですか？」
「何、唯乗ってゐたかったから」

その言葉は彼の知らない世界へ、――神々に近い「我」の世界へ彼自身を解放した。彼は何か痛みを感じた。が、同時に又歓びも感じた。

関東大震災は東京の交通事情までも一変させてしまった。震災によって破壊された市電や汽車に替って、車という新しい交通機関が着目されるようになった。大正十四年にはアメリカのフォードが、昭和二年にはゼネラル・モータースが日本に進出して来ていた。かくして今日の車の河の洪水と交通戦争による災禍、排ガスによる地球環境悪化の時代を迎えたのである。

一方出版界の方でも大正十五年の末年から昭和二年にかけて「円本」ブームが沸き起こった。昭和二年前後の金融恐慌と経済不況を打破するため、苦しまぎれの策であった一冊一円の超廉価の予約全集の発売は一大ブームを巻き起こし、本という極めて個人的な消費物を大量販売の時代に突入させていくことになる。龍之介はこのブームのトラブルに巻き込まれてしまった。当時の円本全集大ヒットに端を発した全集本流行の波に乗って企画された興文社の『小学生全集』全八十八巻と、アルスの『日本児童文庫』全七十六巻との間で、企画を盗んだ、盗まないという、いわゆる盗企問題が生じたのである。両者は互いに争い、新聞広告で中傷合戦を展開し、遂にはアルスが興文社を告訴した。これに肩入れした菊池寛は、文藝春秋社を共同発行所として名を連ね、論陣を張り、その上証人として裁判所に喚問もされた。龍之介は寛に頼まれて興文社の共同編集者に名を連ね、一方、アルス社には『支那童話集』の全集の執筆もひき受けていたので、板ばさみとなって大いに神経を悩ませてしまった。

大正十四年十一月八日に興文社から刊行された『近代日本文芸読本』は、龍之介が二年二か月の歳月をかけて編集した全集である。寛は小学生を対象とした学年別の『小学童話読本』を、龍之介は中学生を対象とした『近代日本文芸読本』を依頼された。龍之介はこの仕事をやりはじめると「想像してゐたよりも遙かに骨の折れる仕事」であったが、律義で丁寧な性分から細心の注意を払って編集した。「どうかすると本職も碌に出来ぬのに驚き、何度もこの仕事を抛たうとした」もののなんとか完成にこぎつけた。

本が出来あがると龍之介は読本に収録した関係作家にいちいち自筆の諾否の手紙を書いた。ここでトラブルが発生した。全作家の諾否が取れないうちに発刊になったものについては、無断収録に対する抗議が出てきたり、印税の配分をめぐって妄説が飛び交った。龍之介は大金を手にしたらしい、それで書斎を建てた、などとあらぬ噂が飛び交い、たまりかねた龍之介は興文社から借金をして、三越の商品券を収録作家一人一人に送った。その総額は彼の報酬よりも多かったと言われている。つまり骨折り損のくたびれもうけであったわけである。

黄雀風は海の魚が雀になることを言うが、所詮魚が雀になったとてうまく飛べるはずがない。龍之介も作品だけを書いていればよかったのだが、編集者になったことから思わぬ災難に遭遇し、神経を苛んでしまった。これが「時代の陥穽」というものであったのであろう。龍之介は大正八年の六月頃、ある女性と関係を持ったことが原因で生涯悩まされた。江口渙はその女性との問題は龍之介の人生の三十パーセントを占めたと言っている。ならばこの円本ブームの時代の陥穽に嵌ったことは三十パーセントを支配したであろう。残り三十パーセントが本人の健康問題と家族の係累問題と言える。十九世紀末のフランス文学の特徴は懐疑的、耽美的、頽廃的、鬱的、逃避的な風潮に蔽われていた。龍之介は、そうした一八九十年代に活躍したイギリスやフランスの世紀末の作家達の作品から多くを摂取し、そうした風潮に感染した形で精神形成を果した。また龍之介は、そうした時代を「最も芸術的な時代」として創作上の指標としていた。

時代の変わり目の亀裂、時代の陥穽を龍之介は「世紀末の悪鬼」と呼んだ。悪鬼からの救いを龍之介は聖書に求めたが、ついに彼は神を信じることも救われることもできなかった。龍之介の死後、十月一日に『改造』に掲載された「或阿呆の一生」には次のように書かれている。


彼の友だちの一人は発狂した。彼はこの友だちにいつも或親しみを感じてゐた。それは彼にはこの友だちの孤独の――軽快な仮面の下にある孤独の人一倍身にしみてわかる為だった。彼はこの友だちの発狂した後、二、三度この友だちを訪問した。「君や僕は悪鬼につかれてゐるんだね。世紀末の悪鬼と云ふやつにねえ。」この友だちは声をひそめながら、こんなことを彼に話したりした。が、それから二、三日後には、或温泉宿へ出かける途中、薔薇の花さへ食ってゐたといふことだった。—略—

彼はすっかり疲れ切った揚句、ふとラディゲの臨終の言葉を読み、もう一度神々の笑ひ声を感じた。それは「神の兵卒たちは己をつかまへに来る。」といふ言葉だった。彼は彼の迷信や彼の感傷主義と闘おうとした。しかしどう云ふ闘も肉体的に彼には不可能だった。「世紀末の悪鬼」は実際彼を虐んでゐるのに違ひなかった。彼は神を力にした中世紀の人々に羨しさを感じた。しかし神を信ずることは到底彼には出来なかった。あのコクトオさへ信じた神を！

芥川龍之介の文学は常に自身の文学方法を開拓し、虚構を最大限に生かして小説を作るものであった。日本の自然主義の流れに立って小説を書くならば、現代は陰惨な事件と天変地異、それに人為的過失による事件が、これでもか、これでもかと描かれるであろう。龍之介が生きた大正期もまた同じような状況であった。冒頭にも記したように、決して平穏な無風な時代ではなかった。龍之介はそういう時代に生きて、自然主義作家が好んで描いた、酒や女や貧しさや惨めさを売り物にした小説は書けなかった。文壇人が勧める「裸になれ」ということは、実生活上の弱点も醜悪も、何もかもさらけ出すことを意味し、龍之介の文学方法をも否定することを知っていた。だから龍之介は虚構と遊びの世界に自己の文学を託した。

芥川龍之介は川柳の中に後代の人達は「社会的苦悶」を指摘するだろう、と言っている。自然主義の暴露小説からは「遊び」は生まれない。この世は苦悩だらけである。この世は醜いことばかりである。いかなる時代にも、いかなる主義や、いかなる社会体制のもとにも娑婆苦は存在する。わざわざそれを暴露して、白日のもとに晒すことも必要あるまい。龍之介は、それを連句や川柳や俳句に言いとどめている。時代はいま世紀末の真っ只中にあり、新たな世紀と新たな時代を迎えようとしている。今こそ、龍之介や龍之介と交わった作家達の作品や人となりの中から、新世紀への息吹を復活させる、笑いと遊び心、のみならず時代と格闘した作家達の真摯な生きざまを問い直してみよう。

芥川龍之介は「詩形」と題して「僕らは皆どう云ふ点でも烈しい過渡時代に生を享けてゐる。従って矛盾に矛盾を重ねてゐる。光は——少くとも日本では東よりも西から来るかも知れない。が過去からも来るわけである。アポリネエルたちの連作体の詩は元禄時代の連句に近いものである。のみならず、数等完成しないものである。この王女の目を醒まさせることは勿論誰にも出来ることではない。が一人のスウィンバアンさえ出れば——と云ふよりも更に大力量の一人の片歌の道守りさへ出れば……」と言っている。この本を読んでいただいた方の中から「一人の片歌の道守り」が生まれ出んことをひとえにこい願いあげるものである。

第一章　芥川龍之介と小島政二郎

あすは敵

小説家を志す文学青年は近年少なくなった。大衆小説華やかなりし頃は、星の数ほどの青年婦女子が小説家を目指したが、その中で輝く星になれた者はごく少数であった。近年は衰退する活字文化に歯止めをかけ、地方文化称揚と我町誇示を売り物にした「…文学賞」が各市町村自治体でさかんに試みられている。そうした文学賞やクイズ当選賞を一覧にした雑誌もあまたあるが、中でも亡友芥川龍之介を偲んで菊池寛が設けた芥川賞と直木賞は、文壇サラブレッド賞として輝き続けている。ここから小説家として呱呱の声をあげ、文壇に羽ばたいた若い人達が沢山いる。またここを本籍として文壇に確固たる不動の地位を築いておられる作家が生まれた。

川端康成が芥川賞、直木賞の選考委員をしていた頃、何げなくふと洩らしたこんな話がある。

言葉は「私達はかうして私達の敵を選び出しているのですね」という一言であったそうだ。それを聞いていた同じ選考委員のひとり小島政二郎はその一言に驚愕したという。川端がそんな凄いことを考えていようとは夢にも思わなかったという。川端は揺るぎない地位にあって、有望な後輩を生む努力をしているのだと思っていたが、その有望な後輩は明日は自分の職を奪う敵だ、と思いながら選考に当たり、その自分が選んだ敵と切り結びながら自刃した、凄絶な生き方に政二郎はまたも嘆息を洩らしたのであった。政二郎は龍之介はともかくとして、私達の仲間で菊池寛も含めてみんなそんな切羽詰まった生き方をしたものは一人もいなかった、と言っている。

小島政二郎が「芥川はともかく」と言っているように当時の小説家の収入は高が知れていた。東京下谷の老舗の呉服商の次男に生まれた政二郎は若い頃から廓通いを覚えた坊っちゃんである。浮世の活計の苦労など知らずに育った。政二郎は龍之介について次のように書いている。

芥川は小説家だけでは収入は知れたものだと観念してゐた。だから、一方では小説を書く程エネルギーを使わないで済む学校の先生をしてゐた。

「一生不愉快な二重生活さ」

私に向って憤りを吐き出すやうに、苦々しさうに云ってゐた。彼は外国の事情にも精通してゐて、イギリスやアメリカの作家の収入がいかに多いかを話してくれた。

「英語で書けば、世界中が読者層だからね。日本語ぢゃ、どうにもならないよ」

悲しさうにさう云ってゐた。事実、トーマス・ハーディーなんか、Ａといふ一字に何十銭だか何円だかの原稿料を支払はれてゐたさうだ。

「そのくらゐにならなければ、小説だけ書いて、食って行けないね。」

龍之介も、寛も、さう云って悲しい溜息をついてゐた。

これは小島政二郎の長編小説『眼中の人』の一節で、政二郎が龍之介と出合った頃の回想である。この小説は政二郎が大正六年に『三田文学』に「睨み合」を発表したころから、作家として開眼するまでの時期をピークにして、龍之介の自死した昭和二年に「緑の騎士」を書くころまでの、政二郎自身の自己の精神発展史であり、同時に菊池寛、芥川龍之介らの人物像を生々と体験によって描いた文壇回想録の趣も呈している。作者政二郎は小説と称しているが、この半ば自伝的な小説は、作者と新思潮派の作家との交遊にとどまらず、大正文壇の「人間主義」の風潮を直接窺うことができる数少ない好個の作品ともなっている。

文壇に登場する方法は、当時は今のように文壇各賞のない時代であったから、どこかに書いた作品が、文壇の著名人の目にとめられるとか、文壇や出版界に顔の利く作家の推輓で、しかるべき権威ある雑誌に頁を貰い、次第に作品を発表しながら地位を築くという方法が一般的であった。誰からも顧り見られなかった「鼻」や「羅生門」が、漱石の目にとまり、誉めちぎられたことで一躍新進花形作家になった龍之介の例が示すように、ともかく有名作家の目にとまるということが先決であった。

大正五年十一月に小島政二郎は『三田文学』に「オオソグラフィ」という奇妙な、小説とも注解注釈ともつかぬ作品を発表し、それが森鷗外の目にとまった。鷗外に認められた政二郎は鷗外の紹介で鈴木三重吉の門に入り、これまた三重吉の紹介で、龍之介宅に出入りを許され、これまたそこで菊池寛や久米正雄らと親交を持つようになり、次第に作家として成長していった。

小島政二郎が鷗外に認められた作品というのは、川柳や小咄のきっかけになりそうな話であった。政二郎は年少の頃から鷗外と荷風に私淑していた。「オオソグラフィ」という作品は、政二郎が諸家の作品を読んでいる中に気が着いた大家の作品の誤字、当て字、仮名遣い、文章の誤り書き、特異使用などを指摘した作品であった。

世の中には幸運ということがある。政二郎もこの幸運の女神に微笑を受けた一人である。明治四十一年、鷗外は文部省の臨時仮名遣調査委員会委員になっており、四十三年には慶応義塾文学部刷新の相談にあずかり永井荷風を教授に推挙していた。翌々年の四十四年には『三田文学』の文芸委員を引き受け「ファウスト」の翻訳の委嘱を受けたりもした。慶応義塾大学とは縁が深く、政二郎が作品を書いた頃鷗外は折りも折り、文部省の臨時国語調査会長の職にあった。当然政二郎の作品は鷗外の目にとまるべくしてとまった作品として発表されたのであった。

小島政二郎は早くから俳句を作っている。『私の履歴書』という随想集によれば、政二郎は十歳で次の句を作ったと言っている。

駒勇み天高くして沙河までも　　政二郎

これは幕下力士の駒勇が日露戦争に出征することになり、学校で激励のハガキを書かされた時に書いた句である。

鷗外の賞讃

小島政二郎の鷗外に認められた作品「オオソグラフィ」は先輩作家の文章について検討を加え、その誤記について容赦のない指摘をした作品である。にもかかわらず鷗外は何故推奨をしたのであろう。鷗外にはそういう性質があった。先輩に対しても歯に衣を着せぬ物言いは鷗外作品の中には屢々ある。鷗外は陸軍医務局の上司の石黒忠直、小池正直に対しても論文をめぐって反駁をしたりする剛直さがあった。文学においても坪内逍遙と論戦を交えている。一方、慶応義塾大学の文学部の刷新については、永井荷風の前に夏目漱石を主任教授に招くことを考えていた。明治四十三年十月十八日の漱石の日記には「鷗外漁史より『涓滴』を贈り来る。漱石先生に捧げ上ると書いてありたり。恐縮」とある。鷗外は漱石よりも四歳年長で、鷗外の文学活動が明治二十二年に始まっているから、鷗外は漱石から見れば文壇の大先輩である。大先輩が後輩に「先生に捧げ上る」という献辞はたとへ儀礼であったとしても大変な敬意を払っている。こういう所のある鷗外であったから政二郎の作品を認めたのであろう。

鷗外に認められた政二郎は、大正六年一月から『三田文学』に「日本自然主義横暴史」を書き、二月には処女作「睨み合」を同誌に発表したところ、『三田文学』主幹沢木四方吉に激賞された。大正七年には「一枚絵」、八年には「森の石松」を次々と発表するが、幸運はそれ程長くは続かず、作品は世評に上らず、作家になるべきか、学者になるべきか迷っていた時期に龍之介とめぐり合った。その後のことは政二郎の『眼中の人』に詳述されている。

『三田文学』では有望な新進作家と見なされるようになったが、文壇的には未だ無名のような存在の私は、芥川龍之介の「羅生門」を読んで、洗練された典雅な文章と、下町育ちの東京人に血の近さを感じ心惹かれた。描写的文章が唯一の小説作法と信じていた私は、鈴木三重吉の紹介で芥川家に出入りするうちに菊池賞と知り合う。芥川の小説が仮象の世界を形づくっているのに対し、菊池の小説はすぐ人生の隣に並んでいるように思われた。私はその「生々しさ」に強く引きつけられる。ある時菊池は不注意から睡眠薬を飲みすぎ、大変苦しんだことがあったが、私は彼が意識を失いながらも「不断の菊池そのままの自己」を表現している乱れ方の立派さに心うたれた。その後、私は天来のごとく小説は芸ではない、作者の全生活の堆積であり、全人格の活動であることを悟り、自分の小説道の苦行の跡を講釈師神田伯龍の身の上話に託して書いた「一枚看板」が生まれた。この作品で私の運命は開け、小説寄稿の注文は増え、処女短編集『含羞』を上梓できる運びとなる。『都新聞』から連載小説の依頼を受け私は勇んで言下に「書くよ」と答える。その時、震災後の始発の列車が上野の山をゆるがして通って行った。

ここに記した荒筋が小島政二郎の昭和十七年に発表した作品であるが、政二郎が文壇に地歩を築いたのは事実上これより五年前に書いた大正十一年の「一枚看板」であろう。ここに登場する講釈師神田伯龍の身の上話は政二郎の分身でもある。売れない講釈師が、妻がありながら浅草の師匠の元から逃げ出して、ある大阪の帽子屋の入り聟になってしまう、という場面から物語は始まる。寄席芸人の世界を扱った作になると、若い頃の放蕩の経験と下町育ちで話術に巧みな政二郎の本領が発揮される。政二郎の本領はこうした下町通俗小説と随筆と古典研究にあったと言えよう。十八歳前後から政二郎は牛屋通いと寄席通い、それに運座通いを覚えた。牛屋は牛鍋屋のことで明治初期に流行した。ここには若い歳頃の娘が着物を着て、割烹着を着ずに、洋風のエプロンを掛けていた。このミスマッチ風の御俠《おきゃん》な下町娘、今で言えば茶髪のミーハー娘にたまらない魅力があって、若い男を毎日通わせた。勿論馴染み客になればそれ相応に深い仲ともなる者もあまたいた。牛屋の娘を冷かしたりしながら政二郎はせっせと運座に通う。

どこの句会でも、よく抜ける俳人に暮雨という私などから見ると大人がいた。それが今の久保田万太郎である。その頃私は談林派の俳句を少し読んでいて、

そりゃ嘘ぢや傾城に誠なしの花

という句を投じて一座の失笑を買ったことがあった。

これには万太郎句にあやかろうという下心もあったであろうが、「傾城に誠なしの花」はいかにも談林調の古俳句のようで、掛け詞を使って気を引こうという魂胆がまる見えである。実際に放蕩ができなかった政二郎が、憂さ晴らしに待合の軒を潜ったつもりになってこんな句を作ったとも言っている。

新涼の御待合とて灯を入れて　　政二郎
あと口を待てど来ぬ人夜長かな　　〃

政二郎の「一枚看板」に、十一歳の頃「寄席へ連れて行かれて、落語の一つ二つは記憶に持っていた。それから、どんなぺいぺいの落語家でも、紋付の羽織をはおっていることも知っていた。彼はこっそり二階の箪笥から親父の紋付を盗み出すと、綿のはいったその羽織を浴衣の上から引っ掛けて、急拵えの屋台にあがって、〝嘘つき弥次郎〟を喋り出した。目の丁度上のところ

に、カンテラがドス黒い油煙を吐いていて、それがまぶしかった」と、書いているように、子供の頃から下町の旦那衆に交じって遊びを覚えた。生意気にも「あと口」などという言葉を使って茶屋の雰囲気を漂よわせた句などを作っている。寄席や運座には相当足しげくしていたことは事実であろう。次のような句もある。

或席にて　　山田五十鈴
春の夜を目鼻ぱっちり灯りけり　　政二郎

句材は友人

小島政二郎の「一枚看板」を読むと、政二郎が文学を志すようになるのは、鷗外と荷風に殊の外瞳れを抱いての結果であったことがよくわかる。荷風の描いた「ひかげの花」の女の世界も政二郎は心得ていた。講釈の興業中に一座を抜け出して、大阪の帽子屋の二十一歳になる出戻り娘と馴染みになり、講釈師という商売からすっぱり足を洗うという約束で入り聟となり、二ヶ月もするうちに心は離れていく様子を「それに時日が立ってみると、素人の女には含蓄がなかった。素人の面白さは、出来るまでの面白さだった。出来てしまえば、くろうとの複雑さには遠く及ばなかった。しかし、彼女によって〝出来るまでの面白さ〟の興味を目醒めさせられたことは事実で、鳥屋や牛屋の女が俄かに彼の目に付き出した」と書いているように、さすがに荷風の世界をうまく取り入れている。

政二郎は芥川龍之介と出合い、新思潮派の菊池寛や久米正雄らと交わり、『時事新報社』文芸部出の瀧井孝作や佐佐木茂索らと一緒に、芥川の「我鬼窟」に頻繁に出入りするようになると、政二郎は自分の気の弱さと、才能の不足に悩むようになる。

文壇では一応認められた存在になってはいても、俳句に於ては久保田万太郎に及ばず、久米三汀や室生犀星、龍之介らと自分を比較して「どっちを見ても手も足も出ないみじめな有様だった。しまいにはこんな句を作って、悲しさを紛らわしていた」と書いている。

唖の身に執念深き暑さかな　　　　政二郎

芥川龍之介、菊池寛と共に

名古屋に赴く

薫風や裾野晴れたる色の濃さ　　政二郎

ここにはいかにも頑張っている人の姿も見られ、こわい先輩達がいなくなり、せいせいした気持ちも見事に詠まれている。同時に先輩達に交って唖のごとく身をちぢこめている姿が目に浮かぶ。政二郎の『眼中の人』にそのあたりの心境を拾ってみよう。

私は森鷗外の文章を日本第一の文章と信じ、永井荷風に直接教えを受けられるのを楽しみに三田の文科に入学した。私は二つ年上の新進作家芥川龍之介の日曜の面会日の定連となった。私は文学と文筆とは不可分のものと考え、描写万能主義を奉じていたが、一方では自己の作家としての力量の不足に絶えず不安を感じてもいた。しかしある年頭の面会日に、芥川の家に来合わせていた菊池寛にその信念を真向から否定され、最初は反感を覚えたが、徐々にその率直な人間性と型破りの大胆さに惹かれ、下町の商家育ちの因襲に因われ易い弱気な自己を反省する。

ここまでの荒筋は政二郎が我鬼窟に出入りしていた頃の心境をよく伝えている。龍之介は龍之介で律儀で如才ない人物であったから、我鬼窟に集まる門人達は皆等しく接しているし、諸方に作品を紹介掲載させてやったりした。ここから後に「龍門の四天王」と称されるような大作家になるのが、小島政二郎を筆頭にした瀧井孝作、佐佐木茂索、南部修太郎の四人である。

芥川龍之介の日曜日の面会日には朝から夜更けまで、次々に入れ替わり立ち替わり弟子達が訪れ、龍之介は客と対座して飽かせることがなかった。我鬼窟には、主人の龍之介が満二十七歳ということもあって、二十代から三十歳前後の作家や芸術家志望の青年が集まった。「龍門の四天王」は勿論、他に中戸川吉二、谷口喜作、岡栄一郎、洋画家の小穴隆一、俳人の小沢碧童、遠道古原草、医師俳人下島勲、歌人香取秀真、画家小杉未醒らが出入りした。

龍之介にはある固定されたイメージが付き纏っている。冷たい秀才、仮面をつけた冷笑家、皮肉家、切っても血は出ない男。はっきり言ってしまえば、血もない、涙もない、情熱もない、高踏派的な冷血漢というイメージが強い。しかし龍之介はこまめに書簡を書いているし、弟子達に愛情溢れる俳句を作ってやっている。

細田枯萍へ送るの句
惜め君南京酒に尽くる春　　龍之介

松岡譲に
飯食ひにござれ田端は梅の花　　〃

中塚癸巳男に
日曜に遊びにござれ梅の花　　〃

菊池寛
花散るやまぼしさうなる菊池寛　　〃

與茂平さんに代りておたまさんに
夕立やわれは真鶴君は鷺　　〃

久米正雄

微苦笑の小首かしげよ夏帽子　〃

　真野友彦　女のお子さん誕生

花百合や隣羨む簾越し　〃

　妓お若に

萱草も咲いたばってん別れかな　〃

　南部修太郎を

大いなる帽子野分に黒かりし　〃

　下島勲に　柿を贈られたる御礼に

草の家に柿十一のゆたかさよ　〃

　一游亭に（小穴隆一）

朝顔や土に匍ひたる蔓のたけ　〃

　飲與碧童

枝豆をうけとるものや渋団扇　〃

大年や薬も売らぬ隠君子　〃

　佐佐木茂索に　早く癒り給へ

山畠や日の向き向きに葱起くる　〃

　小島政二郎

笹鳴くや雪駄は小島政二郎　〃

芥川龍之介の俳句には「即興」「戯れに」「偶懐」「路上即景」などと詞書した句が多い。文壇の交友や近所付き合いの方々にあてた礼状や消息に書き添えた即興の挨拶句といえる。龍之介の俳句は「粒々辛苦、再三再四に渡り、執拗と思われる推敲と改作を加え、何度も書きあらためて珠玉の作品を成した」（『芥川龍之介』村山古郷編・永田書房・昭51・3・10）と評されているが、これは『澄江堂句集』に収められた「七十七句」に限られる。龍之介は時に川柳も作ったり連句も巻いた。今様も詠んだ。そういう精神で即興句を詠み、パロディー句を作って楽しんでいる。龍之介の手にかかると、友人も先輩も弟子もみな句材にされてしまう。遊び心で作られたこうした作品に本来の人情が通っている。

講釈師伯龍

小島政二郎の「一枚看板」の大団円の部分を少し覗いてみよう。小説の主人公神田伯龍が常々劇評家、通人として崇拝していた岡鬼太郎が目にとめてくれ『文芸倶楽部』に「新進神田伯龍」の見出しで「文慶、桃葉、典山亡き後、釈界には聞くに堪え得る者は一人もない、真に一人もない、然るに新進伯龍を発見し得たことを喜ぶ」という書き出しで伯龍の芸風を紹介してくれた。

「彼は遂に伯楽を得たのだ。彼が文慶に師事してから二年目に、深川の永花亭から、彼を夜講の真打として買いに来た」と続いて書いている。伯龍がやっと真打ちになれた場面である。小説家小島政二郎が文壇に地歩を築いた瞬間である。だがここからまた伯龍の心配がはじまる。気の弱い小心者の伯龍は、時間に遅れはしまいか、自分の看板は出ているだろうか。自分の看板で客が来るだろうか。下足も五つか六つしかないだろうと気が気でしかたない。あたりの風景や文字もかすんで見えている。そんな伯龍を描いた後に次のような結末がある。

いよいよ寄席のある露地へ曲ると、「伯龍」と書いた看板が――自分たった一人の名を大きく書いた一枚看板が、秋の澄んだ夜空に高く揚げ出されていた。

彼は真直に木戸口へかかる勇気がなく、そこの質屋の土蔵の陰に身を隠して、首だけ出して木戸の様子を眺めた。

下足番がしきりに「しゃーいーしゃい」と景気のいい声を張りあげている。その声に応じて、灯のはいった立て看板の前を、スッ、スッ、と光りをさえぎりながら、お客が跡から跡から吸い込まれて行くのが見えた。

彼はその一人一人のうしろ姿を拝みたいような気持になった。ガタガタ身顫いが出てきた。彼はそこに踞んでしまった。

小島政二郎の出世作となったこの作品は、大正三年六月に処女創作集『含羞』に収められ話題を博した。が不運は続くもので、折から襲った大震災のため灰燼に帰してしまった。

芥川龍之介全集の書簡編を見ると、大正六年から大正十年にかけて、政二郎に送った手紙の多さにまず驚く。そこには必ず俳句が記されている。当時の郵便は非常に便利で午前中に投函すれば午後に到着し、すぐに返事をかけばうまくすればその日、遅くとも翌日には返事がもたらされた。言わば電話の普及していない時代の電話に代わるような存在であった。

うららかや枯葉まじへぬ松の鳴り　政二郎
囀りや照り曇りする風のなか　〃
青だたみ蟻の這ひゐる広さかな　〃
うつくしや鰯の肌の濃き淡き　〃
埋火の灰に馴れたる夜頃かな　〃

政二郎の俳句も古格を守って古風である。万太郎の句や犀星の句に通うところがある。個性や主観があまり見られない淡白さがある。だがその淡白の中にも政二郎の飾らない下町人に共通する人間性が見えていて味がある俳句である。

大正七年八月二十七日に龍之介から政二郎に宛てた手紙には「運座の結果ははっきり覚えてゐ

ませんが、君のだと思はれる句が二句ばかり抜けたやうでした。点は君も菊池も忠雄さんもゐないのでとうとうとらずじまひでした」と書いて句会の様子を知らせている。

浅草の雨夜明りや雁の棹　　龍之介

大正七年八月二十七日の二伸には「もし僕が東京へ舞い戻れる機会があったら然る可く僕の為に運動して下さい。目下愈々地方の小都会気風がいやになってゐる所ですから」とあり、慶応義塾大学への就職依頼をしている。この頃政二郎が仲介となって東京の方に職を求めていた。

雁鳴くや廓裏畑栗熟れて　　龍之介

雁の棹傾く空や昼花火　　〃

同九月三日には「愈々来月から田舎教師職がまた始まるんだと思ふとうんざりします」と書かれている。同月から機関学校では三倍の生徒増員があり、龍之介の授業は二倍になった。

ふるさとを思ふ病に暑き秋　　龍之介

同九月四日には「今客といっしょに酒を飲んだあとです。東京が恋しい。即興」と書かれ茶屋の風情を漂わせた句がある。この頃龍之介は朝八時から午後三時まで学校に拘束された。

松風や紅提灯も秋どなり　　龍之介

同九月二十二日には「何しろ横須賀はもう全くいやになった。これはこの間虚子の御褒に預ったから御覧に入れます。」と書かれている。龍之介は海軍機関学校の勤務がよほど嫌いであったらしい。授業は百分で週に八時間を持ち、文書一斉を引き受けていた。

黒き熟るる実に露霜やだまり鳥　　龍之介

同十月十四日には「蜘蛛の糸は自分では或程度の満足を持っています。もし纏るものなら来月いっぱいに辞表を出したい」と書いて慶応義塾大学への転勤をも心づもりをしていたことを知らせ、事成就した時の喜酒を酌む心境を詠んでいる。

菊の酒酌むや白衣は王摩詰　　龍之介

同十月十八日には「私が三田の先生になれてあなたも三田へ来られると大に気が強くなる」この「笹鳴き」に感触のよさがうかがえるように話しはずいぶんと進んでいた。

笹鳴くや雪駄は小島政二郎　　龍之介

同十月二十四日には薄田淳介から原稿の催促を受け、やっと出来上がって送った手紙で、「少々急ぐ必要があるから出来は始めから余り自信がありません」と弱気を示している。

原稿はまだかまだかと笹鳴くや　　龍之介

以上見たように僅か二か月で八通の手紙を寄せている。海軍機関学校では第一次大戦後海軍拡張で生徒が増員になり、授業が増えて困っていた所に慶応からのスカウトの話が持ち込まれた。構想主は沢木四方吉の文科改革の計画によるもので、出講は週三日、月給は二五〇円、教授として迎え、一、二年後に主任教授にさせ洋行させるというもので、永井荷風退任後の大学振興をめざしたものであった。使者として間に立った小島政二郎が履歴書を持ってゆき、四方吉と龍之介が面会し、教授会も八割方は賛成したが、高給すぎるというヤッカミがあって決定しなかった。旧知の大阪毎日新聞学芸部長薄田泣菫（淳介）に相談すると、薄田はこの花形作家を迎える好機到来と社にはかると即座に入社が決定した。こうして龍之介は出勤の必要のない。大阪毎日の記者の身分を得て月給を貰いながら小説家になった。

政二郎は政二郎で龍之介を取り持った縁で、翌大正八年に慶応義塾文科予科国文学講師に迎えられた。その上大正七年七月一日の『赤い鳥』に龍之介を口説き落して「蜘蛛の糸」を書かせてしまった。『赤い鳥』の編集に携っていた政二郎は、鈴木三重吉が低俗な児童読み物から脱却するため、文壇諸家へ童話の執筆を要請した三重吉の意を受け、龍之介に童話を書かせる役を引き受けた。政二郎のねばり強い要請が功を奏して、龍之介の名作童話を世に送り出した事は評価に値する。龍之介は大阪毎日に友人の菊地寛も自分と併せて就職の依頼をしている。

やはやはと

小島政二郎は俳句ばかりではなく、連句も川柳も楽しんだ。太平洋戦争が激しくなって来た頃に、政二郎の書いていた大衆小説は発禁になり、執筆禁止の憂き目に会ってしまった。そんなところから「軍部に睨まれて小説を書く自由を持たず門前雀羅なり」と書いて次のように詠んでいる。無論「人妻椿」や「甘肌」など題名だけでも軍部に睨まれるような作であった。

小春日や爪の垢とる影法師　　　政二郎

この句には大きな顔の政二郎がしょんぼりとして無聊をかこつ姿が目に浮んで来るような味わいがあり、また滑稽味もある。陸にあがった魚のようでもある姿が彷彿としてくる。川柳をたしなんだ政二郎の句は当然「季語」を持たない句を生み出すようになる。

山なみや遠き入日のさすあたり　　　政二郎
家々は松をちこちの風の中　　　〃
朝水や喉一筋の風の味　　　〃
苔の色六百年の静けさよ　　　〃
道のべの石垣苔をふきにけり　　　〃
干しものの白く乾きてゐたりけり　　　〃

川柳は俳諧の「前句付け」が始まりだそうである。「切りたくもあり切りたくもなし」という前句に対して「盗人を捕らへて見れば我子なり」という付句ができる。或いは「突く度に汁がじゅくじゅく」という前句には「山寺の鐘の撞木は生木にて」や「毛のあるなしはさぐりてぞ知る」という現代の週刊紙で話題になりそうな句に対する付句は「弟子持たぬ坊主は頭自剃りする」という句でいずれも絶妙な付け合いである。こうして連句を楽しんでいたが、仕舞いには前句を略して付け句だけで独立したのが川柳であるそうだ。柄井川柳という人が始めたので川柳となった。『柳多留』の初編が出たのが明和二年。慶紀逸という人物は「付句」だけで独立した川柳を集め『武玉川』を編輯し、十五編が完成したのは宝暦十一年（一七六一）であるから『柳多留』はその四年後ということになる。

　江戸の始まり頃は上方にならって俳諧連歌を長連歌といい百句、二百句を詠んだ。気の短い江戸ッ子は短いのが好きで三十六句で完成する歌仙を好むようになり、更に時代が下ると連句の発句だけを独立して一句とした。古俳句や川柳を愛した龍之介も犀星も「俳句」と言わず「発句」と言った。正岡子規が明治のご一新にならい、連句を否定し、発句を「俳句」と呼んで新しい文学にしようとした。そういうことで龍之介や政二郎など下町に生まれた小説家は、滅びゆく江戸文芸を懐しがって連句を楽しみ川柳を楽しんでいる。龍之介には川柳か俳句か判別のつかない句が沢山ある。龍之介の持っていた「滅びゆくもの」への哀惜の情が伝わってくる。

　恐るべき屁か独り行く春夜這ひ　　龍之介
　行く春や踊り疲れし蜘蛛男　　〃

襟巻のまま召したまへ蜆汁　〃
石菖やわれは茶漬を商はん　〃
衣更お半と申し白歯なり　〃
新参の湯をつかい居る火かげかな　〃
鴆毒の壺も曝すやお虫干　〃
据ゑ風呂に頚骨さする夜寒かな　〃
井月ぢや酒もて参れ鮎の鮨　〃

芥川龍之介の句にはそれほど辛辣な句はないが、どこか古い江戸の趣を残しており苦笑もしてしまうし惚れ惚れともしてしまう。大正八年五月一日発行の『文章倶楽部』に当時新潮社に勤務していた佐佐木茂索の質問に答えた「芥川龍之介縦横談」というタイトルの対談がある。「私が氏のホトドキスに投ぜられた近詠（青蛙おのれもペンキ塗りたてか）を言い出すと、あれは仲間で川柳だっていう評がありますよ、と氏は答へた」と佐佐木茂索が言っているように、機智俳句を通り越して「川柳」と見做されていたようであり、龍之介もそれほどこだわらなかったのである。

粗大ゴミ朝に出されて夜戻る　水光
石橋を親が叩いて子が渡る　〃

そういえば癇癪玉のようなやつ　〃
お受験の親が憎くて子を殺し　〃
ひとにより自在にこなす聞けぬふり　〃
内閣は介護保険に看護され　〃

最近の世相を詠むとすればこんな句になるであろうか。古い川柳で言えば「やはやはと重みのかかる芥川」などは実に良い句である。「芥川」は川の名であるが、芥川家はこの名に由来する苗字かも知れない。在原の業平が二条の后を盗んで東国に逃げて来る。闇にまぎれて、二条の后を背中に負ぶって渡った川が芥川で、『伊勢物語』では「芥川」という章題になっている。残されている小島政二郎の句を挙げてみよう。

ふと土の匂する五月かな　政二郎
秋立つや土の艶石の艶　〃
野菊すがれぬほどの曇りかな　〃
ガラス澄みたる二月かな　〃

小島政二郎は「川柳」に造詣が深く、昭和五十七年に『私の好きな川柳』という本を出版している。その中で政二郎が中学の生徒の頃、毎晩毎晩寄席に通って覚えた俗謡を懐しんで紹介している。「両国」と題する俗謡で、八十八歳の現在まで覚えているのだから沙汰の限りだ、と言っているが、こうした俗謡に慣れ親しんだ政二郎だから粋を心得てもいた。

　浅草市《いち》の売り物は、雑器《ざっき》に塵取《ちりと》り貝杓子《かいじゃくし》、からくり火鉢は軽《かる》かった。山椒の擂粉木《すりこぎ》バカ重い、笹にさげたるあの面は、おかめの面と申します。駒形《こまかた》通りを真ッ直《つぐ》に、今日は歩いてくたびれた。これからお船で参りましょう。一番堀には二番堀、三番堀には首尾《しゅび》の松。向ふに見えるあの橋は、武蔵と下総《しもさ》の国境ひ、両国橋とはあれかいな。橋の袂《たまと》は何ぢゃいな。婆さんがチョロチョロやっちょるね。さてまた隣の見世物は、親の因果が子に報い、八文《はちもん》ぢゃ安いよ見ておいで。向ふを通る姉ちゃんは、頬が赤い福相《ふくそう》な、惚れるか惚れぬか聞いて見な、聞いたら惚れぬと申します。これから茶づくし申します。廿《はたち》の人のホと書いて茶といふ文字に読みまする。八丁堀《ちゃっちゃうぼり》の客人《ちゃくじん》が、鎌倉《ちゃまくら》河岸から屋根船《ちゃぶね》にてお茶屋の桟橋《ちゃんばし》にチャット着く、お茶屋の姉ちゃんは茶前垂《ちゃまえだ》れ、茶煙草盆《ちゃたばこ》には茶香煎《ちゃこうせん》、チャチャこちらへ上がりませ、羽織芸妓《ちゃおりげいしゃ》をチャと揚げて、三味線《ちゃみせん》弾いて騒《ちゃわ》いだら、隣りの客人《ちゃくじん》が騒《ちゃわ》がしいので眠れない。一《いっ》ッ茶が茶釜《ちゃがま》に二《ふた》茶釜、三《み》ッチャカ茶釜に四《よ》チャ茶釜、五《い》ッチャカ茶釜に六《む》ッチャ茶釜、六《む》ッチャカ茶釜に七《なな》茶釜、七《なな》チャカ茶釜に八《や》ッ茶釜、九《く》チャチャカ茶釜に十《と》ッ茶釜、これを逆《さか》しに返すなら、十《と》ッチャカ茶釜に九《く》チャ茶釜、八《や》ッチャカ茶釜に七《なな》茶釜、六《む》ッ茶釜に五《い》ッ茶釜、四《よ》ッ茶釜に三《み》ッ茶釜、二《ふた》茶釜に一《い》ッ茶釜、返《かへ》した返した。川にはステテン馬鹿囃子、ウロウロ舟に影芝居、橋の上には数万《すまん》の人の声、西瓜《すゐか》の立ち食ひ茹《う》で玉子、本家烏丸《からすま》枇杷葉《びはふ》湯《たう》。

小島政二郎はこういう俗謡専門の芸人がいて、「のせもの」と言われ芸人と区別されていた、といっている。昭和の不朽の名作映画『男はつらいよ』の寅さんの口上を思い出す。「中学生の私が喜んでこれを口にしたのは、そこに江戸の歌謡の面影を感じたからに違ひない。江戸の歌謡の原典を見出したからだ」と政二郎が言うように、哀しくも面白い趣がある。そうした消えゆく趣を龍之介は自殺する一ヶ月前まで『東京日日新聞』に「本所両国」の題で書き残した。

文壇の講釈師

芥川龍之介は連句や川柳を楽しんでいる。大正七年の頃であるから、恐らく小島政二郎と親しくなってから始めたものであろう。龍之介の俳句熱が高まったのも小島政二郎や小沢碧童らと交わりを深めるようになってからである。政二郎の『眼中の人』を読むと龍之介が政二郎を師匠と見做していることが書かれている。政二郎が書いた小説だから当然そういう関係に書くであろうが、政二郎は幼少の頃から俳句を始め、二十歳前後の頃にあちらこちらの運座に顔を出して修業を積んでいた筈であるから、律儀で粋を心得ていた龍之介は政二郎を師として遇したに違いない。龍之介は自分より優れたものを持っていれば弟子に対しても礼を尽した。

障子に嵌まっているガラスから、青桐の坊主頭が二つ三つ見えていた。風のない青空が明るかった。

「小島君、こんな句はどうかね」

芥川が、バットを口から放しながら、次のような俳句を口にした。

　　時雨るるや層々暗き十二階

「層々暗きがいやだな」

私が言った。

「じゃ、これは?」

　　秋風や人なき道の草の丈

「そりゃうまい」

「今度は前書きがあるんだ。渋谷の土娼に賃五銭なるもののある由」

　　白銅の銭に身を売る夜寒かな

「身を売ると夜寒とが月並だと思うな。第一、全体が説明じゃありませんか」

　私が悪く言うと、龍之介は一瞬目を閉じて顎を引きながら苦笑して見せた。私が二つ三つ

悪く言い続けると、龍之介は中へヒョイと芭蕉の句をまじえたりした。それをも勇敢に悪く言うと、

「君、それ芭蕉の句だぜ」

私は騎虎の勢で、

「芭蕉の句だって、悪いものは悪い」

炎天に上がりて消えぬ箕の埃

「それも芭蕉のですか。大いに戴くな」

「僕のさ。――これは？」

行春や屋根のうしろのはねつるべ

「そりゃ少し春夏秋冬調だな」

「久保田万太郎君のだよ」

春に入る竹山ならん微茫たる

「微茫たるが説明だな」

私がくさす時には極って説明説明と言うのが、余程耳障りだったのだろう。この時突然菊池寛が横合から口を出した。

ここから政二郎と菊池寛との出合いが語られる。政二郎は寛の人間的魅力に魅かれるようにな

り、旺盛な生活的迫力に魅せられ、ただ書くことが大事だと悟る。政二郎はこの頃学者になることも考えて、芭蕉を研究したり、古川柳の研究も手掛けていたので、龍之介の句の批評をしたのであるが、龍之介は政二郎の気弱なひっこみ思案の性質を正すべく、師弟の形を取ったに違いない。そういう所に龍之介はこまやかな配慮をする人であった。政二郎は大正八年から昭和六年まで母校慶応義塾大学文科予科国文学講師を務め、昭和九年、四十歳で「花咲く樹」を『朝日新聞』に連載して、絶大な人気を博すようになる。同時にこの年、芥川賞と直木賞の選考委員となっている。師を顕彰する賞の選考委員は政二郎にとってこの上もない栄誉であった。

小島政二郎は「文壇有数の講釈通たると共に、講演の練達者である」とされているように、実に卓越した講演をしたようである。野口冨士男は或る社の月報に「いちど小島政二郎氏の講演を拝聴したことがある。いつであったか、場所もどこであったか、まるきり忘れてしまったが、なんでも芭蕉に関するお話であった。小島さんの話術のたくみなことについては、かねてから噂にきいていたが、うーんと唸らずにはいられぬほど、それはみごとなものであった。お話の内容もすぐれていたが、その語りくちと仕種はもう完全に芸の域に達していて、私は唖然とするばかりであった」と語り、そうした話術は政二郎の天性の質で、政二郎の「一枚看板」や「円朝」という作品はこういう所から生まれ出たものだろうとしている。政二郎の講演は初期の頃は「芭蕉」に関するものが多く、昭和三十年代には「食べ物」に関する講演になってゆく。これは政二郎の随筆「食いしん坊」がある雑誌に連載されて人気を得ていたためでもあった。

小島政二郎は昭和十年頃から通俗小説を書くようになる。「人妻椿」を『主婦之友』に連載し人気を取ると、昭和十二年には「半処女」を、十三年には「新妻鏡」を次々と発表した。だが政二郎の人気が高くなる一方で、太平洋戦争が激しくなるにつれて出版統制も厳しくなり、日本出版文化協会で行なっていた言論思想の統制も厳しさを増し、政二郎、永井荷風、丹羽文雄などは出版差し止め処分を受けるようになってしまった。その期間中、政二郎は芭蕉研究に熱中し、『芭蕉』を出版したり、昭和十六年には『わが古典鑑賞』を中央公論社から刊行している。

一月や枯れ木の肌の日のぬくみ　　政二郎
藍の香の日向にまじる寒さかな　　〃
夏の空風に吹かれて青きかな　　〃
涼しさの大木高き梢かな　　〃
　空襲下どこも真暗闇なり
生垣や氷雨の音を立てて闇　　〃

小島政二郎の俳句は穏健で閑寂味がある。情緒豊かで忠実に自然を描こうとする態度が見えている。晩年の昭和四十六年に政二郎は、『私の好きな古典―樋口一葉・芭蕉』を文化出版社から刊行している。また『大鏡鑑賞』は業積として高い評価を得ている。

京都

下京や粉雪の中に灯りけり　　政二郎

この句は凡兆の「下京や雪つむ上の夜の雨」を思い出させるところがあるが、政二郎の句は、静かにも美しい古い都にまたたく灯火の夜景が描かれていて、凡兆の句をしのぐ色彩と華やぎがある。こういう句を作るところに国文学者でもあった政二郎の一面がある。政二郎の妻は「あたしは大学教授のところへ嫁に来たんで、小説家のところへきたんじゃないわ」と洩らしたそうだが宜なる哉の感がある。

雪駄政に鼻政

小島政二郎の妻が洩らした言葉には、政二郎のはにかみも苦笑いも洩らされている。『眼中の人』の冒頭には次のように書かれている。ここから後の政二郎の小説家としての地位と大学教授との比較の上から、政二郎の妻が洩らした言葉の意味もわかる。

森鷗外先生から手紙をもらったり、「睨み合い」という小説を発表した時には、『三田文学』を主宰していた沢木教授から、「大家の塁を摩す」とその描写力を推奨されたり、とにかく『三田文学』の狭い仲間うちでは、相当認められていた。文壇的にはまだ無名作家の域を出ていなかったが、学問好きで、日本の古典を比較的よく読んでいたところから、学校へ残ることになった。未来の大学教授、未来の新進作家、私はこの華やかな二つの夢を抱いていた。

（『眼中の人』）

小島政二郎の名は「人妻椿」のような長編通俗小説や、「円朝」のような芸人の開眼を扱った長編伝記小説作家として残るようになった。大学教授も純文学作家もどちらもとば口で覗いただけで終わってしまった。そんなところから政二郎は殊の外川柳を愛した。政二郎は龍之介と親しくなると、龍之介と俳句を作ったり、連句を作ったりして楽しんだ。龍之介は、いつも雪駄を履いて、四角い顔で、下駄に目鼻をつけたような政二郎を「ゲタマサ」「セッタマサ」と呼んで可愛がった。

小島政二郎は昭和五十七年に『私の好きな川柳』という本を出版している。ここには江戸時代の人々の生活が哀感を伴って紹介されている。前句も付け句もあって政二郎の短評が見事で、川柳自身が生き生きとして来る。政二郎の「川柳」の解説を引用する。

川柳といふ文学の或る恐しさは、底の底に圧縮した怒りと忍耐を押し込めながら、表面ではいかにもアッケラカンと遊びをうたってゐるから、エスプリ・スポンタネ的をかしみと、どうしやうもない程のリアリティが生じてゐることだ。

第一印象はいろんな意味で朗らかなおかしみにあった。よくよく読み返して見るとをかしみはごく表面的なもので、真実はもっと深いものがあることに気が付いた。江戸の人のをかしみは、をかしみに託してでなければ云ふことの出来ない怒りや、哀しみや、恨みを訴へたのに始まる。だから、情熱が伴はずにはゐなかった。怒りや哀しみや恨みを露骨に云へなかったから、他に託して笑い飛ばしたのだ。それだけに今の我々が読むと、裏側がはっきりと見えて来るのだ。それだけに痛烈無比である。をかしみの裏にフツフツとして怒りが煮えたぎってゐる。当時は偽政者には分らないやうに隠してあったが、今の我々には血脈がアリアリと見えて来るのだ。出来るだけ隠してゐるから逆に激烈さが人を打って来るのだ。江戸時代の人々の一ト皮も二タ皮も情熱を隠してゐる悲しさが我々を打って来る。

偽政者がさうさせまいとしてどんなに努力しても功を奏さない秘密はそこにあるのだ。さもさも功を奏したやうな顔をしてヌケヌケと本音を云ってゐる。圧迫されてゐる庶民の戦術の賢さよ。偽政者と庶民との争ひの勝負は、偽政者に負けた顔をしていつも弱い庶民が勝ってゐるのだ。その一つの戦略は川柳的タクチックにある。

両者の争ひは実に長い。負けたら最後、庶民は生きる道を失ふのだから是が非でも勝たねばならぬ。表面は負けたやうな顔をして常に辛うじて勝ってゐるのだ。辛うじて息の根を止められないやうなかつかつの勝負を強ひられてゐるのだ。その勝負のうまさに庶民は音のしない喝采を送ってゐるのだ。その魅力が川柳の持つリアリズムだ。

ここには「川柳」の解説と同時に政二郎の小説「睨み合」の世界を思わせる哀歓がある。

芥川と政二郎の連句を見てみよう。江口渙に送ったもので「連句をしにこい見本左の如し」と前書きが着いている。

ほし店や名所饅頭黄金飴　龍
飛ぶ蝙蝠も松にかくるる　政
鳥居から八幡までの天の川　政
馬にひきそふ太刀取の役　龍
大町や穂蓼の上に雲の峰　〃
異人の妻の日傘から傘　政

芥川龍之介は日頃から「前句」と「付け句」の妙を随分と鍛練している。

雁啼くや芥火燃ゆる裏河原

仇めきたる暮れ露のものごし
きりぎりす昼の揚屋の曇りかな
　今は銚子に酒乾くらむ
雨落ちの石に桜は散りつくし
　道心きざすあかつきの月
片恋や茗荷花さく門畑
　彦根の城に雲の影さす

いずれも大正七年頃の作品で絶妙と言えよう。龍之介は政二郎に宛てた書簡の宛名は小島政二郎様と先生を用いている。俳句や連句の問い合わせや、やり取りでは古瓦先生、古瓦楼主人様、古瓦軒主人様などと用いている。しかし、政二郎がこの署名を用いたのは、昭和三十五年に刊行された政二郎の小説『場末風流』の検印に「古瓦」が捺されているだけである。龍之介の仲間達は連句を楽しむ時の号として、龍之介は「龍」、政二郎は「古瓦」、寛は「赤風呂」、久米正雄は「本湯天」佐佐木茂索は「太淫」修太郎は「黄雲」などを名乗って楽しんでいる。

　南部修太郎三田文学編輯を辞す
杳として鮭の行方や春の水　　古瓦我鬼合作

南部の山も下萌えにけり　赤風呂
花咲いて鮭を食ふ人ありやなし　本湯天
此の修の字は江馬か南部か　鼻山人

龍之介はこうして連句を楽しんでいる。その他小沢碧童や渡辺庫輔らとの連句もある。和辻哲郎とは直接龍之介は接触がなかったとする説が有力だが、大正十三年五月に龍之介は和辻哲郎と車中で連句を楽しんでいる。

車中連吟

ひと籃の暑さ照りけり巴旦杏　芥川
海水帽の連れ立ちて行く　和辻
雨音のいつかやみたる夕日影　芥
庭下駄おろす露路の水苔　和
月かげも竹むら越しに傾きて　芥
沼ぞひ遠く梟のなく　和
死なうかとふと云ひ出せし鬢のかげ　和
堤にかはる芝居寂しき　芥

惜しまる丶女形のぬけし一座にて　和
　夕まぐれ来る屋根のうす雪　芥
文債に痩せたる顔のひげののび　和
　窓の穴より山水を見る　芥
竹むしろ昼寝の台の斜めなり　芥
　伽藍の軒に子雀のなく　和
天平の桜しだるる朝ぼらけ　芥
　つかまされたる面の贋物　和
三代の医者はへたなる春風に　芥
　思ひあまれる妻のふるまひ　和
黒えりに藍のみぢんぞなつかしき　和
　刀の詮義忘れたる今日　芥
（コレハ大正十三年五月、京都ヨリノ帰途、和辻哲郎氏ト同車、連句ヲ試ミタ時ノモノデアル。）

安弔いの花蓮

芥川龍之介は俳句を作り、今様に漢詩、それに短歌と新体詩、小説ばかりでなくいずれの韻文にも精通していた。俳句は「発句」と呼んで連句を楽しんだ。それらは見事な付け合いとなって残っている。大正十三年五月、和辻哲郎と車中で京都から帰る時同席し、二人で詠んだ連句は絶妙で見事な展開を示し、短篇小説を読む思いがする。歌仙や半歌仙、両吟など多彩に才能を発揮し、縦横無尽の才質をうかがわせている。

極月に取急ぎたる婚儀哉　　碧童
襖つくろふ俳諧の反古　　我鬼

このように二人で楽しんだり、また自分だけで作って楽しんでもいる。

短夜や稿料盗む計《はかりごと》
　洩れて危し××の首
川風や菖蒲の仮名はしやうぶ也
　などとほほゑむ小島先生
あら可笑し白檀匂ふ枕紙
　寝顔見たきは赤風盧の恋

小島政二郎の名や普段赤ら顔で下膨れしていた菊池寛の名を詠み込んで楽しんでいる。これは後に「江西歌仙」として改稿され、滑稽味や洒落や皮肉を削って典雅優美な作となって、大正九年三月十三日の日付けで詩稿の中にある。

短夜や仙桃偸む計《はかりごと》
　今宵羅帳のそよとだもせぬ
涼しさや白蓮揺ぐ枕上
　落ちて鳴るらん銀の簪
川風や菖蒲の占もしるしあり
　手すりに倚るは明眸の人

巫山戯た詠みぶりから一転して題名のとおり中国古王朝の趣を見事に表現している。芥川龍之介は、大正十三年七月二二日から軽井沢の「つるや旅館」に止宿して避暑を兼ねて仕事をした。この間に片山広子と交流したり、室生犀星が来宿したり、堀辰雄が泊まったり、社会主義関係の書を読んだり、いくつかの重要な経験をしている。これは室生犀星の『碓氷山上之月』に詳述されている。また大正十四年の夏にも滞在し、この時の経緯は、昭和二年三月一日発行の『文芸春秋』に「追憶の代りに」の副題がついて『軽井沢で』という作品となっている。この時龍之介は大正十四年十一月号の『川柳みやこ』に「軽井沢にて」と題して川柳を発表している。

川柳みやこを読んでゐるうちに、小生もちょっとまねをして見たくなりましたから、汽車の中で二句ばかり製造しました。これは空前絶後の事ですから、ちょっと御吹聴申します。但し下手でも笑っちゃいけません。

きぬぎぬや耳の根ばかりあでやかに
死ぬとも思ふ秋風の末

（『川柳みやこ』一九二五・十一）

龍之介は小島政二郎や菊池寛や小沢碧童などと連句を楽しみながら川柳にも心を用いていた。政二郎は母校慶応義塾大学で国文学の講義に芭蕉や「江戸小説史」の講義を担当し、特に「武玉川」の講義は学生に人気があった。川柳については造詣も深かったが、自らは句集や川柳集を残していないので調べがたい。政二郎は軽井沢での避暑の様子を俳句に詠んでいる。

軽井沢の夏は秋なり
落葉松は秋風のなか緑なり　　政二郎
一月や枯れ木の肌の日のぬくみ　　〃

軽井沢よりかへる
東京やあつき灯ともしゐたりけり　〃
ころもがへ華やぐ一ト間一ト間かな　〃

政二郎の連句は龍之介の全集に残されており、龍之介の日曜の面会日に多くは作られたものであろう。昭和二年四月一日、五月一日、六月一日、および八月一日と飛び飛びに雑誌『改造』に連載された龍之介の『文芸的な、余りに文芸的な』と題された評論のうち二十五編めは「川柳」と題して次のように語られている。

「川柳」は日本の諷刺詩である。しかし「川柳」の軽視せられるのは何も諷刺詩である為ではない。寧ろ「川柳」と云ふ名前の余りに江戸趣味を帯びてゐる為に何か文芸と云ふよりも他のものに見られる為である。古い川柳の発句に近いことは或は誰も知つてゐるかも知れない。のみならず発句も一面には川柳に近いものを含んでゐる。その最も著しい例は鶉衣（？）の初板にある横井也有の連句であらう。あの連句はポルノグラフィックな川柳集――「未摘花」と選ぶ所はない。

安どもらひの蓮のあけぼの

かう云ふ川柳の発句に近いことは誰でも認めずにゐられないであらう。（蓮は勿論造花の蓮である。）のみならず後代の川柳も全部俗悪と云ふことは出来ない。それ等も亦封建時代の町人の心を――彼等の歓びや悲しみを諧謔の中に現してゐる。若しそれ等を俗悪と云ふならば、現世の小説や戯曲も亦同様に俗悪と云はなければならぬ。

小島政二郎氏は前に川柳の中の官能的描写を指摘した。後代は或は川柳の中の社会的苦悶を指摘するかも知れない。僕は川柳には門外漢である、が、川柳も抒情詩や叙事詩のやうにいつかフアウストの前を通るであらう。尤も江戸伝来の夏羽織か何かひつかけながら。

心より詩人わが
喜ばむことを君知るや
一人だに聞くことを
願はぬ詞を歌はしめよ

（『文藝的な、餘りに文藝的な』）

龍之介は「小島政二郎氏は川柳の中に官能的描写」を指摘したが「後代は社会的苦悶」を指摘するだろうと結んでいる。『柳多留』十六篇に「古事時代事、趣向よろしければ高番の手柄有。すべて恋句世話事ばいしょく下女などの句に、あたらしき趣向むすべば手柄多し」とあり、川柳で扱う対象が書かれている。政治や歴史を扱った高番句、生活句が中番、そして好色題材を扱った末番句の三段に分類されていた。三要素としては滑稽、穿ち、かるみに風刺を加えて詠んだが、川柳が自然描写でなく人間を素材とし、その実態を冷静に眺めたので、その詠句の裏には悲喜こもごもの人間模様が提示されるのである。世情が不安定な時は当然政治や人間の生存苦が多く詠まれるようになった。

甘栗の夫婦

小島政二郎は早くから俳句に手を染めてはいるが、句集は残していない。詠まれた句の特性は龍之介よりも久保田万太郎に近い。政二郎は昭和四十年に『鷗外・荷風・万太郎』を出版している。七十一歳であったが、人間いくつになっても初心は忘れ難いものなのであろう。政二郎は生涯に渡って万太郎調の俳句を詠んでいる。

昔女ありけり。あすは退院といふに
たまたま両国の花火に逢ふ
髪梳いて気のおとろへや遠花火　　政二郎
移り住みて
花の夜を家並をぐらき麻布かな　　〃
土佐へわたらんとす。船に弱き身には

きさらぎの星なき夜となりにけり　政二郎
　水上滝太郎邸
秋の日や玄関遠き門のなか　政二郎
冬の日のまだからまれる庭木かな　〃
大いなる薄の株の月夜かな　〃
淀川のつゝみの上の秋の風　〃

政二郎は万太郎が同じ浅草の商家の生まれということもあって、また慶応の同窓生などと共通するところが随分とあり、余程身近に感じていたのであろう。万太郎についての思い出の文章も多い。「本箱が一杯なので、読みかけの本は脇机の上や畳の上に乱雑に積み重ねてある。すぐ取れるところには、いつも万太郎の句集が置いてある。一日に一回、手に取らないことはない」「室生犀星の俳句、久保田万太郎の俳句、いずれも余技であらう。が、俳句の専門家が束になって掛かっても、この二人の旨さには叶はない」これは政二郎の『私の本棚』の中の「味のある文章」という随筆の中に書かれている。政二郎は犀星にも万太郎にも芥川を通して知遇を得、終生文学の先輩として仰いでいる。

龍之介は政二郎を殊の外愛し、「鼻マサ」や「ゲタマサ」や「古瓦」と呼んだ。政二郎の顔が四角くて縦に長い顔で、あたかも屋根瓦のようであったからだろう。政二郎が大正十一年に鈴木三重吉夫人の妹みつ子と結婚した時の龍之介の祝句がある。

古瓦新婚

甘栗をむけばうれしき雪夜かな　　龍之介

大正十五年『新潮』では「新進作家の人と作との印象」という大見出しで特集を組んだ。四月一日発行の第四号に「（一）佐佐木茂索氏の印象」がある。翌五月号は「小島政二郎氏の印象」の特集があるが、なぜか「芥川龔之介氏の印象」という寄稿はない。ここでは「（一）佐佐木茂索氏の印象」として発表された「剛才人と柔才人と」という龍之介の文章を引用し、二人のひととなりを龍之介がどう見ていたのかを覗いてみよう。

佐佐木君は剛才人、小島君は柔才人、兎に角どちらも才人です。僕はいつか佐佐木君と歩いていたら、佐佐木君が突き当った男へケンツクを食はせる勢を見、少からず驚嘆しました。実際その時の佐佐木君の勢は君と同姓の蒙古王の子孫かと思ふ位だったのです。小島君も江戸っ児ですから、啖呵を切ることはうまいやうです。しかし小島君の喧嘩をする図などはどうも想像に浮びません。それから又どちらも勉強家です。佐佐木君は二三日前にここにゐましたが、その間も何とか云ふピランデロの芝居やサラア・ベルナアルのメモアの話しなどをし、大いに僕を啓発してくれました。小島君も和漢東西に通じた読書家です。これは小島君の小説よりも寧ろ小島君のお伽噺に看取出来ることと思ひます。最後にどちらも好い体（これは僕が病中故、特にさう思ふのかも知れず）長命の相を具へてゐます。いづれは御両人とも年をとると、佐佐木君は頤に髯をはやし、小島君は総入れ歯をし、「どうも当節の青年は」などと話し合ふことだらうと思ひます。そんな事を考へると不愉快に日を暮らしながらも、ちょっと明るい心もちになります。（湯河原にて）

龍之介が「長命の相を具へてゐます」と述べたように、佐佐木茂索は明治二十七年に生まれ、昭和四十一年に七十二歳で没しており、政二郎は佐佐木と同年の生まれで、平成六年に百歳の長寿を全うしている。龍之介の予言は見事に的中している。殊に政二郎はテレビ時代を迎えると料理番組に登場したり、旺盛な講演活動を行なったりしている。ひとつだけ予言がはずれたことは、甘いもの好きだった政二郎が「味がわからなくなる」と言って「総入れ歯」を断固拒否し、自分自身の歯で百歳を迎えたことである。政二郎は昭和四十二年、七十三歳で「眼中の人」第二部を発表する。当然世間の耳目の関心を引いた。眼中の人という意味はなじみの人や想望する人のことを言う。当初、「眼中の人」第一部で政二郎が想望した人は芥川龍之介であったろうが、その眼はやがて菊池寛という旺盛な生活力を備えた小説家に魅かれていったのである。

寛は類いまれな才能を発揮して、文壇の大御所として君臨するようになったが、昭和二十三年に六十三歳であっという間にこの世を去ってしまった。この年の三月に寛は「好色成道」を書きあげ、三月六日に全快祝いをした後、その日の午後九時十五分に狭心症で急逝してしまった。菊地寛の遺書には「私はさせる天分なくして文名を成し、一生を大禍なく暮しました。多幸だったと思います。死去に際し、知友及び多年の読者各位にあつく御礼を申します。ただ国家の隆昌を祈るのみ」と書かれており、誠に寛らしい最期であった。龍之介も寛も共にその死は劇的であった。政二郎は龍之介の死と忌日を次のように詠んでいる。

芥川龍之介墓前

夏草に雨ふりそそぐけしきかな　　政二郎

芥川龍之介忌日毎年暑き日なり

夏の夜を八つ手の庭は光るなり　　〃

芥川龍之介忌日

すがすがと仏はいます大暑かな　　〃

全集出でて二十年

河童忌や表紙の紺も手ずれけり　　〃

芥川龍之介忌日。はや十四とせとはなりぬ。

河童忌やわれ老いらくの歯のいたみ　　〃

第二章　芥川龍之介と永井荷風

日記という劇場

日記をつけたことで有名な作家は永井荷風であろう。「断腸亭日乗」や「永井荷風日記」にその日記魔の顔が見える。「断腸亭日乗」は大正六年九月十六日から書き始められ、荷風の死の直前の昭和三十四年四月二十九日までの荷風の生活が余情あふれる簡潔な文体で書かれている。特に十六人の女性との交渉はかなり綿密に描かれている。物価の変動や世想の変遷、世間のうわさ話などもさしはさまれて風俗資料としても刮目に値する。

四十二年間に及ぶ高度の持続力、日記文学としての水準の高さ、長い時間を苦もなく泳ぎ渡るような荷風の生活、これらが渾然一体となって読者に伝わってくる。偏奇の人が偽善を厳しく咎め立てている口吻には思わず喝采を送ってしまう。昭和初年から敗戦まで「軍人政府」の「低劣滑稽なる政治」と二十年に渡り舌鋒鋭く個人的な反抗をする時代批判者、また「夜の女界」を流離い、魔界に好奇の視線を寄せる好色老爺、風俗の変異の相を見分ける風俗観察家でもある。

変貌ただならぬ市街を遊歩しながら、ひとり暮らしの閑寂の中で、季節のうつろいに思いを浸し、失われた魅惑を回想する。世態人情のせわしない変化に関して、時に過敏な反応も交えた記述は、明治以後のわが日記文学の最高峰に見立てる者もある。もしも荷風がこの「断腸亭日乗」を残さなかったら、荷風文学の魅力は半減したものとなってしまったであろう。昭和十九年十二月三日は荷風満六十五歳の誕生日である。

十二月初三　快晴　老眼鏡のかけかへ一ツくらい用意し置かむと思ひて昼飯して後外出の仕度する時、警報発せられ砲声殷々たり。空しく家に留る。晡下警報解除となる。今日は余が六十六回目の誕生日なり。この夏より漁色の楽しみ尽きたれば徒に長命を歎ずるのみ。唯この二三年来かきつづりし小説の草藁と、大正六年以来の日誌二十余巻だけは世に残したしと、手革包に入れて枕頭に置くも思へば笑ふべき事なるべし。夜半月佳し。

空襲警報のサイレンが鳴るたびに荷風先生は、小説の草稿と「断腸亭日乗」を入れた例の手革包をかかえて庭に逃げる。しかし先生は警報と警報とのわずかな時間を惜しんで、しきりに読書に耽っているのである。超然趣味もここにきわまれりというものである。「漁色の楽しみ尽きたれば」とあるのは、通いなれた「浅草オペラ館」が閉館になってしまったことを述べている。もう一日覗いてみよう。少々長い日記だが、その頃の先生の生活を垣間見ることができる。

十二月廿六日。昼夜警報なくて晴れて寒からず。終日蓐中に審美綱領を読む。晡下代々木より葱一束を貫ふ。今月に入り空襲頻々となりてより午後洗湯に行く時の外殆ど門を出でず。色欲消滅したれば色町を歩む必要もなく、また市中を散策して風俗を観るたのしみをも求むる心薄らぎたり。毎日家に在るも炭乏しければ朱泥の小さき手あぶりに炭団の破片を埋め、炬燵のかはりにして読書に日を送るのみ。炊事と掃除にいそがしき時は折々顔を洗はず鬚も削らぬことあり。破れし古洋服寝る時も着のみ着のままにて爺むさきこと甚しく唯虱の湧くことを恐るゝのみ、来訪者は二三の旧友のみにて文士書賈其の他の雑賓全く跡を断ちたれば、余が戦時の生活は却て平安無事となりたり。加ふるに日々の食事の甚しく粗悪なるも是亦老後の健康には美食よりも却てよきやうに思はるる程なれば、銀行の貯金と諸会社よりの配当金従来の如くならんには、余が老後の生涯はさして憂ふるには及ばざるべし。

凩や坂道いそぐ湯のかへり　　荷風

荷風先生は「破れし古洋服寝る時も着のみ着のままにて爺むさきこと甚し」と書いているが、これより二三年前に会った谷崎潤一郎は「普通、男の鰥《やもめ》暮しはその人をぢぢむさく薄汚くさせるものであるのに、氏に於いては却ってそれが逆効果を齎してゐる如くに見えるのは不思議である」と言っている所に荷風の往年のダンディズムが生き続けていたと言って良い。

芥川龍之介が日記を残さなかった作家の筆頭であろう。また作品に於てもめったに自己を語らなかった。『澄江堂雑記』で龍之介は、「誰が御苦労にも恥ぢ入りたいことを告白小説などに作るものか」という言葉を残しつつ、自己の生いたちについても赤裸々に語ることを拒みつづけた。だが荷風が「断腸亭日乗」のような日記を残したように、芥川も晩年にはそれなりの日記を書いている。大正八年五月二十五日から断片的に十月一日までの記事を書いた「我鬼窟日録」がある。この日記は都合の悪い箇所が削られ、また付け加えられたりした上で、大正九年三月の雑誌『サンエス』に「私の日常生活」の見出しで発表された。更に大正十一年五月に発刊された随筆集『点心』に収録される際に再整理されて多くの記述を欠く形となってしまっている。

六月十五日　陰

午前御客四人。夜瀧井折柴が来て又俳論を闘はせる。海紅句集一冊呉れる。細君の歯痛癒えず。大いに歯医者を軽蔑してゐた。細君のこの態度は甚だ月評家の態度に似てゐると思った。

龍之介の「我鬼窟日録」は五月二十五日から六月二十四日までの僅か一か月の日記である。また別に生前未発表のものが三編ある。その中に瀧井孝作の記事は三回も出て来る。孝作との交際が深まり、龍之介が新傾向の句を作り出すようになる背景がよくわかる記事である。

わが友が小便する石だたみの黒み草疎　龍之介
雅叙園の茶に玫瑰の花の匂　〃
卍字欄に干し物のひるがへる青空　〃
杏の種をわりて食ふ三人　〃
時事新報社の暗き壁に世界図　〃

龍之介には毎日「日記」をつける習慣がなかったようである。「我鬼窟日録」は発表することを意識しないで書かれた数少ない資料である。大正九年一月一日の『中央文学』に「日記のつけ方」と題され、掲載されたものがある。

一・文学青年には日記が必要でしょうか。
　　無からん
二・貴下は日記をおつけになりますか。

つけたりつけなかったり

三. 参考までに日記のつけ方を示して下さい。

精粗でたらめ

四. 日記をつければ効果がありますか。

大したものならず

五. 何店発行の日記を御使用になってゐますか。

半紙三帖とぢの帳面大抵手製なり

文壇諸家に出されたアンケートに答えたものであるが、芥川の日記ぎらいがよく知れる資料である。

歩くカメラ

芥川龍之介は自然主義者や私小説作家の態度とは一線を画し、日常生活や身辺の問題を作品の表面になまの形で表わすことを意識的に拒絶した。それは晩年の身辺雑記風の作品にまである程度貫かれ、芥川文学の本質ともなっている。龍之介の日常や身辺が作品とは違った形で直接現われる書簡や日記は、龍之介を究明する上で、その中に、その裏に何が隠されているかを考えるためにも興味がいや増すものでもある。だが龍之介の「我鬼窟日録」には男の興味をそそる記述はない。おおかたは友人や文壇人との挨拶程度の交友の記録である。

　一方荷風の「断腸亭日乗」にはその後の荷風の生活を決定する条件とも言うべき、自由な文士生活、単身者、偏奇館での独居生活にもとづくあらゆる好奇の眼で把えた魔界が、どこを開いてもぱっくりと奈落の口を開けている。龍之介には「渋谷の土娼に賃五銭なるものある由」と前書をした次の句がある。

白銅の銭に身を売る夜寒かな　　　龍之介

　龍之介も滅びゆく江戸の面影を殊の外懐しがっている。龍之介が幼少年期をすごした場所は本所小泉町であり、妻ふみは本所相生町の生まれである。本所での生活の印象は「大川の水」「少年」「大導寺信輔の半生」「追憶」「本所両国」などの作品にその懐旧の念とともに描かれている。龍之介は本所とは「江戸二百年の文明に疲れた生活上の落伍者が比較的多勢住んでゐた町」といっているように山の手を追われた士分階級の者が多く移り住んでいた。

　昭和十一年三月三十一日、永井荷風は四年ぶりに隅田川を渡った。ひとつの町が気に入ると、荷風はその町の隅々まで知りたくなり足を運ぶ。そのため何度も町に通い、迷路のような路地にまで丹念に足を踏み入れる。あたかもいま流行の「路上観察学会」の会員のごとく、「歩くカメラ」よろしくマニアックなまでにこだわるのが荷風先生なのである。

三月三十一日、晴れて後にくもる。午後小品文執筆。夜京橋明治屋にて牛酪を購ひ浅草公園を歩み乗合自動車にて玉の井に至り陋巷を巡見す。再び銀座に立戻れば十一時なり。

四月十四日、晴れて日の光忽夏のごとし。午前小品文放水路を草す。午後庭を掃ふ。夕飼して後食料品を銀座に購ひ、玉の井を歩み四ツ木橋より乗合自動車に乗りかへる。燈下また執筆。

四月二十一日、晩餐後浅草より玉の井を止む。稍陋巷迷路の形勢を知り得たり。然れども未精通するに至らざるなり。

荷風はこの年五十六歳、麻布の偏奇館から銀座、浅草を経て玉の井までせっせと足を運んでいる。五月十六日には町の様子や私娼の実態、娼家の内部まで克明に記録している。「一時間五円を出せば女は客と共に入浴すると云ふ。但しこれは最も高値の女にて、並は一時間三円、一寸の間は一円より二円までなり」と取材の結果を克明に記している。ここでの観察の結果は半年後に「東綺譚」の執筆へと荷風を向かわせたのであった。

私娼窟のもっている陰湿な風物。うらぶれた、安っぽい色彩の悪徳の花のムードと、それをとりまく昔ながらの江戸の風情を残している隅田川周辺の風物は、荷風の好色の感情をいや増し把えて離さなかった。

そのあたり片づけて吊る蚊帳哉　荷風
さらぬだに暑くるしきを木綿蚊帳　〃
家中は秋の西日や溝のふち　〃
残る蚊をかぞへる壁や雨のしみ　〃
この蚊帳も酒とやならむ暮の秋　〃

荷風の名作『濹東綺譚』の中に出て来る俳句である。これには「これはお雪が住む家の茶の間に、或夜蚊帳が吊ってあったのを見て、ふと思出した旧作の句である。半ば亡友唖々君が深川長慶寺裏の長屋に親の許さぬ恋人と隠れ住んでゐたのを、其折々尋ねて行った時詠んだもので、明治四十三年ごろであったらう」という本文に続いている。

わび住みや団扇も折れて秋暑し　荷風
蚊帳の穴むすびむすびて九月哉　〃

屑篭の中からも出て鳴く蚊かな　〃

墨東の私娼窟玉の井は、大正時代に入ってから開けた新開地である。当時浅草には公娼の町吉原があり、それに比べて破格の場末で荷風の『墨東綺譚』に従うなら、大正七、八年頃浅草観音堂裏手に広い道路が作られた際、そのあたりに数多くあった揚弓場や、銘酒屋のたぐいがことごとく取り払いを命じられ、玉の井の大正道路沿いに店を移したのが始まりと言われている。大正道路はその後「いろは通り」と言われ、関東大震災によって焼失した浅草凌雲閣十二階下の銘酒屋が移ってきたことで「この土地の繁栄はますます盛んになり、遂に今日の如き半ば永久的な状況を呈するに至った」と、荷風はその小説に書いている。

今和次郎は『新版大東京案内』に私娼街として亀戸と玉の井の二ヶ所を挙げている。同書によれば亀戸、玉の井とも一日に来る客は七千人から八千人で、そのうちここで実際に遊ぶ客は六千人ほどいたと言っている。料金は一円五十銭から二円で、泊り込みは三円から五円位とあるから荷風の観察とほぼ変わらない。ここの女達の前身はカフェー、料理屋、飯屋、飲屋、農家の娘、女工などの下積みの女達であった。

龍之介は「本所両国」の中で震災後に吉原で焼死体となった遊女達を観察した後、亀戸、玉の井の魔窟を歩こうとしたが、浅草千束町の私娼街と同じように自分にはとうていこういう所は歩けない。「たといデカダンスの詩人だったとしても、僕は決してこういう町裏を徘徊する気にはならなかっただろう」と言っている。龍之介に比べると荷風は陋巷趣味が濃いと言えよう。龍之介には次の句がある。

時雨るるや屢々暗き十二階　　龍之介
時雨るるや層々曇る十二階　　〃
時雨るるや灯りそめたるアアク燈　　〃

蒲柳の質

永井荷風が「断腸亭日乗」を書き始めたのは、大正六年九月で数え年三九歳であった。この頃荷風の文名は夙に高まる一方で、明治四十一年には「あめりか物語」を、翌年には「ふらんす物語」と「すみだ川」を発表しており、大正三年からは「日和下駄」を書いて作家としての地位を不動のものとしている。私生活では二度の結婚を解消し、その後、生涯にわたる単身者生活に入っている。明治四十三年帰朝以後、招かれて就任した慶応義塾大学文学部教授の職も辞し、筆一本の生活を始め作家として脂の乗り切った時期であった。

「断腸亭日乗」の断腸亭なる名前の由来は、当時荷風が住んでいた牛込区大久保余丁町の住居の一画に建てられた荷風の書斎の書院の名である。或いは荷風が好んだ断腸花、秋海棠として知られる花の名を取ったとも言っている。荷風は生来蒲柳の質で腸が弱く、この頃屢々その不調に悩まされたことにも因んでいる。荷風が日記をつけていることが公に知られたのは、昭和十五年二月二十三日に三十年来の友人、市川左団次が死去した後に、荷風が『中央公論』の昭和十六年四月号に左団次追悼の随筆「杏花余香―亡友市川左団次君追憶記」を発表し、その中でこの文章は大正六年十二月から昭和十五年四月にいたる間の左団次に関する「断腸亭日乗」の抜粋であることを明らかにしたのが最初であった。「断腸亭日乗」の作中記事が戦前に活字になったのはこれ一篇のみで、全体の発表は戦後を待たなければならなかった。

荷風は明治三十二年二十歳の頃、巌谷小波の木曜会という俳句研究の会に入っている。湖山、猪山、啞々、尾上新兵衛などの小波を中心とする文芸研究を主たる目的にした会で押川春浪なども属していた。当時は尾崎紅葉の紫吟社、巌谷小波の木曜会、角田竹冷の秋声会など、人を中心とした趣味的な俳句の運座が持たれていた。また一方では正岡子規らによる日本派の俳句が擡頭し始めた頃でもあった。しかし荷風は俳句に対して鹿爪らしい俳論を述べてはいない。淡々とした趣の俳句を多く残している。

傘ささぬ人のゆききや春の雨　　荷風
卯の花や小橋を前のくぐり門　　〃
垣越しの一中節や冬の雨　　〃

よみさしの小本ふせたる炬燵哉
色町や真昼しづかに猫の恋
〃
〃

荷風が「断腸亭日乗」を起筆したのは冒頭で数え年で言ったが、満年齢で言えば三十七歳である。荷風は驚くべきことに、日記の中で自分を「老人」と見ていることである。荷風は自分のことを恰も隠居した老人のように見ているのである。大正六年九月二十日には「されど予は一度先考の旧邸をわが終焉の処にせむと思定めてよりは、また他に移居する心なく、来青閣に隠れ住みて先考遺愛の書画を友として、余生を送らむことを冀ふのみ」と書かれているように、父親が建てた大久保の断腸亭でひたすら静かに余生を送りたいと言っている。

龍之介が三十七歳に僅に満たない年で自裁して果てたことを思えば、この当時三十七歳という年齢はある意味では覚悟を必要とした年齢であったのだろうか。龍之介は『或阿呆の一生』で「火あそび」と題して次のように書いている。

「死にたがっていらっしゃるのですってね」
「ええ。―いえ、死にたがってゐるよりも生きることに飽きてゐるのです」
彼等はかう云ふ問答から一しょに死ぬことを約束した。

あるいは遺書になった『或旧友へ送る手記』には「クライストは彼の自殺する前に度たび彼の友だちに途づれになることを勧誘した。唯僕の知ってゐる女人は僕と一しょに死なうとした。が、それは僕等の為には出来ない相談になってしまった」と記している。龍之介が早くから死を望んでいたことがわかる。

荷風は大正六年十月十六日には「晴天、写真師を招ぎて来青閣内外の景を撮影せしむ。預め家事を整理し、萬一の準備をなし置くなり。近日また石工を訪ひ墓碑を刻し置かむと欲す」と書いている。三十七歳の男が身辺整理をしたり、墓碑の準備をしている様は龍之介と全く同じである。龍之介も小穴隆一に墓碑の設計を依頼し、方方に別れの挨拶らしき手紙まで出している。

荷風は身辺整理をしたり、萬一の準備を怠らず、墓碑の準備をしたりしながら三十七歳で「余生」をひっそりとすごし始めた。しかし前年には神楽坂の芸妓中村ふさを、親元身受代三百円を払って身受けし、妻二人を除いて六番目の女性として自宅に同居させている。

正月や宵寝の町を風のこゑ　　荷風
出そびれて家にゐる日やさし柳　〃
うぐひすや障子にうつる水の紋　〃
稲妻や世をすねてすむ竹の奥　〃
かくれ住む門に目立つや葉鶏頭　〃

大正六年、七年はかくして、このようにして、荷風はひっそりと世捨人の如く生きながらも無事に年を送っている。しかし大正八年一月にはまた「余既に余命いくばくもなきを知り、死後の事につきて心を労すること尠からず」と記している。昭和二年、龍之介が自死する四ヶ月前の、「断腸亭日乗」の三月二十九日には「春来神経衰弱症ますます甚しく読書意の如くならず、旧稿を添削する気力さへなく、時々突如として睡眠を催すことあり、眠れば昼となく夜となく必悪夢に襲はる。何とはなく死期日々近く来るが如き心地するなり」と記されており、これまた自裁する前の龍之介が医師の下島勲や斎藤茂吉に苦境を訴えている書簡にそっくりである。こうして荷風も昭和十一年まで「死の恐怖」にとらわれながら過ごすが、十一年の二月には「余去年の六、七月頃より色慾頓挫したる事を感じ出したり、依てここに終焉の時の事をしるし置かむとす」と書かれると荷風の死の恐怖もその真意も疑問になるが、荷風は五十七歳になっている。荷風は成人してからも腸が悪く持病となってそれが死の恐怖の誘因で、隅田川沿いの中洲にある中洲病院に通っていた。その時の思いを「中洲眺望」と前書をして詠んでいる。

深川や低き家並のさつき空　　荷風

帰らなんいざ

永井荷風には「断腸亭日乗」のもととなったフランス遊学記「西遊日誌抄」がある。大正六年に荷風が主筆となった文芸雑誌『文明』に発表した日記であるが、その中にこんなことが書かれている。「自分はこの三年間ほとんど体調が悪い。大石医師に余命はどれほどあるのかと聞くと、恐らくは常命五十年を保ち難からん、という答え、余元よりかくあらんと兼てより覚悟せし事なれば深くも驚かず」と書いているように、荷風はその日から身辺整理をするようになる。いさぎよいと言えばいさぎよさであるが、その後四十二年生き伸び八十歳の長寿を保つのである。

「断腸亭日乗」は中洲病院の大石医師から長生きは出来ないといわれ、覚悟のうえで身辺整理をはじめた日から陽の目を見るに到ったと言っても過言ではなかろう。この日荷風が「余命いくばくもなきこと」を悟って日記を書き始めたとすれば、荷風に取って「日記」をつけるということは言わば死の方向に向かって流れてゆく日々を確認する毎日の遺書であったと言うことになろうか。だがこの後荷風は十人の女性を身受けしたり自宅に迎えいれたりしているのである。

大正十年五月二十六日には「病衰の老人日々庭に出て、老樹の病を治せむとす」とある。荷風が自ら名付けた偏奇館には椎の木があり、偏奇館のくぐり門から玄関に至るあいだに植わっていた。庭の病んだ椎の木の手入れをしている自分を「病衰の老人」と見ている。

残る葉は残らず落ちて昼の月　　荷風
昼月や木ずゑに残る柿一つ　　〃
老の身や世にうとまるる蛸頭巾　　〃
昼間から錠さす門の落葉哉　　〃
襟まきやしのぶ浮世の裏通　　〃

大正五年二月に永井荷風は慶応義塾の教授の職を退くが、その大きな理由は体調が思わしくなく、朝の出がけになると腹痛をおぼえることが度々にあったということであり、職を辞し、人との付き合いを絶って大久保余丁町の家に引き込んでしまった。俳句にはそうした思いが気負うことなく詠まれているが三十七歳の楽隠居なのである。龍之介はこれができなかったのである。

この時の「断腸亭日乗」には「われは誠に背も円く前かがみ頭に霜置く翁となりけるやうの心とはなりにけり。およそ人の一生血気の盛りを過ぎて、その身はさまざまの病に冒され、その心はくさぐさの思に悩みて今日は昨日にまして日一日と衰へ行くを、時折物にふれては身にしみじみと思知るほど情なきはなし」と書かれている。だが荷風が「余生」と書いたり、「病衰の老人」と書いたりしているわりにはその行動からは切羽詰まった思いが伝わって来ない。

荷風の心の中には、時代の生生しい現実と直接関わりを持ちたくないという消極的な姿勢があった。「断腸亭日乗」には痛烈な時代への批評もあるが、それは消極的な反俗精神から生まれるものであり、荷風は俗世から離れた草庵で静かな生活をしたいという文人趣味的な隠棲願望があった。「若さ」よりも「老い」の中に美しさを見たいと願う老成趣味があった。この点のみで考えれば龍之介は極めて荷風に近い願いを持っていた点で共通している。

大正八年三月三十一日に龍之介は「永遠に不愉快な二重生活」と決別し、海軍機関学校の職を辞す。その時隠栖生活を想望するような句を詠んでいる。

帰らなんいざ草の庵は春の風　　龍之介
春風や山谷通ひの白ぐゝり　　〃
山住みの蕨も食はぬ春日かな　　〃

大正十五年に片山廣子に宛てた書簡には「湯河原の風物も病人の目にはどうも頗る憂鬱です。唯この間、山の奥の隠居梅園と申す所へ行き、修竹梅花の中の茅屋に渋茶を飲ませて貰った時は僕もこう言う所へ遁世したらと思ひました。西行芭蕉の昔は知らず遁世も当節では容易ぢゃありません」と言っているように妻子一族十人をかかえ、一枚三十銭の原稿料に身を売る龍之介にはとうてい望んでも得られないものであった。

大正十五年から翌年死に到るまでの龍之介の手紙は悲惨を極める。目を覆いたくなるような苦況と病状が訴えられている。この年の四月九日、佐佐木茂索に宛てた書簡には、「アロナアル、ロッシュ、君は一錠にて眠られると言ひし故一錠のみし所、更に眠られず、もう一錠のみしがやはり眠られず、とうとうアダリンを一グラムのみて眠りし」と書き送り、この日の「病中雑記」には「ぼんやり置炬燵に当たりをれば気違ひになる前の心もちはかかるものかと思ふことあり」と書いて、狂人になるかという不安を漏らしている。龍之介が当時診察を受けていた医者は下島勳に胃腸薬を、斎藤茂吉に精神安定剤を、茂吉の紹介の内科医師神保孝太郎からは神経衰弱と胃アトニイーの薬を貰い、神保から「この分にては四十以上になるととりかへしつかぬ大病になる」という診断と忠告を受けている。

龍之介がこのような状況に陥った直接の原因は、大正十四年十一月に興文社から依頼された『近代日本文芸読本』を発刊し終り、ようやく苦慮した編集作業から一年三か月ぶりに解放された途端に、無断収録問題や印税分配問題に巻き込まれてしまった。この問題は半年も尾を引き、山本有三に宛てて「あのお礼は口数が多いので弱った。興文社から少し借金した。編サンものなどやるものぢゃない」と書いている。これは編者となった興文社から大金を貰い、その儲けで書斎を建てたという妄説が立ち、それに悩んだ龍之介が、収録した作家に身銭を切って、三越から十円の切手を分配した事も頭痛の種となった。同社に抗議を申し立てたのは徳田秋声であった。龍之介は大正十四年十二月五日に秋声に詫び状を送っている。「もとは小生の粗忽に出てゐる事と思ふと何とも申訳ありません」と不手際を認め、翌年四月十七日には「読本儀本屋と折衝を重ねた結果別封の通り廉志を献ずる運びになりました」と切手を送った旨を書き、体調の不調も訴えて詫びを繰り返している。龍之介の律義さが手に取るようにわかる。

「断腸亭日乗」には荷風が株を購入し、財産としていたことが大正十四年一月十五日にある。「午前兜町片岡といふ仲間の店を訪ひ、主人に面会して東京電燈会社の株百株ほどを買ふ、去年三菱銀行の貯金壹萬円を越へたれば利殖のため株を買ふことになしたるなり」とある。龍之介はこの二年後に自殺するが、遺書には「僕の遺産は百坪の土地と僕の家と僕の著作権と僕の貯金二千円のあるだけである」と書いているが、荷風の貯金は一万円で龍之介の五倍になる。隠栖と言いながらも荷風は新株をしっかりと購入し利殖を心がけながら、単身生活者としての生活を安定したものにしている。

円本ブーム

芥川龍之介は「ぼんやりとした不安」という言葉を残して自死したが、そこには様々な生活上の不安もあった。まず大正天皇の崩御によって大正十五年十二月二十五日は昭和元年と改元されるや、僅か六日後には昭和二年になる。大正も終末近くなるといよいよ経済不況も深刻となり、龍之介の実父新原敏三が大正八年に亡くなると実家の耕牧舎も経営が傾いて行く。昭和二年の一月四日に義兄の西川豊宅が全焼し、多額の保険金がかけられていたことで義兄に放火の嫌疑がかかり、一月六日に西川豊は千葉のトンネル付近で列車に飛び込み自殺をしてしまった。そんなことから龍之介は、義兄の家族や遺された高利の借金や保険などのことで奔走し、病状はますます悪化するのみであった。友人関係では仲人をした岡栄一郎が離婚したり、小穴隆一の結婚問題が難行したりしていた。

当時は原稿も買い上げであったり、有名著名な作家でも本の売れ行きは千部単位であった。加えて芥川家には老人が多く、姉の子供や龍之介夫妻の子供など、家族は十人にもなり、それらのすべてが龍之介の筆と肩にかかっていた。更には、改造社の円本全集宣伝講演会に引きまわされ、大阪から北海道まで講演旅行をせざるを得なかった。

こぶこぶの乳も霞むや枯れ銀杏　龍之介
冴え返る身にしみじみとほっき貝　〃
ひつじ田の中にしだるる柳かな　〃
簀むし子や雨にもねまる蝸牛　〃
雪どけの中にしだるる柳哉　〃

こうした句は、すべて改造社の『現代日本文学全集』刊行の宣伝旅行先から家族に宛てて書いた書簡にある句である。龍之介はこの宣伝講演会を病気の体をおしてこなしていたのだ。

昭和二年に突然「円本ブーム」が起こった。この年の始め、改造社の山本実彦社長が『現代日本文学全集』全六十三巻の予約募集を開始した。全集は菊判で各巻五百頁、三段組、普通の単行本が四冊は入る分量で定価はわずか一円であったので円本と呼ばれた。当初は失敗でとても採算はとれない、と言われていたのが予想をはるかに超えて六十万部の予約を取った。平野謙の『昭和文学史』には、「無論、この企画は昭和二年前後の経済不況を打破するための苦しまぎれのプランには違いなかったが、その起死回生の出版プランが当ったのだ。近代日本文学の読者が一挙に五十万以上に達したことはまさしく空前のできごとといっていい」と書いている。改造社の成功を見て他社も続々と追随し、新潮社の『世界文学全集』や春陽堂の『明治大正文学全集』に続いて平凡社では『現代大衆文学全集』などの円本の予約募集が次々に始まり、時ならぬ円本ブームが沸き起こった。龍之介の句にそうした状況を把えた句がある。

牛込に春陽堂や暑き冬　　龍之介

平野謙は「新聞広告なども全ページ、六段二ページ通し、更に見開き二ページというような大広告にまで膨張していった。その他全集の印絆纏を着た店員や宣伝旗をひるがえしてビラやポスターをまく自動車、広告塔やアドバルーン、さては飛行機上からビラの撒布というような宣伝戦がくりひろげられた。無論小説家を中心とする文芸講演会なども各地で開催された。自殺の決意をひめて心身ともに困憊していた芥川龍之介などもとおく北海道まで動員されたのである」とも書いている。

異常とも思える円本ブームは現代の出版業界を含めたマス化の始まりだった。それまで女房を質屋に入れ、縕袍を着て、喰うや喰わずで書いていた小説家達に思わぬ収入をもたらした。谷崎潤一郎も昭和十年に『中央公論』に発表した随筆「私の貧乏物語」で「この円本ブームのおかげで余裕のある暮しが出来た」と言っている。「改造社その他から円本が出て、私などには生れて始めてと云ふ巨額の金が這入り、所謂印税成金になったのである。あの前後四、五年といふものは殆ど生活の苦労を知らずに極めて悠々たる月日を過した」とも言っている。谷崎潤一郎ばかりではなく、勿論「隠棲者」の筈の荷風もまたこの円本ブームの恩恵をこうむったのである。宣伝講演旅行に狩り出され、恩恵を蒙ることなく、あの世への旅に旅立った龍之介はさぞや無念な思いであったことだろう。願って叶わなかった隠棲の心境を、まさに絵に書いた餅のように龍之介はこんな俳句に詠んでいる。

引き鶴や我鬼先生の眼ン寒し　　龍之介
篁に飛花堰きあへず居士が家　　〃
君琴弾け我は落花に肘枕　　〃
ちりたまる花に起るや夕つむじ　　〃

荷風は円本の企画を当初は苦々しく思っていたようである。昭和二年三月三十日の「断腸亭日乗」には「春陽堂主人来訪、当初小説叢書刊行のことを談ず、近年予約叢書の刊行流行を極む、此頃電車内の廣告にも大衆文芸全集一冊千頁値一円、紙質は善良などいへるを見るなり」と書いていたが、三か月後の六月には改造社の『現代日本文学全集』と春陽堂の『明治大正文学全集』の二社に「荷風集」を入れる契約を取り交わしている。

「断腸亭日乗」昭和二年六月二十一日には「晴天午下邦枝君来訪、偶然改造社々長山本氏に逢ひたりとして全集本の事につきて語るところあり、山本は余に契約手附金として一万五千円を支払ひ、周旋礼金として金五百円を邦枝子に与ふべき旨言い居れば、枉《ま》げて承諾ありたしと云ふ。余邦枝子の言ふ処に従ふべき旨返答す、邦枝子直に自働車にて改造社に赴き、住友銀行小切手を持参せり」と書いている。荷風はこの二つの契約の他に、更に改造社の『新選名作集』も契約した。昭和三年一月二十五日には「午後三菱銀行に赴き、去秋改造社及び春陽堂の両書肆より受取りたる一円全集本印税金総額五万円ばかりになりたるを定期予金となす」と書いているが、さすがにこれは小山内薫から批判をされた。龍之介は円本の走りをのぞいただけで、何の恩恵も蒙らなかった我身の迂闊さを「文壇の近事も知らず」と前書し句にしているがこれを知ったならどう思ったであろう。文中に出て来る邦枝子は後に大衆作家になる邦枝完二である。

黒船の噂も知らず薄荷摘み　　龍之介

革の香や船載の書に秋晴るる　〃

雨傘と手提鞄

永井荷風といえば、黒のソフト帽子にコートを着て、雨傘と手提げ鞄を下げた少し寂し気な老人の姿が思い浮かぶ。そうした世捨人的な現代の隠棲者の姿は、荷風自身が作り出した「やつし」の姿である。「断腸亭日乗」にはいたる所で静かな一人暮らしを楽しむ老人の姿を描いている。しかし「老人に身をやつした荷風」は、また良く出歩いてもいる。隅田川べりの町、浅草の町、夜の銀座などまさに神出鬼没、とても「病衰の老人」とは思えない行動力である。昭和九年に当時五十四歳の荷風のすまいを訪れた雅川滉は、随筆「偏奇館訪問」で「わたしは仰いでその漆黒な髪、艶のある顔色を、膝に置いた手の甲の老人めいた皺と比べ合わせて驚嘆した。恐らくは芥川龍之介が三十歳のときの顔よりも遙かに若々しいであらう表情がそこにあるのだ」と書いている。

百合の香や人待つ門の薄月夜　荷風
石菖や窓から見える柳ばし　〃
小机に墨摺る音や夜半の冬　〃

湯帰りや灯ともしころの雪もよひ　〃
窓の灯やわが家うれしき夜の雪　〃

自分を老人に見立てて隠棲者として生きる。現実社会から逃避したところで静かな一人暮らしを楽しむことを荷風は最高の理想にしていた。大正十五年九月二十六日に、荷風は知人からかねて欲しいと思っていた秋海棠を数株もらい受けた。「秋海棠」別名断腸花は荷風の好きな花でこれから断腸亭を名乗った。荷風は庭いじりが好きであったばかりではなく、原稿を筆で書いた。硯や墨を大事にした。龍之介も書に関心が深く、自死する前年には永見徳太郎から鉄翁遺愛の硯を貰っている。自死する十日前に徳太郎を電報で自宅に呼んで「河童」の原稿を形見に与えているほどである。荷風は毎年正月に亡き父を偲んで父親が大事にしていた硯をきれいに洗うことを一年の始の儀式のようにしていた。そうした「文房清玩」の趣味や庭いじりは荷風と龍之介に共通している。

秋海棠植え終りて水を潅ぎ、手を洗ひ、いつぞや松莚子より贈られし宇治の新茶を、朱泥の急須に煮、羊羹をきりて菓子鉢にもりなどするに、早くも蜩の鳴音、今方植えたる秋海棠の葉かげに聞え出しぬ。かくの如き詩味ある生涯は蓋し鰥居の人にあらねば知り難きものなるべし。平生孤眠の悲なからんには清絶かくの如き詩味も亦無し。

荷風はひとり庭に花を植え、左団次からもらった新茶で羊羹を食べる。そこにはえも言えぬ荷風の楽しみがあった。龍之介も甘いものには目がなかった。子供の頃から「日光羊羹」が好きで「羊羹」という文字を見ただけでよだれが出たとも言っている。

また荷風は落葉焚を何よりの楽しみとしていた。庭の落葉を箒で掃き集めては火をつけた。乾いて燃えやすいのは松、桧、竹などの枯葉。露に湿って燃えにくいのは榎、柳、桜、木斛、石榴などの枯葉で、これをよく混ぜ合わせるのがいいとも言っている。煙が雲の峰のように立ち昇り、湿った土の臭を放つ、その土の臭をかぐとき「身はおのづから山中の隠士なるが如き心地して幽興限りなし」と書いて「山中の隠士」に自分を見たてている。今のようにダイオキシンがどうのこうのとは凡そ縁の遠いのどかな時代でもあった。

まだ咲かぬ梅をながめて一人かな　　荷風
降りやみし時雨のあとや八ツ手の葉　　〃
日のあたる窓の障子や福寿草　　〃
蘭の葉のとがりし先や初嵐　　〃
紫陽花や身を持ち崩す庵の主　　〃

芥川龍之介も荷風と同じように隠棲の願いを持っていたので、庭いじりには凝っていた。大正十一年には「庭」という小説を書き、大正十三年十一月頃から庭つづきに書斎を増築してこまごまと庭の手入れもした。「庭芝に小みちまはりぬ花つつじ」などの句を詠んでいるほどだ。俳句にも似たような趣きを把えたものが多い。

石菖やわれは茶漬を商はん　龍之介
ひな芥子は花びら乾き茎よわし　〃
あさあさと麦藁かけよ草いちご　〃
生垣に山茶花まじる片かげり　〃
拾得は焚き寒山は掃く落葉　〃

永井荷風の趣味は庭いじり、焚き火、曝書、文房清玩などとどまるところを知らない。歌舞伎見物もあった。荷風と親しくした二世市川左団次は「団菊左」とうたわれた先代市川左団次の子供で、明治十三年生まれで荷風より一歳年少であった。父の左団次が存命中は父親と比較されて人気も出なかった。明治三十七年に父が亡くなって左団次を襲名してから人気も鰻のぼりに上昇し、「修禅寺物語」「鳥辺山心中」「番町皿屋敷」「鳴神」「河内山」など数多くの当り芸を持つ名優として大成した。荷風は次の様に詠んでいる。

市川左団次丈煙草入の筒に
春の船名所ゆびさすきせる哉　　荷風
四谷怪談賛
初汐や寄る藻の中に人の骨　　〃
清元なにがしに贈る
青竹のしのび返しや春の雪　　〃
河内山賛
笈を負ふうしろ姿や花のくも　　〃

荷風は左団次の芸も人をも愛した。「芸人読本」という随筆で「此に芸人にして更に芸人らしからぬ人今の世にたった一人あり。世間の事に明く上下の人情に通じて思遣もあれば情もある人たった一人あり。品行方正なる事君子の如く、衣食奢らざる事三河武士の如き人たった一人あり。そも此を誰とかなす。松莚市川左団次即其人なり」と手放しで賞賛している。左団次も若い頃に欧州を遊歴したことがあり、二人は共に帰朝者という共通項もある。

荷風は東京の古い寺に出かけては、江戸の漢詩人や戯作者、明治の文学者たちの墓を敬意を払って掃苔している。敬慕する亡き文人の墓を歩いてはその墓を恰も背を流すように洗う。尾崎紅葉、森鷗外、泉鏡花、成島柳北、鶴屋南北、小泉八雲と先輩文学者の墓を訪ね歩く。今の作家にはこうした敬慕を持つ人は少なくなってしまったようだ。

柳島画賛

春寒や船から上る女づれ　荷風
冬空や麻布の坂の上りおり　〃

吉原の遊女の投込み寺として知られる三ノ輪の浄閑寺にも訪れ、荒廃した様子に心惹かれ、また哀れみ涙を流した。明治三十二年にはそうした有様を小説「おぼろ夜」に書いて薄幸の吉原の遊女が葬られる場所にしている。ここには永井荷風筆塚がある。

しのび音も泥の中なる田螺哉　荷風
行くところ無き身の春や墓詣　〃

昭和八年九月五日遂の師と仰いだ巌谷小波の死に際しては「小波大人追悼」として悲しみの中にも次のような句を作って捧げた。

極楽に行く人贈る花野かな　　荷風

立身不出世

永井荷風こと永井壮吉は久一郎と恒の長男として明治十二年十二月三日に、東京小石川区金富町に生まれた。父久一郎は、尾州藩士の長男で明治三年に貢進生となり大学南校に学んだ。貢進生は、中央政府に人材を集めるために石高に応じて各藩から一、二名の秀才が推挙され、大学南校で勉学した秀才生を言った。久一郎は大学南校に入学した翌年、明治四年に退学した。その後アメリカ・プリンストン大学で学んで帰国し、工部省や文部省などに勤務した。当時の学歴の最高を極め高級官吏の道を歩んだ。久一郎は当然荷風にも第一高等学校の受験をすすめた。

荷風は父のすすめもあって明治三十年に第一高等学校を受験したが、不合格となってしまった。荷風は「予の二十歳前後」と題した随想に「わざとという程のことでもなかったが、合格しないようにした」と書いている。明治三十一年九月に荷風は牛込矢来町の広津柳浪の門をたたいた。その時荷風は外国語学校中国語科に在籍する二十歳の学生であった。その後、暁星学校夜学に入りフランス語を学び、これが後にフランスで役に立つこととなる。

永井壮吉はこの頃、対話体の小説を書いていた柳浪の「黒蜥蜴」「今戸心中」や「河内屋」などの小説にあこがれていた。柳浪は荷風の作品に手を入れて博文館や春陽堂に送って紹介してくれた。荘吉の書いた初めての小説は、明治三十二年十一月の博文館の『文芸倶楽部』に柳浪と荷風の合作として「薄衣」と題して掲載された。荘吉は巌谷小波の木曜会のメンバーとなって句作も始めていた。小波は『活文壇』という俳句雑誌を持っていたが井上唖々を中心として組織されていた。明治三十三年五月十日号に荷風の俳句は掲載された。荘吉が初めて作った俳句である。

はる雨に灯ともす船や橋の下　　荘吉
昼寄席の講釈聞くや春のあめ　　〃
春さめや井戸に米とぐ青女房　　〃
はるさめに昼の廓を通りけり　　〃
はしなくもあさ湯帰りを春の雨　　〃
楼上の茶の湯の会やはるの雨　　〃
つめ弾きの一中節や春の雨　　〃
傾城の無心手紙やはるのあめ　　〃

明治三十六年九月に永井壮吉は渡米することになった。叔父をモデルにした小説「新任知事」という作品が一族の間で問題となり、父親のすすめで、ともかく日本を脱出しようということでアメリカに渡ることになった。前年の明治三十五年に巌谷小波の木曜会の機関誌『饒舌』に荷風はゾラを紹介したのをきっかけに、翌三十六年九月に『女優ナナ』を新声社から出版したばかりであった。明治三十六年十二月二十八日付で小波のもとにアメリカの永井荷風から年賀状が届いている。

おめでたう　たつのはつはる　かふう
正月といへど天気はいつも陰気な霧ばかりにて青空を見る事殆どなし。
霧にあけて初日も見ずにしまひけり
腰まげてジャップが申す御慶かな
木曜会諸兄　　アメリカ荷生

荷風のアメリカ行きは、堅実な社会で立身するひとつの過程として、息子に洋行を強いる明治的な良家の父親の意向を止むなく受け入れた結果であった。一族の間での不穏な思いを外に漏らさぬ父親の配慮であったから、息子もおとなしく従ったわけではない。荷風はアメリカ滞在を小説家として立つきっかけに利用しようと考え、あわよくばフランスへ渡る手がかりを把もうと考えたりしていた。儒教的な家族の観念が支配する紀州藩家臣の家に育った荷風には、父親に対してのある種の後ろめたさは拭いきれないものがあったであろうが、それ以上に荷風を把えてやまなかったものは、この広漠たる異文化の土地を小説家の眼で見てやろうとする熱い思いであった。ともかくもこの時には若い壮吉には老隠居の思いなど微塵もあろう筈はなかった。

荷風は四年近いアメリカ滞在中、ワシントン州タコマ、中西部、ミシガン州、ニューヨークと遍歴している。「自分は此の四年間米国社会の見たい処、調べたい処も、先ず大概は見歩いたので」と記している（「六月の夜の夢」）ように多少の誇張はあるにせよ、見聞を拾い集めたことは確かであった。

悪辣な仲間達に妻を犯されて発狂し、「癲狂院」に閉じこめられている日本人出稼ぎ労働者の話は、この世という苦役の場所で生きる人間の悲惨が荷風という小説家の眼を通して描かれ、『あめりか物語』の白眉となっている。アメリカでの滞在が永くなるにつれて荷風の視野はひろがってゆく。在留日本人の生態の観察にとどまるだけでなく、やがてアメリカ人の生活の断面についての観察も深まってゆく。後の観察者断腸亭主人の視線はここから芽生えてゆくのである。二十六歳の年にはワシントンで娼婦イデスと交情を深め、二十八歳の年にはニューヨークの中流家庭の娘ロザリンとの仲も深まって、外国での女性遍歴も経験する。娼婦になってゆく少女についての伝聞、大都会の歓楽街などの記述などアメリカ社会の深い部分にまで視線を延ばすには、荷風はまだ年が若すぎたとしか言いようがない。

明治四十年七月、永井荷風はフランスに渡る。リヨンの銀行に勤めるが、翌年辞し、パリに遊び七月に帰朝する。帰国するや、博文館から明治四十二年『ふらんす物語』の発刊を試る。実際は製本直前に発禁となり押収されてしまったが、大正四年に版元が強行刊行した。『ふらんす物語』と『あめりか物語』の違いは、憂愁と倦怠の感情をベースにしている点や悲哀や寂寥感の強い表出にある。集中の代表作は「放蕩」な外交官小山貞吉の放恣な生活を描きつつ、結局パリ女性との同棲にも疲れ、倦怠の中で放心する心理の内実を描いて印象的である。「巴里のわかれ」は夢の都パリから日本へ戻らなければならない心の葛藤が見事に描かれている。

荷風の激しい明治時代への文明批評はその後『新帰朝者日記』や『冷笑』などに顕著に描かれている。一方で明治四十二年には『すみだ川』などの甘美な恋物語を描くようになり、次第に江戸趣味に傾いてゆくようになる。

冬空の俄に暗しきのふから　　荷風
木枯も音をやしづめむ今日の空　〃

もてあます西瓜

大正の文壇は私小説が主流で、ジャーナリズムの間で流行作家の日常生活の公開日記を掲載することが流行した。龍之介も『田端日記』『長崎日録』『澄江堂日録』『大震日録』などがあるが、勿論これらには読まれるための配慮が施されていて純粋な日記とは言えない。

だが、龍之介の日記は事実ではない部分もあろうが、彼は文壇では最も華やかな中心人物の一人であり、こうした時期の日記にはそれなりの大正期の文学者の日常生活を窺うこともできる。注目すべきは芥川の後半生を左右した女性、秀しげ子の記述で、芥川の心が動いていく姿も如実に感取できる。秀しげ子という女性については江口渙も「芥川の晩年の運命の少なくとも三〇パーセントは支配した女性である」と言っている。

昭和二年、小穴隆一にあてた遺書には「しかしその中でも大事件だったのは、僕が二十九歳の時に秀夫人と罪を犯したことである。僕は罪を犯したことに良心の呵責は感じてゐない。唯相手を選ばなかった為に（秀夫人の利己主義や動物的本能は実に甚しいものであぁる）僕の生存に不利を生じたことを少なからず後悔してゐる」と書いてあった。こうした点の照合などは一致している所もある。

永井荷風の「断腸亭日乗」は荷風の死の前日、昭和三十四年四月二十九日までの実に四十二年に及ぶ日記である。無論発表を意図したものではないからここには荷風の赤裸々な人生と生活が余すところなく記述されている。荷風が描く女性は皆玄人の女である。素人の女性はまず出てこない。初期は芸者、大正から昭和に入ると私娼、カフェーの女給、踊子へと対象は移ってゆくが、いずれも都市の歓楽街、狭斜の巷に生きる女達である。昭和三年十二月三十一日「断腸亭日乗」で「余は女好きなれど処女を犯したること又道ならぬ恋をなしたる事なし、五十年の生涯を顧みて夢見のわるい事一つも為したることなし」と誇らし気に書いている。荷風が関係を持った女性は妻にした二人を除いて十六人にのぼる。

持てあます西瓜ひとつやひとり者　　荷風

この句は随筆集『冬の蠅』に収められている。「これはわたくしの駄句である。郊外に隠棲している友人が或年の夏小包郵便に托して大きな西瓜を一個買ってくれた事があった。その仕末にこまって、わたくしは之を眺めながら覚えず口ずさんだのである」と書いているが、勿論こうした語調は独居を語る糸口で郊外の隠棲者はなにを隠そう荷風自身であることは言うまでもない。

釣干菜それ者と見ゆる人の果　　荷風
雨やんで庭しづかなり秋の蝶　　〃
秋雨や夕餉の箸の手くらがり　　〃
蚊ばしらを見てゐる中に月夜哉　　〃
寒き日や川に落ちこむ川の水　　〃

荷風は老人をよそおい、隠棲者たるべく家庭を持つことを嫌った。「断腸亭日乗」に出て来る「ひかげの花」と呼ばれる数多くの女性と性的交渉を持った。数えあげれば十六人以上になるが、女に溺れることなく、情にとらわれることはなかった。中村真一郎はそういう荷風を「素人の女には絶対手を出さないというのが荷風の確固たる信念であった。つまり、女性は金で買うべきであって、同じ階級の女性と対等の恋愛をすることは罪悪であるという、今日のモラルとは正反対の倫理観を抱いていた」と言っている。この頃から荷風は手提鞄から、藤葛で編んだ買物籠を持ちあるくようになっている。その中には新聞紙に包まれた生卵がいつも入っていた。

明治四十二年、荷風二十九歳の作「すみだ川」には、俳諧師松風庵蘿月という、文明開化の時代に背を向けて、古い江戸情趣の世界にひたろうとする江戸最後の放蕩息子のなれの果の老人が登場する。大正五年の「うぐひす」にも世捨人の小林という老人が出てくる。「新橋夜話」の多町の隠居、「腕くらべ」の木谷長次、「つゆのあとさき」の清岡老人、「ひかげの花」の塚山老人、これらの老人は皆世捨人であり風流人であり、明治という実利文明に背を向け、滅びゆく江戸の文化に閉じこもって生きている人達である。古い江戸の残り香のする隅田川のほとりや神田明神下に住み、本所や新橋、綿糸堀あたりに住する老人達を荷風は自分に仮託して描いている。

荷風の描いた老隠居は龍之介の初期の作品、「大川の水」「老年」「ひょっとこ」の中に遺憾無く受け継がれている。「老年」の隠居の房さん、「ひょっとこ」の山村平吉など下町文化と江戸文化にどっぷり浸った者であり、明治という功利な近代化に背を向けている人物である。また龍之介が昭和二年五月二十二日まで十五回にわたり『東京日日新聞』に発表した「本所両国」では、十五章にわたって本所両国界隈の印象を記し、「両国橋を渡りながら大川の向ふに立ち並んだ無数のバラックを眺めた時には実際烈しい流転の相に驚かない訳には行かなかった」と書き、変貌への驚嘆と過去への愛惜と追懐の念を記している。だが死を前にした龍之介の脳裏をよぎったものは、初めて書いた随想「大川の水」に記した「大川の水があって、始めて自分は再、純なる本来の感情に生きることが出来る」という江戸伝来の文化への愛惜の情であり、滅びゆくものを目のあたりにした無常観であったことだろう。

荷風と龍之介は何故、滅びゆく江戸の文化や隅田川のほとりに息づく下町の人情、ひそかに隠れるように住む廃残の老人にこれほどまでに思いを寄せたのであろう。それは大正五年に荷風が井上唖々や籾山庭後らと始めた雑誌『文明』に発表した「うぐひす」の小林老人の言葉に答えがある。二人に共通した或る思いがあってこうした作品は生まれたのである。

私は王政治復古の際に薩長の浪人どもが先に立って拵へた明治の世がいやで成らないのです。私の悪むのは薩長の浪人が官員となって権勢を恣にし一国上下の風俗人情を卑陋にさせた事を申すのです。

私はかうして独身で暮してゐるかぎりには鯰や鰌の世の中に交る必要がない。門を閉ぢ客を断れば狭しと雖もわが家は城郭です。木と花と鳥とが春夏秋冬を知らせるばかりです。

ここには荷風の旧幕臣好みの心情がよく出ている。廃残者や敗残を経験した者だけにしかわからない思いが語られている。荷風の老人へのこだわりが、薩長の作り上げた明治という功利主義、権力主義、実利文明に対する反撥であったとすれば、次第に形作られてゆく資本主義の世に、取り残されてゆく古い時代の人達は、江戸の情緒を懐しむ老人達であることはうべなるかの思いに突き当たる。

学歴貴族の軌道からはずれ、落ちこぼれたことで、荷風は立身出世主義や欧化主義などの近代日本的なものに背をむけ、江戸情緒の残る下町への哀惜のまなざしに溢れた、荷風独特の作品を生んでゆくようになるのである。「すみだ川」に出てくる蘿月は山の手に生まれたにもかかわらず、若い時分はしたい放題のことをし、身を持ち崩し、下町で風流三昧に耽ける落伍者的人物であるが、ここにも荷風自身が重ねられ、お豊に父久一郎がなにほどか仮託されている。勿論荷風の第一高等学校受験の失敗の心の傷はそのまま語られてはいないが、下町情緒のなかで道具立てとして使われている。

芥川龍之介も立派な幕臣の裔であり、それも直参、江戸城中に勤務したお数寄屋坊主であった義父を持っている。龍之介は一高から帝大という学歴貴族の道をすすむが、官途に就かず小説家の道を選んだ。言わばこの時代にあっては敗残に組みせられよう。「僕は生れてから二十歳頃までずっと本所に住んでゐた者である。明治二三十年代の本所は今日のやうな工業地ではない。江戸二百年の文明に疲れた生活上の落伍者が比較的多勢住んでゐた町である」と記すように、欧化し変貌する明治、大正にすべてを浸ることができない知識人のひとりであった。「断腸亭日乗」

には龍之介自殺の当日「余芥川氏とは交無し。會て震災前新富座にて偶然席を同じうせしことあるのみ」とだけ記されている。龍之介の「文芸雑感」や「大正八年度の文芸界」などから荷風に寄せる関心の深さを知ることができる。荷風晩年の俳句は次のような作であるが、よく真実を述べた句になっている。一人で死んでゆく者の寂しさが如実に看取できる。龍之介は荷風の作品は生前必ず目を通していた。

虫の音も今日が名残か後の月　　荷風
月も見ぬ世に成り果てて十三夜　　〃

永井荷風は昭和二十七年、七十三歳で文化勲章を受章し、翌々年の七十五歳で日本芸術院会員となり満八十歳で生涯を終えた。

『断腸亭日乗』は、昭和三十四年四月二十九日の「祭日。陰」を持って終っている。その日は近くの八幡神社の祭りの日であった。翌日三十日の朝、荷風の身の廻りの世話をしているお手伝いさんの福田とよが、開いたままになっている表戸から内部に入ると、荷風は洋服を着たままふとんの上でうつぶせになっていた。前日の夜まで意識は明瞭であったと思われる。遺体の傍らには預金通帳の入った小型のボストンバッグが置かれてあった。

荷風が到れたのは三月一日で、浅草アリゾナで昼食中であったが、自らタクシーを拾って市川の隠棲宅に戻っている。この時を最後に荷風は「生きることは歎きのもと」でありながらも「瞬間のなぐさめ」「束の間のよろこび」が芸術によって充たされた浅草行を断念した。

久保田万太郎は「先生には二十代からお世話になっているが、自分一人を信じて生きてこられた先生の気持を考えて、お目にかかるのも遠慮していたほどだ。何しろ先生は自由をこの上もなく尊ばれ、そして愛しておられた。芸術家らしく一人で生涯を終えられたが、それは先生にとっては喜びであったと思います」とその日の『毎日新聞』に述べている。

第三章　芥川龍之介と室生犀星

関東大震災

大正十二年九月一日、その日は朝から夏の余命を残した太陽が、じりじりと照りつけ耐え難い暑さであった。六日前に鎌倉の平野屋に宿泊していた龍之介は、八月なのに藤や山吹や菖蒲などが狂い咲きしているのを見て、友人の小穴隆一や久米正雄らに手紙を書いて、「天変地異が起りさうだ」と予言めいた言葉を並べて次の様な俳句を添えた。龍之介は八月七日から二十五日まで鎌倉雪の下にあった割烹旅館平野屋別荘に避暑にきていた。

藤の花軒ばの苔の老いにけり　　龍之介
藤棚の空をかぎれるいきれかな　　〃

庭芝もほどろにのびぬ花つつじ　〃

久米も小穴も「そんなことがあるものか」と関心も示さなかった。田端に戻った龍之介は、この日は昼頃になって朝食とも昼食ともつかない遅い食事を食べ終わって、茶の間でくつろいでいると、突然ぐらっと家が大きく揺れた。次にずしんという地下から大きな大砲でも打たれたかのような突き上げを感じ、再び家が揺れ出した。この時龍之介は隣りの家が傾むいてゆくのを目の当たりにして、「これでもうだめだ」と一瞬思い、慌てて屋外に飛び出した。しばらくして揺れが収まった。その時の様子を『大震日録』に、「家大いに動き、歩行甚だ自由ならず。屋根瓦の乱墜するもの十余。大震漸く静まれば、風あり、面を吹いて過ぐ。土臭殆んどむせばんと欲す」と書いているように突風が吹いたようである。「被害は屋瓦の墜ちたると石燈籠の倒れたるのみ」とあるから芥川家は無傷とも言えるような状態であった。

地震の揺れが収まって、二階に寝ていた多加志を抱きかかえて庭に出た妻の文が、「赤ん坊が寝ているのを知っていて、自分ばかり先に逃げるとはどんな考えですか」と問い詰めると、「人間最後になると自分のことしか考えないものだ」と答えたという。こうした言葉は妻と二人だけのやりとりであるから、後世に伝わるはずがないことながら、どういうわけか、これが芥川龍之介という人物の功利的な面を強調する言葉として今日よく引用されている。

ちょうど昼ごろであったことから折り悪しく倒壊した家々から出火すると、折りからの熱風に煽られ火は忽ち広がって、二日には田端の家の近くまで火が迫り、延焼の危険が迫ると、龍之介は漱石の書一軸を風呂敷に包んで逃げようとしたが、三九度の熱を出していて立つことすらできなかった。芥川は漱石から「風月相知」と書いた額を貰っている。また大正八年に海軍機関学校を退職する際、同僚の内田百閒から貰った「孟夏生草奔」の書軸を大切にしていた。百閒という作家は面白い人物で、漱石が鼻毛を抜いて原稿用紙に植えつけていたのを貰い受け大切にしていた。「百閒所有の漱石の鼻毛」として有名である。龍之介への餞別にと書軸も漱石に強請《ねだ》って書いてもらったものであった。震災を免れた龍之介の家には、火災で家を失った親戚の者や小島政二郎夫妻が避難して来たり、犀星が見舞いに来たりした。

龍之介は気を取り直し、近くに住む渡辺庫輔と大八車を引いて染井の青物市場に野菜や果物や缶詰などの買い出しに出かけた。「大震前後」にはこの日のことが次のように書かれている。「九月二日、東京の天、未だ煙に蔽はれ、灰燼の時に庭前に墜つるを見る。円月堂に請ひ、牛込、芝等の親戚を見舞はしむ。東京全滅の報あり。又横浜並びに湘南地方全滅の報あり。鎌倉に止まれる知友を思ひ、心頻りに安からず。薄暮円月堂の帰り報ずるを聞けば、牛込は無事、芝は焦土と化せりと云ふ。姉の家、弟の家、共に全焼し去れるならん。彼等の生死だに明らかにならざるを憂ふ」とあり、地震に際して芥川家はさしたる被害を受けずに住んだ。小島夫婦は五日ごろまで芥川家に滞在し、根岸に引き揚げた。芥川家の近くに住んでいた室生犀星の家もほぼ同じような状態であったが一ヶ月後に一家をあげて金沢に引きあげてしまった。

室生犀星が田端に移り住んだのは大正五年七月であるから、芥川一家が大正三年に移り住んで間なしの頃であった。この時犀星は「庭作り」に打ち込んでいた。その凝りようは玄人はだしで、自分流の庭を作ることを楽しみにし、庭のあちこちに蹲を据えて楽しんでいたが、そのひとつひとつを友人に配り、形見に残して金沢に帰り、帰郷するとすぐさま俳句を添えた手紙をよこした。

つくばひの藻も青黒き暑さ哉　　犀星

これに対して芥川は、いつものように当意即妙な機智俳句を返している。

つくばひの藻もふるさとの暑さかな　　龍之介

龍之介と室生犀星とが初めて出合ったのは、大正七年一月に行なわれた日夏耿之介の詩集『転身の頌』の出版祝賀会の折りで、その後同じ田端に住んだ事もあって次第に親交を深めていった。知的な都会派と感覚的な野性派というように、対照的な二人はお互いに刺激と影響を与え合うようになり、それに伴って友人以上の深いつき合いに発展していった。しかし室生犀星は大震についてはあまり触れていない。龍之介はひ弱な書斎人のように思われているが、この時は自警団を組織したり、川端康成と吉原へ死骸の見聞にも行っている。川端は「吉原遊郭の池は見た者だけが信じる恐ろしい地獄絵であった。幾十幾百の男女を泥釜で煮殺したと思へばいい。赤い布が泥水にまみれ、岸に乱れ着いてゐるのは、遊女達の死骸が多いからであった。岸には香煙が立ち昇ってゐた。芥川氏はハンケチで鼻を抑へて立ってゐられた。何か云はれたが忘れてしまった。しかし、それは忘れてしまった程に、皮肉交りの快活な言葉ではなかったらうかと思ふ。」と『サンデー毎日』（一九二九・一・一三）に書いている。永井荷風は遊女の墓に線香をたむけ、まるで遊女の背中を流してやるように墓を洗ってやるのであった。

松風をうつつに聞くよ夏帽子　　龍之介
かげろふや棟も沈める茅の屋根　　〃
この家や火事にもあはで庭の苔　　〃
燃えのこるあはれは梢の木の葉かな　　〃
松かげに鶏はらばへる暑さかな　　〃

大震後に作られた俳句である。このような句を残せる所に芥川の繊細なしたたかさがある。好奇心の旺盛さを「廃都東京」で如実に語っている。

応仁の乱か何かに遇った人の歌に「汝も知るや都は野べの夕雲雀揚るを見ても落つる涙は」と云ふのがあります。丸の内の焼け跡を歩いた時には、ざっとあゝ云ふ気がしました。水木京太氏などは銀座を通るとぽろぽろ涙が出たさうであります。けれども僕は「落つる涙は」と云ふ気がしたきり実際は涙を落さずにすみました。その外不謹慎な言葉かも知れませんが、ちょいともの珍しかったことも事実であります。

龍之介の好奇心の様子が良く出た文章である。また一方では家族や兄弟、親戚の家を見舞ったり、自警団として「徹宵警戒」に加わったりして心を痛めてもいる。龍之介は決して貧弱な書斎人ではなかったのである。

二人の長男

室生犀星は大震の前年に長男の豹太郎を亡くしている。豹太郎は犀星が三十二歳でもうけた長子で僅か一歳であった。犀星自身の出生と生い立ちが不幸の極みを尽くしていたので、長男の誕生を殊の外喜んでいたので、その死は犀星に激しい衝撃を与えた。子供の誕生に際して犀星は次のように書いている。

自分は生活的にも気持の上にも、もはや××する必要がなかった。妻との間に宿命的な平和な感じ、此平和を諍い被るものを感じなかった。そして妻は男の子を生み、自分は豹太郎という名前をつけた。自分は子供を常識以上に愛することが出来て、こういう不思議な愛情も存在し得るのかと思う位だった。自分は此の烈しい動物愛の中に子供を見出すことを幸福に感じ、その得体の分らない軟かい小動物に、自分が初めて人間的現象である微妙ささえ感じるのであった。

大正十年五月六日に誕生した男子に犀星は豹太郎と名づけた。祝いに来た友人の佐藤惣之助がいつもの気安さから、「豹太郎とは妙な名をつけたものだ」と言うと、犀星はいきなり煮えたぎった鉄瓶を投げつけたと伝えられている。目に入れても痛くない、の字義どおりのかわいがりようであった。誕生日も来ないうちに、小学校へ入った時に、とランドセルを買ったとも伝えられている。しかしこの子は満一歳を迎えると間もなく亡くなってしまった。長男を亡くした犀星の悲しみは察するに余りあるが、さすがにこの年は亡児を偲ぶ句も出来なかったらしく、一つも残していない。二年が経った大正十三年になり豹太郎を思い出すかのように次のような句を作っている。ここには最愛の長男を失った放心状態の犀星の姿がある。

古雛を膝にならべて眺めてゐる　　犀星

くわゐの子つまんで笑ふさびしさ　〃
くわゐの子藍色あたま哀しも　〃
子供部屋からのとくさの埃　〃
子供らの尾篭の鮒みな生きゐる　〃

その後犀星の妻は大正十二年八月に長女朝子を出産する。妻とみ子が脚気があったことから長男に母乳を与えることを制限したことが豹太郎を死なせてしまった。この負い目が苦い経験となって、二人目の子供の養育には殊の外注意を払った。朝子が生まれて一ヶ月後に大震があった。犀星は龍之介と違って、朝子を抱きかかえ、妻といっしょに田端から上野へと逃げのびた。「斯ういう自分の切ない願望の前に九月一日の大地震があり、折柄、妻は出産後四日目だった。看護婦に負われたり歩いたりして上野まで落ち延びて野宿したが、子供には異常は無かった」と記しているが、その後とみ子は産後の無理と不摂生から、目と足を患い、十月には郷里に帰ることとなった。だが犀星は郷里に帰るに際して当時一高の生徒であった堀辰雄を龍之介に紹介し、犀星が借りていた家は震災によって立ち退きを迫られていた菊池寛が住むことになるよう手筈を整えた。大震の日龍之介は外に飛び出したが、縁側近くにいた養母儔を連れて出た。妻も子供も家族を中に置き去りにした。中でも前年十一月に生まれた一歳に満たない多加志は母親に救い出されたが、長男比呂志は祖父と一緒に家の中に取り残されてしまった。大震という突差の時に当たっての二人の違いが歴然と際立っている。

芥川龍之介のジャーナリスティックな好奇心については、龍之介と川端康成と今東光の三人で吉原へ死骸を見に行った際の川端の文章の中にも見出せる。「荒れ果てた焼跡、電線の焼け落ちた道路、亡命者のやうに汚く疲れた罹災者の群、その間を芥川氏は駿馬の快活さで飛ぶやうにして歩くのだった。私は氏の唯一颯爽とした姿を少しばかり憎んだ」と川端が記すように、ここには震災の様子を一部残らず見尽くしてやろうという龍之介の旺盛な意欲が感じられる。「大震日録」には、「この日、下島先生の夫人、単身大震中に薬局に入り、薬剤の棚の倒れんとするを支ふ。為に出火の患なきを得たり。膽勇僕などの及ぶところにあらず。夫人は渋江抽斎の夫人、いほ女の生れ変りか何かなるべし」と書いている。この大震による大火災の原因のひとつに「薬屋などの薬品の爆発」が警視庁消防本部の記録にあげられている。

大震の前五日、八月二十七日に誕生した女児を犀星は瓔《たま》子という名にしようかと考えたが、「瓔」はくだけるからと思い、結局朝子と名づけた。晩年の傑作「杏っ子」の主人公の誕生であったが、生まれて五日目に大震に襲われてしまった。幸い妻の乳の出も良く、朝子は丈夫に育っていった。金沢に帰った時の様子を犀星は「朝子」の中でこう記している。

あんなに恐ろしい混雑した列車のなかから抜け出した赤ん坊は、風邪ひとつひかないで日増しに大きく、そしてれいのゑくぼがだんだん深くなった。郷里の土にそだてるのも何かの宿縁だらう。十幾年も東京にゐてかうして子供をつれて帰ったのはやはり何かの約束ごとのやうな気がした。私は家をさがしながら柿の木や棗の木のある裏町を歩き、寺の多い寺町通りをあちこち家をさがして歩いた。

妻とみ子の実家に身を寄せた犀星は、数日後、上本多町に移り、十二月犀川に臨む片側町、川岸町十二番地に家を借り、以後大正十四年三月まで金沢に在住するのであった。そんな犀星に龍之介は次のような句を送った。

おもひやる余寒はとほし夜半の山　　龍之介
尻立てて這うてゐるかや雉子車　　〃
ひたすらに這ふ子おもふや笹ちまき　　〃
臀立てて這ふ子おもふや笹ちまき　　〃
露芝にまじる菫の凍りけり　　〃

金沢は犀星に取って少年時代の思い出多い故郷である。かつては「借金とか風来犬の感じで肩せまく歩いたものだが、いまは人々があまりに大切にしてくれるので、そんな気持ちをなるべく避けるためにも眼立たぬやうに控え目に歩く必要があった」と書いているように、故郷の人の犀

星を見る目はすっかり変って養母ハツも感謝の様子を見せていた

泥雀の歌

室生犀星に取って長男豹太郎の死は「厭世的な暗鬱な思想を植えつけ」、大震は犀星に転機を齎《もた》らした。豹太郎の死後犀星は庭や陶器に心を入れたり、妻を伴ない旅行をしてはみたが、悲しみは容易に和らぐことがなかった。妻をめとり、精神的にも落ち着き、小説家として地位を得、経済的にも安定した犀星であったが、何か過去の己れの行為の償いをさせられたような感じもしていた。豹太郎の死後大正十一年十二月には豹太郎をいたむ作品を集めて『亡春詩集』を刊行した。「露芝にまじる菫の凍りけり」という龍之介の句は、この詩集を貫った龍之介の心の内を詠んだ句であった。その後犀星は数冊の随筆集や句集を刊行した。大正十四年六月『魚眠洞随筆』を、続いて『庭を作る人』、『芭蕉襍記』(昭3・5)、『天馬の脚』(昭4・2)、『魚眠洞発句集』(昭4・4)こうした作品はすべて犀星の東洋的な伝統と日本趣味に立脚形成された魂に支えられている。この頃の犀星の心を萩原朔太郎は次のように記している。

彼の心の中に世を果敢なむ思ひが起った。自分のそんなに愛する唯一のものを、残酷に奪った天に対して、力の及ばぬ怨みを感じ、悲しいあきらめの涙をのんだ。彼は昔の出家に似た、厭世的離脱の情を感じ、益々自分の世界を小さく、地下に滅入るやうに掘って行った。(中略)そして何もかも、一切の野心と希望とを失った。無気力なさびしい厭世観と、世捨人のあきらめた風流韻事が、深く深くその心に浸み込んできた。かくの如くして、従来は単に趣味であり、好事であったにすぎない骨董癖や庭造りが、今や生活情操に入り込んできた。(中略)かくて今や、彼の風流は一の哲学に発展した。

犀星はこうして庭造りに没頭し、震災に遭遇して空しさをいや増し、集めた庭石や燈篭や蹲を諸方に配って金沢に帰ってしまった。大正十三年五月十五日に龍之介は犀星を訪ねて金沢に向った。龍之介は四日間金沢に滞在し、兼六園内の三芳庵別荘に滞在し、前田家歴代の墓のある野田山を散歩したりして金沢の風物にいたく感心した。「金澤」と題して次のような句を作った。

町なかの銀杏は乳も霞けり　　龍之介
沼のべの柳もぞろと霞みけり　　〃
沼のはに木のそそりたる霞かな　　〃
ぞろぞろと白楊の並木も霞みけり　　〃
山峋に滴る水も霞みけり　　〃

犀星はこの時のことを「泥雀の歌」の中で「鍔甚、北間屋、西の能登屋といふお茶屋にも行った。三由庵では老女中にも短冊を書き、三由にも書き、たづねて来た無名の俳人にも書き、仙吉といふ妓、しゃっぽといふ妓らにも短冊を書いて与へた。（中略）短かい滞在中、金沢の方言をよくおぼえ、却って私がおどろくほどであった。あをくさや（八百屋）、えんぞ（溝の小流）すもしこ（簀《す》のはめ戸）など、俳句によみ込んでゐて、あをくさを覚えたのも、芥川らしい好みであった」と書いている。龍之介は「すもしこ」を俳句に詠んだ。

簀むし子や雨にもねまる蝸牛　　龍之介

芥川龍之介が金沢を去ると入れ替わるように堀辰雄がやってきてしばらく滞在した。堀は当時二十歳の一高生であった。七月には四高生の中野重治の訪問を受けた。更にその後同じ四高生の窪川鶴次郎も犀星を訪れたので、犀星はしだいに金沢に住むことに不安を感じはじめた。自分の小説が故郷で滅びてしまうような気がした。わざわざ龍之介が金沢を訪ねたのは、大正十三年一月に上京した犀星がそうした文学上の不安を口にしたのがきっかけで、芥川はそれが気になっていた。その時犀星は次のような一句を龍之介に贈った。

うすぐもり都のすみれ咲きにけり　　犀星

また龍之介の近くに住む下島空谷にも挨拶を済ませ、次の三句を残して行った。

雪は垣根にそうて残りけり　　　犀星
あるじ白衣の醫に老ゆ寒さかな　　〃
鉢梅にあかい手ぶくろ脱いである　〃

大正十三年七月二十二日に龍之介は軽井沢に行き、つるや旅館に滞在した。二日目の夜突然浅間山が小噴火し真赤な噴煙を上げ、二十五日になっても鳴動がやまず避暑客の中には早々に帰京する者もあったが、龍之介は山本有三が宿泊しているグリーンホテルを訪ねて一泊した。二十七日には「静脈の浮いた手に杏をとらへ」「落葉松の山に白塗りのホテル平らか」などの句を添へて「来い来い」と犀星を誘った。龍之介の誘いに応じた犀星は八月三日に軽井沢に到着した。龍之介の「軽井沢日記」によると、隣り合わせの部屋で犀星は五時に起床九時に就寝、龍之介は夜になって部屋の戸を閉めて午前三時まで仕事というちぐはぐの生活であった。また犀星の「碓氷山上の月」によれば、八月十三日の夜に犀星と片山広子、総子母子、つる屋旅館主人と龍之介らで碓氷峠へ月見に行った様子が書かれ、この頃から龍之介は片山広子にひそかな恋慕の情を感じ始めたことがわかる。犀星はここで名句を残している。

鯛の骨たたみにひらふ夜寒かな　　犀星

金沢に戻った犀星は龍之介への御礼にと金沢の蟹を贈って来た。そこですぐさま龍之介は答礼の句を作って送っている。金沢に滞在した折りも帰京してすぐ「乳垂るる妻となりつも草の餅」という句を送って犀星の妻への感謝を示している。実に律義で実直な龍之介なのである。

秋風や甲羅をあます膳の蟹　　龍之介
秋風に立ちてかなしや骨の灰　　〃

芥川との文学上の交信を通して犀星は「文学の中心からはなれてゐてそれがおれに何の影響がないとは云へない。いい加減に引き上げなければあとで困るようなことが起りはしないか」と日記にその不安を記している。暮れに近い頃北原白秋に「久しく御無沙汰しましたが、お滾りもなく大慶に思ひます。私は今月末あたり一家引まとめて上京の計画をして荷作りまでしましたがまだ目的の家が空かず仕事もできずに困り居ります」と書き送ったが、大正十四年一月に家族を残し、取るものも手にあえず単身上京してしまった。龍之介の句は軽井沢での犀星作の句に思いを寄せ、犀星上京への慫慂の意が込められている。

庭を造る人

室生犀星は大正十四年一月に単身上京し、三月には一家も金沢を引きあげ、四月に田端五二三番地の旧居に移った。故郷の人々は成功して有名になった犀星を歓迎したが、犀星は文学への熱情が再然した。同時に萩原朔太郎も大井町から田端三一一番地に転居して来た。

魚眠洞枯蘆たばね焚きにけり　　犀星

この句は前年の十二月二十七日に、犀星が上京することを龍之介に伝えた手紙に添えられた俳句である。金沢を出発する際は「故郷といふものは一人でやって来て、こっそりと夜の間か昼の間にぬけ出てかへるところであった」と『故郷を辞す』に記しているように、犀星に取って故郷は「ふるさとは遠きにありて思ふもの」であって「異土の乞丐となるとても帰る所に」あるまじきものであった。この頃の犀星の句を眺めてみよう。

別宴

まるめろ一つ置いてある冬の床の間　　犀星

寒菊の小雪拂ふも別れかな　〃
　金澤を立ちて
石垣に冬すみれ匂ひ別れけり　〃
　東京草景
冬日さすあんかうの肌かはきけり　〃
　余寒（ある人におくりて）
ひなどりの羽根とゝのはぬ余寒かな　〃

上京してみれば上京したことにより故郷の風物が犀星の心を捕らえて離さない。二月二十四日には小畠悌一に宛て、「僕は四月十五日ころに一寸帰省して、すももの花を見に行く、風景ヒステリイにかかってゐるやうな気だ。そのとき都合がついたら百坪ばかり買ひたいと思ふ。笠舞田圃か小立野あたりで十円くらゐの坪の予定」と書いているように、犀星は金沢に土地を求めて自分で庭を作ることを考えていた。五月に金沢に赴き土地を物色した。この頃には「庭」を詠んだ句が多い。犀星の心の中には常に庭作りがあり、それは小説を書くことでもあった。

　ある人の庭を訪ねて
蜩や庭すたれゆく秋の枯れ　犀星

庭前小景

秋雨の縁拭くをんな幾たびぞ　〃

庭近き机露けきいとどかな　〃

雨戸しめて水庭を行く秋なれや　〃

　ある夜かすかなる音の庭も女を訪づれければ

金澤のしぐれを思ふ火桶かな　〃

庭前一景

冬ざれや日あししみ入る水の垢　〃

　庭前筧の音の涸れ涸れになりければ

笹鳴や落葉くされし水の冴え　〃

　故郷に草庵を建てむことを思ひて叶はざれば

冬の蝶凩の里に飛びにけり　〃

大正十五年一月に再び金沢に帰っている。まさに庭作りのためにのみ故郷に赴き作庭に心血を配っている。この時の妻とみ子に宛てた書簡によって犀星の苦心の様子を眺めてみよう。

土地仲々見当らず、表記に仮寓す（五月十四日）

大徳院の寺領を借りることにした、多分そこに決定することと存じ候、小さい流れも取れるし、近日植木庭石の売立の市もあり万端運ぶべく候、月末にはかへれぬかも知れず仲々庭つくりは時日を要するべく候（五月七日）

本日石五百円ばかりかひ申候、どうも金沢は品がいいかはりに高い、植木も少し買ひ候、二十一日に土地決定、垣いたすべく候（五月十九日）

きのふ地所の調印をすました、明日あたり垣根二日、地ならし二日、石はこび二日、しき石しくため二日、木の植込三日、流れをとる小川二三日、仲々大変也（五月二十二日）

大部分出来上ったが、多分十日ころには帰れることと存じ候、何分にても後庭百坪あり、どれだけ樹を植ゑても足りなくて閉口いたし候（六月三日）

これらは故郷で庭造りに取り組む姿を東京の妻とみ子に宛てたもので、いかに庭造りが犀星にとって趣味や鑑賞の域を超えていたかが推測できる。大正十五年に石を購入するのに五百円を支払った。そんな犀星を朔太郎は「彼の風流は一の哲学に発展してきた。その骨董癖も庭いぢりも、彼にあっては哲学であり、深奥な意味を有する芸術である。彼は一つの壺の觸覚から、人の知らない微妙の意味を発見し、宇宙の実在界を直視する。一つの石の形状から、一つの植物の生態から、いつも彼自身の直覚による、不思議なメタフィジックを創造する」と評し、犀星の庭造りは詩作をし、小説を書くという創作活動と同次元の意味があると述べている。

芥川龍之介もまた「庭」を愛していた。数寄屋坊主という家柄に育った龍之介が庭を愛したのは当然とも言えるが、大正十一年七月一日発行の『中央公論』に「庭」と題する小説を発表している。「昔はこの宿の本陣だった中村と云ふ旧家の庭」が小説の庭であるが、維新後に荒廃した。中村家の人々も次々と亡びてゆくという筋の中に、滅びてゆくものへの懐旧の情と、幻覚や幻聴という描写を取り入れているところに、龍之介自身の宿命を予感させるような物語となっている。こういう小説を残すところに龍之介の宿命観も見ることができる。龍之介の庭の句をいくつか抽いてみよう。

病間やいつか春日も庭の松　　龍之介
春雨や枯笹ぬるゝ庭の隅　　〃
木石を庭もせに見る夜寒かな　　〃
行秋やくらやみとなる庭の内　　〃
山茶花の莟こぼるる寒さかな　　〃

拾いあげれば際限もない。大正十五年四月に犀星のもとに出入りしていた堀辰雄と中野重治が中心となって雑誌『驢馬』が創刊された。平木二六、窪川鶴次郎、西沢隆二、太田辰夫、宮木喜久雄らが加わった。直接口は出さなかったが、同人達にとって犀星の存在と影響は計り知れぬものがあり、犀星の膝下から無名の詩人であった堀辰雄や中野重治らが育っていった。後に堀と平木を除いた中野や窪川らはマルクス主義文学運動に向かって作家活動を開始するようになる。堀と中野という対照的な詩人が、同じ雑誌の仲間で、犀星が最も愛した弟子であった所に、犀星の人間とその思想が看取できる。龍之介は『驢馬』の創刊号から七号まで俳句を十句ずつ、二号、九号、十一号にそれぞれ散文詩一編ずつを載せ、甥の葛巻義敏が十一号から同人になった。

龍と貘と

芥川龍之介と室生犀星が出合ったのは大正七年一月のことである。その時の様子を犀星は「自叙伝的な風景」という文章で次のように記している。

自分は間もなく或会合で芥川龍之介に会い、直覚的に自分とは友人交際の出来る男ではないと思うた。併し話し合うて見た芥川龍之介は自分のそういう最初の感じを揉み消し、友人になりやすい親密さを感じさせた。自分はその翌日芥川の家をたずねたが、感じは素直で気持はよかった。唯当時、『改造』に書けないことを改造記者と押問答をしている高飛車な様子を見て、手剛さを覚えた。自分は今小説を書いているが、見てくれるかというと、芥川はいやァ僕なんぞと謙遜して言ったが、自分に人間が出来て居れば小説を見てくれなどとは言わなかったろうと思うた。兎も角、自分は芥川に見せると言ったあとで、直ぐ言わなくともよい事を言った後悔を感じた。しかし芥川は小説の話題からずっと飛び離れた話をしていたから、自分も結局それがよいと思うのであった。

室生犀星は二十九歳でこの月に処女詩集『愛の詩集』を自費出版したばかりで、翌月に浅川とみ子と結婚式を挙げることになっていた。龍之介は二十七歳で一年前に処女短編集『羅生門』を阿蘭陀書房より刊行して新進作家としての地歩を築いていた。二人が初めて顔を合わせたのが一月十三日で、龍之介も翌月塚本文と結婚式を挙げることになっていた。

出合いの当初、犀星はこの二歳年少の花形作家に劣等感を抱いていたらしく、「自分は芥川君と会う毎に最初の五分間は毎時も圧迫感を感じてゐた」と書いている。龍之介が犀星から送られた『愛の詩集』に倣ったような詩を書いてよこしたことで、最初の印象とは違った、年少の流行作家であることとは別の「私立的芥川」を感じたとも記している。龍之介は龍之介で「日本詩人」という文章に「室生は大袈裟に形容すれば、日星河岳前にあり、室生犀星茲にあり、と傍若無人に尻を据ゑてゐる」と書いて、その分裂や矛盾を知らぬ自然人のような強さを羨望のような眼差しを以て眺めている。

室生犀星の文学的出発は、犀星が『魚眠洞発句集』(昭4・4、武蔵野書院)に自序している事によれば「自分が俳句に志したのは十五歳の時である。当時金沢の自分のゐた町裏に芭蕉庵十逸という老翁が住み、自分は兄と五六度通うて発句の添削を乞うたのが始である。十逸さんは宗匠だった。併しどういう発句を見て貰ったかは能く覚えてゐない」と書いている。芥川が数え年十歳で初めて俳句を作ったと書いていることを信じるなら二人とも相当早熟な少年であったと言って良い。犀星は「芭蕉襍記」（昭3・5）を書いたが、これに加筆して『芭蕉襍記』（昭17・3、三笠書房）を発刊した。その中に「子規は生きてゐる」という昭和七年六月に書いた文章を収めている。

僕の十五の時に近所に平岡といふ東京の言葉をつかふ人がゐて、或日一冊の雑誌を古本屋に返して来てくれと云ひ、僕もついでがあったので古本屋に返しに行った。何気なくその雑誌を見ると、片仮名で「ホトトギス」と眼につきやすく書かれて、裏表紙に蛙だが何だか訳の分らない滑稽な鳥羽絵が載せてあった。僕は「ホトトギス」という題名と滑稽な写生画に注意して見たが、なか身は俳句のことを書いてあることを知った。僕はその時にもう俳句の真似事を作ってゐたので、「ホトトギス」といふ雑誌は偉い雑誌だと兼々思うてゐたが、見たのは始めてだった。それから僕は毎月「ホトトギス」を借りて来て読んだ。

室生犀星もまた『ホトトギス』の影響を受けた一人であった。龍之介が十五歳の時の回覧雑誌『曙光』に書いた「吾輩も犬である」という文章で、龍之介少年は『ホトトギス』を購入して読んだと記しているように、二人は同じ年齢で『ホトトギス』によって正岡子規の洗礼を受けたことになる。犀星は当時の地方俳壇や俳諧宗匠のことを次のように述べている。

僕が「ホトトギス」を読み始めた時にすら、僕は近くの裏町に住む十逸といふ俳句の宗匠のところに俳句を見て貰ひに行ってゐたが、その宗匠は口ごとに翁がかう申されたとか、翁はかういふ発句は嫌ひぢゃったとか、これは翁の教へにそむくからいけないとか云ってゐたが、僕はその阿叟《おきな》が何だか、どんな人間だかを知らなかった。只、空返事ばかりしてゐた。後年─二三年後にやっと芭蕉のことを翁といふのだといふ意味のことを知った。まるで彼らは芭蕉を祖父か何かのやうな親密さで云ひふらしてゐたのだ。少しの定見や真実性もなく、また自然の素直さなどを芭蕉から見とどける宗匠ではなかった。只、芭蕉は風流人であり、風流といふものはこんなものであらうといふ程度で、俳句の指南をしてゐたのに過ぎないのである。かういふ人に親類あつかひされては、松柏の下で芭蕉は浮ばれなかったであらう。

今日室生犀星の俳句で最も古いものは、明治三十七年十月八日に『北国新聞』に投句された俳句で、その時犀星は数え年十六歳であった。この年の句を掲げてみよう。

水郭の一林紅し夕紅葉　（十月八日）
渋柿や三日月かゝる縄手村　（十月十七日）
末枯の一軒寒し石の怪　（十一月二十八日）
旅僧の一夜で去りし十夜哉　（十二月十八日）
宗岸もお園も十夜詣哉　（十二月十八日）
神木を伐りし祟りや神の留守　（十二月十八日）

犀星が教えを乞うた俳人は河越風骨、藤井紫影、大谷繞石、河東碧梧桐とその門弟であった松下紫人、北川洗耳洞、桂井未翁、太田南圃といった人々であり子規に連る人であった。

老成した少年

芥川龍之介が代々江戸城中に仕えた御数寄屋坊主衆の家柄に貰われ、その養父の道章は南画や囲碁、盆栽、篆刻、俳句をたしなんだ趣味人であり、一家揃って一中節を習い、演芸に文学に美術を愛好するという、江戸以来の文人、通人的な環境に育まれたことは周知の通りである。こうした環境が芸術に対する洗練された感覚と繊細な感受性を養ったことは確かである。洗練された嗜好、端正な容姿と文体、生粋の東京人、こうした龍之介の性癖は隅田川に沿った本所界隈を精神的原風景にしている。満八歳で「八犬伝」「西遊記」「水滸伝」を読み、馬琴、式亭三馬、十返舎一九、近松の作品へと読書遍歴を続け、満九歳で俳句を創り、満十歳で随筆や紀行文を書いた。その文学の開花は満九歳の俳句から始まっていった。

落葉焚いて葉守りの神を見し夜かな　　龍之介

この句をして評者は余りにも早熟、出来過ぎというが、この位の句は前記した環境に育ち、天成の資質を備えた龍之介ならば当然であったに違いない。天賦の才は時に人をして狂気に到らしめる事もあるが、その文学的、精神的片鱗は早くも十七歳で開花している。明治四十一年七月の頃「老狂人」という小説を書いている。これは龍之介が書いた最初のキリシタン物と言える作品で、芥川文学のテーマの原型のいくつかがここに見出せる。芥川の中学時代のノートには「〃老狂人〃、〃チャムさん〃、〃草苺の蔭に眠れる蛇と蛙の話〃この三篇は、我が若き日の回顧にして、情熱と歓楽とに別る、の悲哀なり」と記されている。そのうちの一篇が「老狂人」である。龍之介十七歳の作品である「老狂人」は次のようなあら筋である。

私には幸さんという遊び友達がいた。幸さんの隣家は小さな豆腐屋で、そこの隠居は秀馬鹿と呼ばれるキリスト教徒の老狂人であった。ある日私は幸さんに誘われ、御伽噺に対するような好奇心で秀馬鹿が泣くのを見る。秀馬鹿は、やるせない、限りなく悲しい声で慟哭を続けていた。私はその時、思わず幸さんと忍び笑いをしたが、今はその「可笑しな奴」に心から尊敬を感じ、かつて老人に加えた嘲笑を恥じている。

これは、もう一度言うが芥川が最初に書いたキリシタン物であり、十七歳の作品である。老人は「私」に「宿命の嘆き」を感じさせ、慟哭の声を「生の孤独を訴へる声」として聞かせ、その涙を「あらゆる苦しみをわすれた、あらゆる楽しみをわすれた、唯、奥ふかい、まことの〝我〟から起こってくる涙」と思わせる。そして今の「私」は「封建時代の教制に反抗した殉道の熱誠」に深い尊敬を感じている、として結んでいる。

昭和二年七月二十四日未明に龍之介は享年三十六歳で服毒自殺をした。その枕元には読みかけの聖書と家族や友人に宛てた数通の遺書があり、その一通には「今僕が自殺するのは一生に一度の我侭かも知れない」と認めてあった。龍之介は既に十七歳にして「宿命」を意識していた。また「生存の苦しみ」と「生の孤独」を誰よりも深く感じ取っていたのであった。また大正三年に『新思潮』に柳川隆之介の署名で最初に活字になった、処女小説とも呼べる「老年」という作品を書いている。二十三歳の東京帝国大学英文科に在学中の作品である。

橋場の玉川軒という茶式料理屋で一中節の順講があった。朝からの曇天が夜に入ると庭の松に雪が降り積もった。座敷には師匠の宇治紫暁を中心に中州の大将、小川の旦那といった素人の旦那衆と待合の女将など男女合わせて十三、四人と居合わせ順々に三味線に合わせて語ってゆく。殿方の列の末席に座っている隠居は房さんといい、二年前にすでに還暦を迎えた老人である。房さんは十五の歳から茶屋酒を覚え、二五の前厄の歳には金瓶大黒の若太夫と心中沙汰を起こし、歌沢の師匠もやれば俳諧の点者もやるという具合で、その上酒癖が悪く親譲りの玄米問屋の財産もつぶしてしまって、今では料理屋に身を寄せる楽隠居である。そのうち房さんが座を外し、中州の大将と小川の旦那が小用のついでに廊下からある部屋の前に来ると中から女をなだめる房さんの声が漏れて来た。二人は「年をとったって隅へはおけませんや」と言いつつ中をのぞくと、猫をなでながらひとり艶めかしい言葉を繰り返している老人の姿があるばかりで、外には夜の世界に雪が降り積もるばかり。

作品は江戸情緒の色濃く漂う料理屋が舞台で老人の閉じられた、人生の哀しさ、寂寥感が描かれている。ここには既に完了形になった人生が、人生を生き終えてしまった人物が閉ざされた雪と薄暮の世界に描かれている。ここには作家的出発の時点で人生の全体を俯瞰してしまった龍之介の姿が写し出されている。

明晰の見るもの沖の遠花火　　龍之介

水暗し花火やむ夜の人力俥　〃
町行けば思はぬ空に花火かな　〃

この頃に作られた俳句だが、龍之介は花火を人生そのものと把えていた。「老年」では、炬燵の上に端唄本を二、三冊ひろげて、白猫を相手に艶めいた口説きをする老人の後ろ姿を見て、思わず顔を見合わせて「長い廊下をしのび足で座敷へ引き返す」この及び腰で細目に開いている障子の隙間から、老人の後ろ姿に見入る二人の人物に龍之介自身が重なっている。既に人生を終えた人物を描いた所に龍之介の終末意識が看取できる。芥川家には養父母と伯母など四人の老人がいた。養子という立場で、筆一本で十人もの家族を養なわなければならなかった。「彼はいつ死んでも悔いないやうに烈しい生活をするつもりだった。だが不相変養父母や伯母に遠慮勝ちな生活をつづけてゐた。それは彼の生活に明暗の両面を造り出した。彼は或洋服屋の店に道化人形の立ってゐるのを見、どの位彼も道化人形に近いかと云ふことを考へたりした」と『或阿呆の一生』に書いているように、孝養を尽くすしかない人生の「生存苦」を認識していた。

匹婦の腹

室生犀星の故郷、金沢は前田氏百万石の城下町である。日本三名園のひとつ兼六園を挟み、東北に浅野川が西南に犀川が流れ、卯辰山公園からは石川平野が一望の下に見渡せる。旧加賀藩の足軽組頭の子として生まれた犀星は、ゆえあって生後すぐに人手に渡され、犀川のほとりで幼少年期を過ごした。犀川の西に住んだので犀西としたが、後に犀星の字をあてて筆名とした。

夏の日の匹婦の腹に生れけり　　犀星
あのあはれもこのあはれも見ゆ秋の暮　　〃

犀星は二人の母を持った。出生の条件がその人の生涯をすべて決定するわけではないが、龍之介の生母ふくが出産後間を置かず発狂した事が、短い彼の生涯に深刻な影響を与えたように、犀星に取って二人の母を持ったことは、犀星の人生に、文学に大きな影響を与えた。犀星は明治二十二年八月一日、石川県金沢市裏千日町三十一番地に小畠弥左衛門吉種の子として生まれた。弥左衛門は旧加賀藩で百五十石扶持、足軽組頭をつとめ廃藩後はしばらく剣術師範の道場を開いていたこともあった。犀星が産まれた時父は既に六十四歳で、妻まさを二年前に失っていた。犀星の母ハルは弥左衛門家の女中であった。本名を佐部ステといい、石川県河北郡二俣村に安政三年三月十五日に生まれた。「ステ」という名のごとく成長すると金沢に奉公に出され、料亭大野屋の女中となり、そこで「ハル」の名がつけられた。その後藤井鉄太郎の上女中に奉公替えし、藤井家に数年奉公した後、妻まさを失った弥左衛門の女中となり、犀星出生の縁が生まれた。

犀星は生まれて一週間後に、世間の目を怖れた弥左衛門によって、女中の子として祝福されることもなく、籍に入れられることもなく、金をつけて他人にやってしまわれた。犀川大橋の橋詰の寺院、千日山雨宝院の住職、室生真乗の内縁の妻、赤井ハツに貰われた。ハツは犀星を貰う前に、おてい、真道という貰い子を育て、犀星が貰われた後に、おきんという女児を貰った。血のつながらない四人兄弟は赤井ハツの手によって育てられたのである。犀星は二人の母を持ったことを後年「作家の手記」で次の様に書いている。

私の母は小畠弥左衛門の女中であり、そして妻を失った父にひそかに愛せられてゐた女であった。（中略）そもそも女中を愛したといふことが父の悲劇であったに違ひなく、また、母の悲劇でもあったであらうが、それは間違ひなく私自身の悲劇にもなり、一さいが私に償ひさせられたも同様なものであった。平凡な、ありふれた事実がかくまでも執拗に私の生涯をつらぬいて物思はせるに至っては、ありふれたことがらのちょっとした食ひちがひこそ恐ろしい悲劇を生みつけるやうな気がするのである。（中略）

人には一人しか母や父がゐないものであるが、それを二人持ってゐたといふことに私の魂に変化をきたしたといふことも、当り前のことであり、また、普通のことがらではないやうに思はれる。（中略）さういふ子供がほかにも沢山にゐるだらうが、それらの子供は長じて矜恃をもつやうな仕事はできないであらうし、碌な人間になれないであらう。私が文学でもやらなければならない事情も、また小説を書いて生きなければならないやうに圧し付けられたのも、かういふ母を持ったからであると云へよう。小説を書かないで外の職業を持ったとしたら、全く碌な人間にならなかったであらう。文学に放射する才能が悪くこぢれて世間を渡る悪才にもちゐられたとしたら、私は悪寒をかんじるくらゐ恐怖を感じるのだ。

芥川龍之介は「本に対する信輔の情熱は小学校時代から始まり」と書いて貰われ先の芥川家で、子供の頃から文学好きの家庭に育ち、「信輔は当然又あらゆるものを本の中に学んだ。少くとも本に負ふ所の全然ないものは一つもなかった。寧ろ行人を眺める為に本の中の人生を知らうとした」と『大導寺信輔の半生』に書いているように、犀星に比較して論外の幸せがそこにはあった。子供の頃から帝国文庫の『水滸伝』を読み、和漢洋のあらゆる本を手にし、そこから得た博識と鑑賞眼を持って、「人工の翼をひろげ、易やすと空へ舞ひ上った」と『或阿呆の一生』に記すように、彗星のごとく颯爽と文壇に登場した。犀星の貰われ先の赤井ハツはひととおりの女ではなかった。酒を飲めばあたりかまわず当たり散らし、子供らを殴りつける。晩年、盲目になった真乗の鼻先に線香をつきつけるという嗜虐的な行為をする女であり、子供達を陰惨なまでに虐待した。赤井ハツがいかに子供達を虐待したかは犀星の自伝的小説『弄獅子』に詳述されている。

母はしばしば大した理由もないのに僕を打擲をしたが、悪たれ小僧は口答へをしてゐてその口答へをするだけの理由で、再び新しく殴られなければならなかった。母は真鍮の雁首のついた長い煙管で煙草を喫んでゐたが、長い柄は一尺二寸くらゐあったからそれが僕の手の甲にぴしゃりと打ちおろされたり、耳のへりを掠めたり腕や肩先を引ぱたかれたりする時は、その疼痛は途方もなく甚大なものであった。

犀星がこの女に対して、野蛮な女、理性のない女、酒好きの女、養育費目当の女、残忍な女、などという表現をいくら並べたてもそれはハツという女の或る一面を把えた言葉に過ぎない。ともかく養育費目当とはいえ、他人の子供を四人も育てたという事は、龍之介の実母のふくが「長煙管で思いきり頭を叩いた」と記したのとは事情は違うが、ハツの動物的愛の表現と理解することも可能である。ともかく犀星は「文学でもやらなければならない事情」へと駆り立てられたものが幼い日の環境であった点は龍之介と大異はなかった。

身もとあらはる

室生犀星、本名照道は明治二十八年九月三日に金沢市立立野町尋常小学校に入学した。学校は決して面白い所でなく勉学には身が入らなかったが、ともかく明治三十二年三月に尋常小学校を卒業すると、一年間学業を放擲し、翌年金沢高等小学校に入学した。その後小将町高等小学校に転じたが、三年生の時教壇の上で切腹の真似をして先生にみつかり、もう一度やってみろと言われて、詫びもせずに先生の前で切腹の場面を再現し、ナイフで掌を切り退学させられてしまった。以後照道は学校へ通うことはなく金沢地方裁判所に給仕として勤めることになった。数え年十四歳であった。

我や猿弟や蟹の柿の秋　照文

犀星が裁判所に給仕として勤めたのも、赤井ハツの貰い子で照道の兄になる真道が勤めていたことによる。義兄真道は犀星とは正反対のおとなしい性格で赤井ハツに気に入られていた。義兄と照道の月給はすべて母にそのまま差し出した。照道の初任給は二円五十銭であった。照道の勤めぶりは決して誉められるものではなく、庶務課、会計課、登記所へと趁《お》われて行くが、この間に文学に近づき、ここで明治四十二年までの八年間を過ごした。

当時金沢では俳句がさかんで照道は年上の俳句好きの人達と交際し句作に熱中した。後年、犀星は「俳句をかいたため植物や動物を観察することが非常に微細に心をはたらかしてくれた。ことに天候などのうつりかはりが、不思議に俳句をやってからうまく書けるようになった」と言っている。明治三十八年には、次のような句を作っている。

朝顔を植ゑる小庭や井戸近き　照文
西瓜売真赤な嘘をつきにけり　〃
枯笹や氷室のあとの蕗の薹　〃
御鷹野や怪力の士を獲て帰る　〃
鷹するゝし小姓の鬢や嵐吹く　〃

明治三十八年十二月十日に金沢で発行された『北国新聞』に常設された文芸欄「北国俳壇」に最初に入選した句であるが、古俳句の趣があり、「西瓜」の句はいかにも川柳的である。こんな古色蒼然たる俳句を詠む作者の年齢は十六歳である。

冬枯れや霜美しき藁の屋根　照文

この句は殊更良く出来た句というわけではないが素朴な四辺蕭条とした初冬の景色が実直に詠われている。犀星は俳句に限らず博文館から創刊された『文章世界』に「川辺の初春」と題した小品を投稿している。この一文が西村渚山の選で入選し創刊号に掲載された。この時は室生残花という筆名を用いている。またこの年の七月には『少年世界』に小品文「行く春」が掲載されている。この頃犀星は、照文、照文生、てりふみ、手離撫身生、などという筆名を用い文学への道を歩き出していた。『文章世界』や『少年世界』は当時の文学好きの少年が競って投稿し、龍之介少年もさかんに投稿をしている。藤井紫影はこの頃の照道について句にしている。

歌に痩せて眼鋭き蛙かな　　紫影

俳句や小品を書くなまいきな給仕勤めの少年の態度に悪意を持つものも多くいた。「自分の文学少年としての生ひ立ちは、自分を傲慢にしたことは言ふまでもないことだった」と自叙伝で書いている。これが室生犀星の人生への出発であり文学への門出だった。

ふるさとに身もと洗はる寒さかな　　犀星

これは昭和四年の作であるが、私生児、貰い子、高等小学校中退などの履歴に対する数々の負い目を犀星はこういう俳句にしたのであろう。裁判所の給仕になる際、兄につれられて各課を廻ると「シンマイノ給仕サンカ」と声をかけられ、「錐のさきで揉みこんだやうにその言葉の屈辱の意味が鋭く頭にひろがった」と書いている。また「自分は豚のやうにやくざな少年であり、自分の容貌は醜いために人々から愛されるものを持ち合さなかったのである」とも記しているように、犀星が文学への道にすさまじい意気込みを示すのも、こうして奪われた名誉や地位の失地回復や屈辱をみずから跳返そうとする行動がおのずと俳句へ熱中させるのであった。

明治四十年七月、犀星は「さくら石斑魚に添えて」と題する詩を『新声』に投稿し、これが児玉花外の選により首位に推された。この時のことを「性に眼覚める頃」で次のように記している。苦しい生活の中で詩に近づき、全身で、とどめようもなく詩に立ち向った。

私は雑誌をうけとると、すぐ胸がどきどきしだした。本屋から旅館の角をまがって裏町へ出ると、私はいきなり目次をひろげて見た。いろいろな有名な詩人小説家の名前が一度にあたまへひびいてきて、ただでさへ慌ててゐる私であるのに、殆んど没書といふ運命を予期してゐた私の詩が、それらの有名な詩人連に挟まれて、規律正しい真面目な四角な活字が、しっかりと自分の名前を刷り込んであるのを見たとき、私はかっとなった。血がみな頭へ上ったやうに、耳がやたらに熱くなるのであった。私はペエジを繰る手先が震へて、何度も同じペエジばかり繰って居た。肝心の自分の詩のペエジを繰ることのできないほど慌ててゐた。自分の詩が出てゐるといふ事実は、まるで夢のやうに奇蹟的であった。私は室に這入ると雑誌を机の上に置いてあまりの嬉しさにしばらく茫然としてゐた。

これを機に犀星は表棹影《おもてとうえい》、尾山篤二郎《とくじろう》、田村孝次など詩人をめざす友人と親しく交わりを深め、「二葉会」や「北辰詩社」などの短歌会や詩の合評会を持つようになる。この頃の思いを犀星は「詩は私にたうてい肉眼で見ることのできない炎のやうな樹や草のいのちを充分に考へさせるにちからをあたへてくれた。俳句よりどれだけ詩の世界が広く大きく、また深かったかも知れない。俳句では詠みつくせない微妙な心や気分の波動が、そこでは殆んど完全に表現することができるやうな気がした」と「草の上にて」という文章に書いているように、これより犀星は萩原朔太郎らと交わり試作に没頭するようになってゆく。ところで犀星はこの年には次のような俳句を作っている。

塗りたてのペンキの塀や花柘榴　犀星
水涕や佛具を摩く掌　〃
俳神や歌神やここに送りけり　〃

大山師芭蕉

芥川龍之介は関東大震災のあった秋、『新潮』十一月号に「芭蕉雑記」を発表し、続いて、翌年五月、七月の三回にわたって発表した。自裁するまで書き続けた「続芭蕉雑記」は『文芸春秋』に昭和二年八月に発表された。震災という大災害を体験した龍之介は「生きるとはどういうことか」に思いを馳せていた。そうした時、彼の目の前に現われたのは、俳諧を「生涯の道の草」と言いつつもそれに真剣に取り組んだ松尾芭蕉の生き方であった。ここには芭蕉について「芭蕉の俳諧に執する心は死よりもなほ強かった」といい、「芭蕉は少しも時代の外に孤立してゐた詩人ではない。いや、寧ろ時代の中に全神経を投じた詩人である」と時代との関わりを指摘した上で「最も切実に時代を捉へ、最も大胆に時代を描いた万葉集以後の詩人である」と最大級の讃辞を送っている。

雑記では、著者、装幀、自釈、詩人、未来、俗語、耳、同上、書、衆道、海彼岸の文学、詩人、鬼趣、の十三項目があり、続雑記では、人、詩人、芭蕉の衣鉢の三項を立てている。芭蕉を「名聞を好まぬ」「俳諧を遊戯にした世捨人」という当時の俳人が理解していた芭蕉像から脱して「恐しい糞やけになった詩人」という近代の文学者に通底する芭蕉像を構築している。俳書の装幀に凝る芭蕉、自作の自釈を述べる芭蕉、弟子の指導や自分の作句に情熱を燃やす芭蕉像を語り、「世捨人になるには余りにも詩魔の翻弄を蒙るデーモンに憑かれた詩人」を描いている。ここに旧来の芭蕉像、芭蕉観を毀ち多様な視点から芭蕉論が論じられている。

明治の初期には旧派の俳諧師による芭蕉の神格化が行われ、各地に芭蕉句碑が建立された。新政府の教導職になった三森幹雄と鈴木月彦は、明治七年に俳諧明倫講社を興して、毎年十二月十二日の芭蕉の忌日を祖霊大祭とし、幹雄は明治十七年に神道芭蕉派明倫教会を作り、これを神道の一派にまで仕立てた。ここには維新政府の民衆教化の政治的もくろみも含まれていた。これに批判を加えたのが子規を中心にした日本派の俳人達であったが、俳聖芭蕉、世捨人芭蕉、求道者、隠遁者という芭蕉像は拭うことができず、更には大正十一年十二月の『改造』に載った吉田紘二郎の小説『芭蕉』はこうした芭蕉像をより感傷的に染め上げたものであった。勿論芭蕉は寛政五年に神祇白川家から「桃青霊神」の神号を、文化三年には朝廷から「飛音明神」を授けられ、神になっていたことは確かである。

大正十三年に龍之介が室生犀星に宛てた俳句を拾って見よう。

乳垂るゝ妻となりつも草の餅　　龍之介
据ゑ風呂に犀星のゐる夜寒かな　　〃
つくばひの藻もふる郷の暑さかな　　〃
鉄線の花さきこむや窓の穴　　〃
ぬかるみにともしび映る夜寒かな　　〃

最初の句は五月十五日から犀星の郷里金沢を訪れて帰京した礼状に添えた句である。最後の句は金沢を訪れた折、桂井未翁、太田南圃らと前田家歴代の墓所を訪ね、句集の序文を依頼された事への返答が書かれている。「未翁・南圃両氏の句集を出すのは結構この上なし。序文はいつ誰へ送れば好いか知らせてくれ給へ。僕は昨日やっと新年号を了った。すぐ又二月三月号だ。」と書いている。旧派の宗匠の句集の序文を引き受けながら「芭蕉雑記」の構想を練っていたのである。大正十一年には小宮豊隆から『芭蕉研究』を送ってもらっている。龍之介の雑記はそうした中で書かれたと思われる。

大正十一年六月の『中央公論』に犀星は「蘭使行」という作品を書いた。これは『ケンプェル江戸参府紀行』に拠ったものと考えられる。将軍綱吉が江戸城に参内したケンペルを嘲弄する。ケンペルは綱吉にカッパを脱がされ、更には上着も脱がされ「ちょいと歩いて見い。足をもち上げ、あ、さう、それからちょいと跳り上って見い」と、からかわれる。「ケンペルは上衣をとるときに、物悲しげな、呆気にとられた顔をしたが、すぐ、それが冷たい譏笑の色にかはってしまった。かういふ将軍にも犬畜に対する熱いふれを出したことがあるかと思ふと、異国人同志の心持が彼をどこまで不可思議なものにして見せたかといふ点に就いて、ケンペルは我慢をし通したのだった。かぴたんもつくばはせけり君が春。最後にケンペルは、舞踊しながら綱吉将軍の徳をたたへる独逸語のうたを歌った。どういふものか彼自身いつの間にか、綱吉にへつらふ歌詞になってしまってゐた。ケンペルは、自分でうたひながら、自分の皮肉さが将軍にはわかりはすまいと考へられたからである」という場面がこの小説の多くを物語っている。

犀星は芭蕉の「かぴたんもつくばはせけり君が春」の句を、芭蕉が単なる崇幕者であったとしてこの小説に使った。これは後に志田義秀から論難を受けることになる。志田は『芭蕉展望』（昭21・4、日本評論社）で「芭蕉の対幕観」と題して「君が春」は「天皇聖代の初春」であり、この小説では「将軍の初春」と受け取られる誤解がある、と説いた。無論この論難は龍之介の知り得ぬ所ながら、龍之介は犀星の芭蕉観に疑問を持ったことは確かであろう。故に「蘭使行」が発表された時、龍之介は「据ゑ風呂」の句を「据ゑ風呂に頚骨さする夜寒かな」と作ったが、ここでは改作して送っている。

「続芭蕉雑記」は死の一ヶ月前の七月に書かれたもので、この当時の龍之介の求める人間像であり芭蕉像であった。「芭蕉の住した無常観は芭蕉崇拝者の信ずるやうに弱々しい感傷主義を含んだものではない。寧ろやぶれかぶれの勇に富んだ不具退転の一本道である。恐しい糞やけになった詩人である」と書き、芭蕉を「日本の生んだ三百年前の大山師」と断じている。これは芭蕉を詐欺師と言っているのではない。俳聖と称えられるにはそれだけの原因も芭蕉自身の振舞いにあり、「俳諧を遊戯にした世捨人」を見事に演じながらも「恐しい糞やけになった詩人」として生涯を終えた先達として芭蕉を理解した言辞であった。昭和二年六月二十一日付の龍之介の手紙には次の様な句があった。

雪どけの中にしだるる柳哉　　龍之介
青柳の泥にしだるる塩干哉　　芭蕉

この句からは律儀な龍之介像が看取できる。

犀星の芭蕉

犀星は十三歳で句作を開始するが明治四十四年に次の五句を創って句作を断った。

凍硯に火もあつ冬を篭りけり　　犀星
焼芋や風呂敷の穴鬼穴か　　〃
焼芋や夜芝居はねて戻り道　　〃
葱汁や山家集に夜雁鳴くもあり　　〃
冬の月十字架光る教会堂　　〃

室生犀星が再び俳句を始めたのは大正十三年になってからである。この時は既に定型俳句ではなく碧梧桐に就いて自由律俳句を作っている。しかしそれは大正十三年の一年に限られ、大正十四年には定型俳句に復帰している。犀星は龍之介の死の翌々月に「敵国の人―萩原朔太郎君に」という一文を『読売新聞』に寄稿した。「君の発句観は不幸にも僕の未だ能く知らないところである。又君の説く蕪村は決して元禄の諸家を理解したものではない。君が粉身砕骨流の蕪村道の達人であることもまだ寡聞なる僕の知らぬところである」と書いている。この言葉は裏返せば

「元禄の諸家を悉く理解している」という自負の念とも取れる。昭和三年五月に犀星は『芭蕉襍記』を出版した。ここには犀星の目で把えた人間芭蕉が描かれている。また芭蕉にゆかりの深い金沢の俳人に多くの筆をついやしている。「北枝の家」の章では、「金沢を中心にして野沢凡兆、その妻の羽紅、立花北枝、その兄の牧童、柳陰軒句空、秋の坊、山中温泉の和泉屋桃妖、木薬屋の宮竹小春、生駒萬子、村井塵生、中でも凡兆北枝は群鶴を抜いてゐた」と記し「加賀の双璧は何と言ってもこの二人であったらう」として「大凡兆」と言って次の句を挙げている。

木のまたのあでやかなりし柳かな　　凡兆

凡兆があれほど新鮮な句作を為し得たのは、何と言っても幼年時代を金沢のやうな自然風物に親しみ得る土地にゐた為であらう。然も幼年時代に見た草木風物はその人の生涯を通して、其人の中に何時までも新しく青々とそよいでゐるものである。凡兆が何物よりも新しく細かい観察を以って一代を為したのは、穏やかな山河の中に擁かれ育った為に外ならぬ。

この文章は「凡兆論」に書かれている。犀星は古俳句に良く学んだ。龍之介も犀星も俳句と呼ばず「発句」と称した。龍之介の『芭蕉雑記』が逆説を用いて芭蕉の詩人の人生を説いたのに対して、犀星のそれは芭蕉の周辺や芭蕉にまつわるエピソードに満ちている。芭蕉が遺言をと望まれて俳句は一句一句遺言のやうなものだ、と答えさせたり、我が発句は一つ一つ辞世のやうなものだ。それ故自分には辞世の句を残す要はない、などと芭蕉が全霊を籠めて句作に打ち込んだ姿を描いている。龍之介が芭蕉を「俳諧などは道の草と観じ」と書いているのに対し犀星は「永遠とはつひに何物を指差した言葉であらう。閑さや岩にしみ入蟬の声――の閑寂の境には定家も西行もまだ行き着いてゐない、此の風流は日本の古い詩歌道の極北であり、もうその外へは行けなくなってゐる閑寂の地平線である」と「閑寂の境」を開いた詩人として絶讃している。ここには犀星の俳句観が如実に表現されている。

何の菜のつぼみなるらん雑煮汁　　犀星
鯛の骨畳にひらふ夜寒かな　　〃
行く年や人をたづぬる町家並　　〃
行年や葱あおあおと裏畠　　〃
行春や版木にのこる手毬唄　　〃

これらの句に犀星らしい古俳句に通底する味わいがある。『芭蕉襍記』の中に「俳道」という章があり「わたくしは古色蒼然たる一句を愛してゐる。古いほど新しい句が好きである」と書いているようにいかにも古色蒼然としている。しかし犀星はここで「新しい」という言葉を用いている。「新人芭蕉」の章には「自分は今更らしくにほひやさびを説かうとするものではないが、芭蕉の清冽さはつねに心の何処かを打って来ずにはゐない。芭蕉の歩いた後は、実際空漠に等しいやうな風景ばかりではないか」と書いている。これは「芭蕉句の清冽さ」がこれまでの俳諧になかったとし、これを「新しさ」としているのである。『芭蕉襍記』の自序には「芭蕉の気魂がどういふふうに自分に打込んで来たかといふことを瞭かにしたい」と言い、「一売文の徒が彼の中に曽て見落され失はれてゐたものをどの程度まで拾ひ上げたかといふことに些か後世をたのみたい」と願いを記している。そういう意味では「元禄の大作家」の章で「芭蕉と女、斯様な悲しい文字は少ない、彼を遂に木石のごとく言伝へることは、彼を益々烈しい寂しさへ追ひ遣るやうなものである。」と書いているのはいかにも犀星らしい発見と言えるであろう。「芭蕉句解」の「お子良子の梅」で次の様に述べている。

彼（芭蕉）がお子良子の清い美しさに心を留めたのは、彼の心にお子良子の清さや美しさが宿りを含んでゐたとも云へる。彼が白梅を見、純真の少女を見たのは、彼の場合偶然で無いと云へるのであらう—芭蕉は女性に対しては何時も慇懃であり、懇切であった。その心の向き方には一方珍らしい程女性に物柔かであった。「のうれんの奥物ゆかし北の海」の園女についても、去来の妹の千子を愛し慈しんだこと、また凡兆の妻を風流に誘ひ込んだこと「一家に遊女も寝たり萩と月」の奥の細道の旅の女、その他文献に現はれぬ女性がどれだけあるか分らない—寿貞との関係にしても恐らく世に問はれてゐない懇切さがあったであらう、彼女の死後、杉風に書を寄せて後事を託したこと許りではない。

いかにも女人の姿、女人俳句を、女人の美しさを小説に描き続けた犀星らしい文章である。

かかる瞳は処女ならむか夜半の冬　　犀星
よりそへば小春日和の匂ひして　　〃
梅折るやめのふのごとき指の股　　〃
春の夜の乳ぶさも茜さしにけり　　〃
春の日の乳当を干す鏡の間　　〃

あんずまんまる

室生犀星は「古俳句」を愛し、龍之介と同様に俳句と言わず「発句」と称した。龍之介も新傾向俳句を作った。これは大須賀乙字や瀧井孝作らと交わり『海紅』を貰ったりしていた時期である。同じく犀星も俳句を再開した大正十三年の一年限りであった。

炬燵の火をぽっかりとほじれり　　　　犀星
くわゐの子つまんで笑ふさびしさ　　　〃
春蟬に龍之うっとりとしてゐる　　　　〃
あまさ柔らかさ杏の日のぬくもり　　　〃
あんずまんまるいをとめの袂　　　　　〃

犀星の日記の末尾にはこの年十八句の「あんず」を詠んだ自由律俳句がある。いずれも故郷金沢の風物の即景であろうが、「あんず」は犀星に取って特別の思い入れがある。この年の三月瀧井孝作の結婚を思いやった句がある。「あんず」は犀星の抱く女人像でもある。

あんずの花かげに君も踊むか　　　　　犀星

その後、犀星は定型俳句に復帰するが「あんず」を詠む時だけは自由律のままである。

杏の香の庭深いふるさと　　　　　　　犀星
あんずの日に焼け川べりの家　　　　　〃
あんずの木に泳ぎの子らが集る　　　　〃

昭和九年の作であるが、いずれも鄙びた田舎の風景と愛らしい子供の姿が詠まれている。少年期の回想と腕白な犀星少年そのものの自画像の詠出であったのであろう。

あんずあまさうなひとはねむさうな　犀星
あんずほたほたになり落ちにけり　〃
あんずあかんぼのくそにほひけり　〃

犀星は感覚を通して物をつかみ、擬態語や擬声語を使い、視覚や臭覚の印象を言葉に転じる、詩人としての目で俳句を詠んでいる。犀星の詩とも俳句ともつかぬ「あんず」を詠んだ句は、昭和三十年まで続いている。犀星は「幼少の時から見なれた風景のこまかいしがらみは、成長した後にも、ずっと奥の方に生きてゐてひとたびその物に打《ぶ》つかると開くものは開いて包みこんだら、向ふではなさないのである」と言っているように、「あんず」の花開く北陸の風土こそ彼を育てた原風景であったのであろう。昭和四年四月一日刊行の『魚眠洞発句集』にこの頃の事を次の様に記している。

当時碧梧桐氏の新傾向俳句が唱導され、自分も勢ひ此の邪道の俳句に投ぜられた。従って松下紫人氏、北川洗耳洞氏に作句を見て貰ひ、就中、洗耳洞氏には三年程その選句に預ってゐた。（略）発句道に幽遠を感じたのは極めて最近のことであり、三十歳までは何も知らなかったと言ってよい。幽遠らしいものを知った後の自分は、作句に親しむことが困難であり少々の苦痛を感じた。（略）芥川龍之介氏を知り、空谷、下島勲氏と交はり、発句道に打ち込むことの真実を感じた。（略）自分の発句道も亦多少人間をつくる上に、何時も善い落着いた修養を齎してゐた。その美的作用は主として美の古風さを教へてくれたのだ。新鮮であるために常に古風でなければならぬ詩的精神を学び得たのは自分の生涯中に此の発句道の外には見当らないのであろう。

室生犀星は龍之介と俳句のやり取りをする形で自由律を離れた。しかも俳句を「発句道」と称し、龍之介と同様古俳句の渉猟に努めている。犀星は古俳句の渉猟を通して得た俳句観によって『芭蕉襍記』を書き、「蕉門の双璧は丈草と去来」と言い「我が凡兆、大凡兆」と言っている。ここに龍之介と同様の俳句眼が働いていることが看取できる。

昭和二年七月二十四日未明、龍之介は田端の自宅で自殺をした。軽井沢にいた犀星は死の報に接し芥川家に駆けつけた。犀星は衝撃を受けた。お通夜明けと同時に鳴き出した蟬の声は犀星に取って、現世のあろう限り忘れられぬすさまじい声に聞こえていた。

別るゝや椎の明けゆく人の顔　　　　犀星
夏菊や小砂利にまじる蟬のから　　　〃

いずれも通夜の忌と題されている。葬儀が済んで数日の後、犀星は驚きのあまりなす術もなく、くたくたに疲れ果てて軽井沢に戻った。親戚の小畠貞一に宛てた書状には「芥川には小生一切追悼かかず、深悼いたし候」とあり深い同情を寄せた「悼亡」句が添えられていた。

新竹のそよぎもききてねむりしか　　犀星

当時の日記には「芥川君の追悼文書かぬことに心を定む。故人を思へば何も書きたくなし、追悼座談会明日あれど出席しがたく返電を打つ」と犀星は書き記している。明けて昭和三年二月、『驢馬』に「清朗の人」と題して「自分は彼の死に驚き次に感じたものは清らかさであった。何よりも清らかさが自分を今も刺激してゐる」と書いた。一周忌近くになり犀星はやっと平生を取り戻し『文芸春秋』七月号に「芥川龍之介を憶ふ」を書いた。犀星にとって追悼文を書くのに一ヶ年という歳月が必要だったのである。

自分は此の友の死後、窃かに文章を丹念にする誓を感じ、それを自らの上に実行した。同君の死の影響を取り入れ自分の中に漂はすことに、後世を托す気持に自分はゐるのである。

同君に見せてもらひたいのは、今日の自分であり、交遊濃かだったあの頃の自分の如き比例ではない。同君も今日の建て直された自分を見てくれたら、別な気持で交際ってくれると思ふ。今日の自分は微かに同君が自分に不満足を感じ、軽蔑すべきものを軽蔑してゐた気持は解ると思ふ。友人同士は互ひに軽蔑すべきものを持ち合してゐることは、それを感じる時に其値打を引摺り出すことができるのだ。芥川龍之介君は自分を軽蔑してゐた。

かういふ事実は彼の中で遂に埋没され、永く同君の死とともに抹殺された。併し自分はそれを掘り返して補ふのである。自分が文事に再び揮ひ立つことのできるのは、あの人の影響だと思ふてゐる。


最初に記したように犀星は、芥川龍之介に出合った時、三歳年下の花形新進作家に劣等感に近いものを感じた。犀星はそうした思いを「芥川龍之介君は自分を軽蔑してゐた」と率直に記している。龍之介の死から強い衝撃を受けた犀星は、口重くその死を語ることを避けたが、作家として最も本質的な所でその「軽蔑」を受け止めていた。龍之介の軽蔑を敏感に感じながらも、「文章を丹念にする」龍之介の作家態度を取り込み、「あの頃の自分の如き比例ではない」という所まで自分を押し上げようとする覚悟と、龍之介と共に歩いた歳月を偲んで犀星の追慕の念は切々たる文章となって表現されている。

江漢の塚も見ゆるや茨の中　犀星
鮎の口みなあいてゐる暑さかな　〃
すゝけむる田端にひらふ螢かな　〃
河童忌の鮎のはらわたなかりけり　〃
暮れのこる明けかかるとは言ひにけり　〃
足袋白く埃をさけつ大暑かな　〃

これらの句は昭和十八年までの龍之介の忌日の日に犀星が詠んだ句である。

龍之介の死から十年後の昭和十二年四月に犀星は初めて海外に旅行をした。洋服を着たことのない犀星は、「洋服と外套、靴下から手紙まで一新し」て神戸から中国行の船に乗った。龍之介が大正十年に中国に渡った旅行に後れること実に十六年であった。犀星は「へいぜい人の中に出たことも喋ったこともない人間はやはり孤独で我まま」と言っているように極端に人嫌いであったが、この時ばかりは「人々は満州の野のことを荒野とか妖野とか言って鬼畜の歙り注くやうに曠漠たる野にしてしまってゐるが、私はこれほど自然の骨身を削り立てて奥の奥まで素直になってゐる風景を見たことがなかった。」と書いているように、龍之介に取っては、耐え難い、苦痛の地であった中国も犀星に取っては実に感動的で性に合った所であった。

この旅行で犀星は『哈爾浜詩集』一巻と、随筆集『駱駝行』をものし、更には長編『大陸の琴』も書いている。このような所に繊弱な龍之介と異る野放図な犀星の姿がある。人間には幸いがあると一方では必ず不幸がある。犀星が中国旅行を終えた翌年、昭和十三年十一月十三日、妻とみ子が突然脳溢血で倒れてしまった。その朝は、その冬初めての寒波が襲い非常に冷え込んでいた。とみ子の病状は一度恢復したが二度目の発作で意識が三日間恢復しなかった。三年すぎてやっと人の肩につかまり僅かに歩行ができるだけで言葉は喋れなくなっていた。「善良な人間ほど恐ろしい病気に憑かれるのかも知れない」と犀星は言い、妻が病気で倒れたのは自分のいけにえになったとさえ犀星は思った。昭和三十四年十月に六十四歳でその生涯を閉じたが、犀星はその間傍目にもいじらしいほどやさしく介護をした。結婚と同時に筆を絶っていた妻は病床についた翌年十一月に句作を再開し、亡くなる直前に一冊の句集『しぐれ抄』を刊行した。

ひっそりと猫眠りける蜆汁　　とみ子
いとし子の墓ある寺のしぐれかな　　〃
ほろ苦き蕗まゐらする余寒かな　　〃

第四章　芥川龍之介と久保田万太郎

服毒死

芥川龍之介の死因は、当時の新聞報道によれば「田端の自宅においてベロナールおよびジャールの致死量を飲んで自殺。枕元に聖書があった。」という甚だショッキングな事件であった。

平成七年九月号の『オール読物』にこれまたショッキングな記事が載った。「藪の中の記」と題する山崎光夫氏の推理手記である。龍之介の主治医であった下島勲氏の残した「下島勲日記」を基に、龍之介の遺書や手帖の書き込みから服毒薬を推察した物語である。後に『藪の中の家・龍之介自死の謎を解く』と題して『文芸春秋』から平成九年に単行本となった。山崎光夫氏はまず「或旧友へ送る手記」から説き起こす。

誰れもまだ自殺者自身の心理をありのままに書いたものはない。自殺者は大抵レニエの描いたやうに何の為に自殺するかを知らないであらう。それは我々の行為するやうに複雑な動機を含んでゐる。が、少くとも僕の場合は唯ぼんやりした不安である。何か僕の将来に対する唯ぼんやりした不安である。―略―僕の第一に考へたことはどうすれば苦しまずに死ぬかと云ふことだった。縊死は勿論この目的に最も合する手段である。が、僕は僕自身の縊死してゐる姿を想像し、贅澤にも美的嫌悪を感じた。（略）僕は薬品を用ひて死ねことにした。

唯この薬品を求めることは勿論僕には容易ではない。僕は内心自殺することに定め、あらゆる機会を利用してこの薬品を手に入れようとした。同時に又毒物学の知識を得ようとした。―略―最後に僕の工夫したのは家族たちに気づかれないやうに巧みに自殺することである。これは数箇月準備した後兎に角或自信に到達した。（それ等の細部に亙ることは僕に好意を持ってゐる人々の為に書くわけに行かない。尤もここに書いたにしろ、法律上の自殺幇助罪「このくらゐ滑稽な罪名はない。」若しこの法律を適用すれば、どの位犯人の数を殖やすことであらう。薬局や銃砲店や剃刀屋はたとひ「知らない」と言ったにもせよ、我々人間の言葉や表情に我々の意志の現れる限り、多少の嫌疑を受けなければならぬ。のみならず社会や法律はそれ等自身自殺幇助罪を構成してゐる。最後にこの犯罪人たちは大抵は如何にもの優しい心臓を持ってゐることであらう。）法律上の自殺幇助罪を構成しないことは確かである。僕は冷やかにこの準備を終り、今は唯死と遊んでゐる。

山崎光夫氏はこの部分に着目し「自殺幇助罪」に言及していることから、龍之介の自殺を幇助した人物が浮かび上り、龍之介はだれかを庇っていると言う。また「闇中問答」や「歯車」という小説の中でも龍之介は自殺の事を殊更に強調している部分をあげて、この時期の龍之介が自殺を願っていたことは確かであるとも言っている。次に龍之介の残した膨大な量の「手帖」や「ノート」から龍之介がいかに薬物や毒物に対する知識を持っていたかを、それらが記されている部分を示す。特に「毒物学の知識を得ようとした」という点に龍之介の面目躍如たるものがあるという。こうした薬物や毒物学に対する精緻な知識は、海軍機関学校の教官時代に海軍の機密情報でもあった「化学兵器」の知識を得たに違いないと推測する。更に「手帖」には無視できない個所があるという。「蘇生する危険のない薬品」として青酸カリの入手を考えていたと推理する。次の文章が龍之介の手帖に記された箇所である。

青化加里。氷ザタウ。金の精錬に用ふ。小指ほど食ふ。悴自殺す。親父遺書をうけとり、驚きかけつけ、喉のかわきし為そこの水をのむ。青化加里の水溶液の為に死ぬ。

手帖に書かれたこの部分は、龍之介が青酸カリを手に入れて「死と遊」んでいる表現であるという。次に主治医で龍之介の自殺体を検死した下島勲の日記に注目している。

私は私の職務の上から死因を探究しなければならない。そこで先ず斎藤茂吉氏の睡眠剤の処方や薬店から取って来た包数や日数を計算して見たが、どうも腑に落ちない。そこで奥さんや義敏君に心当りを聞いて見ると二階の机の上が怪しさうだ。直ぐ上って検べて見て、初めてその真因を摑むことが出来たのであった。

また「芥川龍之介氏終焉の前後」という下島空谷の『人犬墨』に記されている「此間義ちゃんの案内で二階へ行き真相が諒った」とだけ一言触れている部分に注目して、これらを基に山崎光夫氏は芥川の用いた毒物は青酸カリであり、一番身近にいた特定人物の手から渡ったものであろうと推論している。単行本では青酸カリの入手先までも推論している。

別るるや椎に明けゆく人の顔　犀星
夏の夜や夜通し落つる花の音　利一
涼しさや石碑をうって木の雫　秋聲
枕べのバイブルかなし梅雨ぐもり　空谷
白百合にまたさめざめとうなだるる　寛
木の中に大暑の灯影うもれたる　万太郎

龍之介の突然の死に、弔問に訪れた人々はなすすべもなかった。報道陣に囲まれた下島医師は死因を発表しその衝撃的ニュースは日本中を駆けめぐった。その夜久米正雄は「或る旧友へ送る手記」を発表した。久米が手記を読み上げるとたちまち記者から質問が出た。その時久保田万太郎は、この手記は「真実の遺書ではない」と言いつつも「然しこの原稿を充分味読することによって、一番よく故人の意あるところに近づくことができるであろう」との感想を述べた。

久保田万太郎の生涯は龍之介の死のようにショッキングではないがそれに近いものである。万太郎の人生も言って見れば他の誰よりも芥川が常に語っていた「生存苦」に近い人生であったかも知れない。万太郎は浅草田原町に生まれ、駒形、北三筋町、牛込南榎町、日暮里渡辺町、日暮里諏訪神社前、三田四国町、三田綱町、鎌倉材木座、同材木座、湯島天神町、赤坂伝馬町、三隅一子宅、赤坂福吉町と、七十三歳で不慮の死を遂げるまで十二回の転居をしている。その間駒形では類焼により家財一斉を焼き尽くし、北三筋町に住んでいた時は関東大震災で全焼し、三田綱町にあっては米軍の空襲と生涯に三回の火災に遭っている。その為万太郎には物に執着するところがなかった。また女性についても最初の妻が服毒自殺をした後は五指に余る女性とも関わりを持った。結婚は三度もしたが、皆妻に先立たれた。昭和三十三年刊の句集名を『流寓抄』としているのも、人生流寓の思いがひとしおだったからでもあらう。龍之介は万太郎の描く作品に「主人公は常に道徳的薄明りに住する閭巷無名の男女なり。チェホフのそれよりも哀婉なる」と評しているように、哀感を伴っていた。万太郎の人生そのものが背景に存在しているからである。

久保田万太郎は昭和三十三年、六十九歳で最後の句集となった『流寓抄』を文芸春秋社から刊行した。その序文に万太郎の人生の幾分かを垣間見ることができる。

遮　莫

昭和二十年十一月、ぼくは、東京を捨てて鎌倉にうつり住んだ。…その時以来である。ぼくに、人生、流寓の旅のはじまったのは…そしてそのあと、はやくも十余年の月日がすぎた。そのあひだで、ふたたびぼくは東京にかへるをえた。が、ぼくの流寓の旅は、それによって、決して、うち切られなかった。…かくて、この世に生きるかぎり、ぼくは、この不幸な旅をつづけねばならないのだらう。

すなはち、ぼくは、七十回目の誕生日をむかへるにあたり、何か一とくぎりつけたく、この句集を編んだ。

生前最後となったこの句集は、昭和二十年十一月からの作品を収めている。敗戦と同時に万太郎は東京から焼け出されたのである。罹災直後に大江良太郎のもとに身を寄せたり、伊豆大仁のところに仮泊したりしていたが、鎌倉市在住の実業家林彦三郎の好意で材木座に一戸を提供されて移り住んだ。東京に生れ育ち、東京以外で生活したことのない万太郎が、東京を捨ててと書いた所以である。だが不運は続くもので、その六か月後にはその家が進駐軍に接収されて立ち退きのやむない破目となり、林の家の六畳一と間の間借り生活となってしまった。翌年十一月やっと林の尽力で同じ材木座に一戸を構え、二度目の妻「きみ」を迎え、昭和三十年東京湯島天神下に転居するまでの十年間を鎌倉で生活をした。事情や年まわりは違うが、龍之介が新婚の妻「ふみ」と鎌倉に住んだのとよく似ている。だが万太郎は最初の妻「京」に服毒死されている傷心の中での転居であった。それまでにも万太郎は転々と居をかえているから心境としては、淡々として憂愁や恨みごともなく「昭和二十年十一月四日、東京をあとに鎌倉材木座にうつる。以下、その新居にてえたる日々の心おぼえなり」と境遇を書いている。この時の句を次にあげてみる。

ふゆしほの音の昨日をわすれよと　万太郎
一ぱいに日をうくるなり冬の海　〃
度外れの遅参のマスクはづしけり　〃
東京にでなくていゝ日鷦鷯　〃
松風の夏めく庵を追はれけり　〃

龍之介は空襲を経験しないままこの世を去ったが、一方では永井荷風のように、空襲によって焼失する我が住いを凝視し、筆にとめた人もいる。そこには我家偏奇館の炎上が見事に描かれ、文人としての心構えとも言える筆致で「荷風日記」を残しているが、万太郎は劫火の凄まじさや緊迫感を、その独特の万太郎の人生描写の俳句に移し取っている。

空襲下昭和二十年来る
鬼の来ぬ間の羽子の音きこえけり　　万太郎
うちてしやまむうちてしやまむ心凍つ　〃
五月二十四日早暁空襲わが家焼亡
みじか夜の劫火の末にありにけり　〃
中野の立退先にて
芍薬のはなびらおつるもろさかな　〃
芍薬を捨て、あやめを挿しにけり　〃
終戦
何もかもあっけらかんと西日中　〃

万太郎は私小説を書いていない。唯一その心情を知り得る手掛りは俳句である。万太郎は戯曲を多数残したことから、その俳句には感覚的な現実把握の鋭さと確かさとを持っている。一方、それは脚本作家という点から無思想性がよく指摘される。これらの句には決して戦意昂揚の気持ちも、敗戦による慷慨も落首めいた風刺もない。到って現実的な気安さと図太い性根がのぞいて見える。鎌倉に居を据えた万太郎に慶事が訪れる。終戦から一と月が経過した十月には焼け残った帝国劇場で「銀座復興」を上演し、十二月には「舞台姿」を上演した。いずれも五十日に及ぶ興行で大成功であった。十二月には俳誌『春燈』も発刊になった。発刊の辞は短いものではあったが「われわれの生活は、これから、苦しくなるばかりだらう。でも、いくら苦しくなっても、たとへば、夕靄の中にうかぶ春の灯は、われわれにしばしの安息をあたへてくれるだらう」とあり、ここには敗戦と廃墟の中から慰めと救いを見出そうとする腰の据った覚悟が看取できる。

　上京午後より夜にかけて麻布の春燈社にあり。

叩きつけられたる独楽のまはりけり　　万太郎

　十二月三十一日。直しにやりたる時計年内つひに間に合はず、たのしみとせる妹の時計、たまたまとまりて役に立たず、途方に暮れる。

大年の空の日に刻賭けにけり　　万太郎

遮莫《さもあればあれ》餅搗けて来りけり　　〃

昭和二十一年を迎ふ

はつそらのたまたま月をのこしけり　〃
元日や海よりひくき小松原　〃
あらたまの春着に着かへ用のなき　〃

昭和二十一年三月には「あきくさばなし」を『人間』に連載、「福沢諭吉」「冬」「大寺学校」「短夜」「或る女」「女の一生」を次々に演出し、同年中に小説も二篇発表した。翌二十二年は小説、戯曲、脚本等を五篇執筆し、舞台演出を九本と精力的に働いた。一方長唄の「みやこ風流」を作詩したり落語名人会なども企画した。慶応大学評議員、『読売新聞』の仕事なども行ない、七月には日本芸術院会員に列せられた。日本芸術院会員の推薦は、昭和十七年に途絶えて以来五年ぶりでこの年に復活し、文学関係では他に里見弴、上司小剣、蒲原有明、土井晩翠、柳田国男、長谷川如是閑が選ばれた。この時万太郎は人生の絶頂期にいるような気がしていた。

九月二十八日、宮中にて御陪食

わすれめや賜餐の卓の秋の草　万太郎
言上すうき世の秋のくさぐさを　〃

昭和二十一年十二月、万太郎は五十七歳で三十三歳の三田きみと再婚した。永井龍男は新婚間もない茶の間を訪ね、四方山話を聞き出して『オール読物』に琴瑟和合ぶりを描いた。傍目には、これで万太郎の人生も恙がなく、名実ともに名を後世に残すものと誰もが思った。

流寓の果

久保田万太郎句集『流寓抄』の自序には「東京を捨てて鎌倉にうつり住んだ。その時以来である、ぼくに、人生流寓の旅のはじまったのは……」と記されている。万太郎の年譜によれば、この後の万太郎の人生は決して「人生流寓の旅」とは思われない。万太郎が三田きみと再婚した翌年には長男耕一が結婚した。昭和十年、万太郎四十七歳の十一月に前妻の京が睡眠薬自殺を図り死亡して以来、当時十四歳であった長男耕一と自分の身辺をあれこれと世話をして来た妹の小夜子が昭和二十四年に結婚した。その前年に万太郎は日本芸術院会員として宮中に召されてもいる。『毎日新聞』社演劇賞選定委員、日本放送協会理事、郵政審議会専門委員、芸術祭執行委員、文化勲章及び文化功労者選考委員、文化財保護専門審議会委員にも就任している。昭和二十七年には文芸家協会名誉会員に推薦される。翌年俳優座劇場株式会社社会長に就任。『久保田万太郎全集』は既に昭和二十二年、五十八歳より刊行され完結を見ているが、昭和二十九年二月に角川書店より「昭和文学全集『久保田万太郎』」が刊行になった。著者生前の中に全集が出版になるのは極めて幸運と言える。社会的名誉も実生活の上でも仕事の面でもこれほど恵まれていた時期は他にはなかろう。それなのになぜ万太郎は『流寓抄』の序にそのような書き方をしなかったのであろう。文壇での隆盛と確固たる地位、世間的栄誉、すべて順風満帆と言ってよい。人生流寓は単なる転居の連続という単純な意味であろうはずはない。万太郎自身、鎌倉に移り住んだ数年間は、実はそこに惨憺たる流寓の門出が待っていようとは思いも寄らなかったであろう。表の人生と裏の真実の虚実皮膜がここにある。この頃の俳句からそれらを見るしかない。

一年余の間借住居より脱す
短日や夫婦の仲のわだかまり　　万太郎
短日や大きな声のうけこたへ　　〃

再婚相手の三田きみは、日本橋浜町の待合「堀川」の三姉妹の長女で、一時は妓籍にあって花柳界暮しをしたが、万太郎と結婚した当初は二人の妹達と共に下高輪で「三田」という旅館を営んでいた。終戦で焼け出された万太郎は、今日出海の紹介で「三田」を宿舎にしていた時、そこできみを見かけ万太郎はたちまち結婚を決心した。その時次のような句を作っている。その喜びがよく伝わって来る。

二階からみて山茶花のさかりかな　　万太郎

万太郎はほんの数回会う機会があっただけで結婚を決意した。きみの言葉によれば「廊下に手をついて、どうか結婚して欲しい」と頼まれて結婚を決意したと言うが、きみの持っていた陽気さや無邪気さが、結婚した途端に万太郎には軽薄さや無神経に見え出していた。万太郎という人は事を決するに性急な人であった。夫婦の仲のわだかまりは増す一方だった。

冬篭つひに一人は一人かな　　万太郎
蝙蝠に口ぎたなきがやまひかな　　〃
うとましや聲高《こわだか》妻も梅雨寒も　　〃

三句目の句には「わが家にあれば」の前書きがある。こうした句は次第に辛辣さを増して来る。妻きみに対する嫌悪の情は僅か一ヶ月足らずで芽生えたのであった。

人にこたふ二句
運不運人のうへにぞ雲の峰　　万太郎
香水の香のそこはかとなき嘆き　　〃

万太郎と言えば人情劇と言われるほど、いかにも義理人情を人生対処の基調とした通人、わけ知りで苦労人で粋人という印象が深い。万太郎も五十七歳という年齢で人生の経験も積み、世俗の塵も身にまとい、分別をわきまえた年齢のうえでの結婚であった筈であるが、そこにこの年齢に到っても「人生の陥穽」が待っていた。女性には幾度も思慮分別を積んだ筈ではあったが、きみは気性の勝った女性で、万太郎の無類の我侭とは初めから反りが合わなかった。二人の仲は冷えていくばかりだったのである。決定的になった二人の仲を、昭和二十九年に「春の日やボタン一つのかけちがへ」と詠み、いよいよ別れを意識した昭和三十年には「極月の松の枯枝下ろすかな」という句を作った。前書きには「これもまた業なるべし」と書き、嘆き節の句になってゆくのであった。万太郎は決断するのも早いが決心するのも素早い人であった。

昭和三十一年一月に小説「三の酉」を『中央公論』に発表した。前年の六月には妻きみを鎌倉に置いたまま万太郎は鎌倉を引き払って文京区湯島に転居していた。その時の劇作「えくぼもあばた」には「熟慮断行と書いて貼ってありませう?…あれがをかしい。…熟慮したら断行はできませんよ、われわれ、いまの人間には…でなくっても、家出だの、自殺だの、夫婦わかれだのってものは、その時の拍子一つ、…ヒョイとした、その瞬間の気持一つできまるもんで、その瞬間の気もちを外したら、一生、もう、地獄に落ちるより外に手はありません」と書いているように、脱出決行は万太郎の常套手段であった。

梅雨あけやさてをんな坂男坂　　　　万太郎
まゆ玉や一度こじれし夫婦仲　　　　〃
越すつもりあれどあさがほ蒔きにけり　〃

この頃の万太郎の身辺雑記の中には「女房との愚かな対立」などという自嘲めいた文字も見え出している。「三の酉」の「あとがき」には次のような章句が見える。

はやくもことしは颱風が来たのに、わが家のあさがほはいまだにまだ一度も咲かないと、ある人が来ていった。はやくも来た颱風。…まだ咲かないあさがほ…何か、不吉なものがぼくに感じられた。と、—咲きました。…やっぱり咲きました、心配しなくっても…と、二三日して、その人が来てまたいった。
どんな花が咲いたか、と、ぼくは聞いた。—うす紫の、すこし絞りのまじったのが。…たった二りんだけですが…と、その人はいった。はじめて咲いてうす紫とは。…しかも、それがたった三りんとは…（略）夜の秋の月のひかりをとらへけり
…ぼくは、人知れず吸ひこんだ息を吐いた。

智恵の輪

『流寓抄』の巻末に「明治二十二年―昭和三十三年……」と題して、万太郎自筆の履歴書的感想が綴られている。たった十年間の間合であるが、万太郎といふ人間がよく見えて来る。

　それにしても数へ年七十。……老いは年齢によって決定されない、と、勇気を持っていひ切れたのは去年までのことで、七十といふ声は、いまや完全にぼくを打ちひしぎなさけ用捨なくぼくをとって押へた。……こんな年まで、どうして生きてきたものかといふ悔いが、何かにつけてさきに立ち、いくぢのなくなったことおびただしい。

―あなたは、畳のうへでは死ねない人だ。と、以前、真船豊によくいはれたが、このコトバは、いひかへれば、〝お前は、一生、安心立命のえられないやうにできてゐるのだ〟といふことである。……〝さうかも知れない〟と、そのときは、わらっていつも聞きながしてゐたこのコトバの、いまにして、しきりに胸をしめつけてくるのは何んとしてだらう。しかもことしになって、子供のころの夢、わかい時分の夢をしきりにぼくはみるのである。〝ふるさとへまはる六部の気の弱り〟の、かうも急に気の弱くなるものか？……と、さういふ口の下で、

知恵の輪の
ちゑでぬけずに
ひよっくりと
はずみでぬけたおもしろさ
だから
かうもあくたれをいふぼくといふものは…
ままよ
風、ふかばふけ。
雨、ふらばふれ。
といって、あはれ、やまんとのみに…
残菊のいのちのうききめつらきかな

この文章は久保田万太郎という人物の生の性根をよく伝えている。悲鳴に近い苦痛と寂寞とが入り混ざり、棄て身に近い不逞が居直ってもいる。万太郎は「うらはら」という言葉をよく使っている。禍福は糾へる縄の如しと言うが、万太郎の人生そのものがそれであり、自身の人生こそ最大の「うらはら」であったと言えよう。万太郎の世間的栄誉は昭和三十年に鎌倉を引き払っても尚続いている。この年十月には三たび文化勲章及び文化功労者選考委員になり、翌年には国立劇場設立準備協議会の副会長に、また法務省の中央厚生保護審査会委員に就任している。三十二年一月には小説『三の酉』で読売文学賞を受賞し、十一月には文化勲章を受賞している。

こうした言わば世俗的栄誉を次々に手にしていた万太郎にも「うらはら」が忍び寄っていた。鎌倉に残して来た妻きみが湯島に購入した家に家財道具を満載して上京して来たのであった。その頃万太郎は三隅一子という女性にめぐり逢っている。湯島の新居購入は或いは三隅一子と逢う場所にするためのものであったのだろう。ここから妻きみとの確執は決定的になっていった。湯島の新居から赤坂伝馬町の愛人三隅一子の家にころがり込むように隠栖するまでの二年間は、万太郎にとって砂を噛むような毎日であったが、しかしその転機は思わぬ形で訪れたのであった。一粒種の最愛の息子耕一が、昭和三十二年二月二十日に宿痾の肺結核で三十七歳で死亡したのである。万太郎言うところの「人生の帳尻を締めくくらせる飛び台」になってしまった。

さすがに自分の息子の弔句だけは万太郎も作れなかったのであろう。一句だけしかない。

二月二十日、耕一、死去

春の雪待てど格子のあかずけり　　　万太郎

数日後にやや気を取り戻したが、万太郎は心寂しい風が吹き抜けるような思いであった。

所感

われとわがつぶやきさむき二月かな　　万太郎

耕一、百ヶ日

尋めゆけどゆけどせんなし五月闇　　〃

この句は耕一が亡くなってから数か月後の句である。五月闇と詠んだように、万太郎は耕一の死を契機に妻きみのもとを黙って去り、赤坂伝馬町の三隅一子の家にかくれ棲んだ。

連翹やかくれすむとにあらねども　　万太郎

これは三十二年の春以来僕のかねての念頭だった仕事場を旧市内、赤坂に属するある町の一角にさがすことができた。…その小さな家のことをいふのである。

だから、ぼくはこの仕事場をもつことによって、〝人めなき露路にすまひて秋の暮〟の一応の安定をえた。…これなら何んとか短篇集の一冊ぐらゐ間もなくまとめることができるだらうと思ってゐる万太郎はこの場所を仕事場と言っているが、真相は愛人との同棲生活の場であることは隠れもない事実であるが、連翹の句の前書には「こたへて曰く、方違」と書いて愛人の棲居に仮寓することを虚実皮膜をもって詠んでいる。「災禍を避ける」のが方違いの意味ならば「きみ」の追手を逃がれる手段であって、まるで万太郎の描く「娘道城寺」の安珍清姫そのものであった。昭和三十七年十二月の或る夜、帰宅の遅い万太郎を深夜の寒風に晒されて長時間戸外で待っていた一子は、万太郎の帰宅後、入浴中に脳卒中で倒れ、急遽入院し頭部手術が施されたが、一両日を経過しても意識は恢復せぬまま不帰の人となった。清姫の祟りであった。

きささげのいかにも枯れて立てるかな　万太郎
何か言へばすぐに涙の日短き　〃
燭ゆるるときにおもかげの寒さかな　〃
たましひの抜けしとはこれ寒さかな　〃
戒名のおぼえやすきも寒さかな　〃
なまじよき日当りえたる寒さかな　〃
何見ても影あぢきなき寒さかな　〃
身に沁みてものの思へぬ寒さかな　〃
雨凍てて来るものつひに来しおもひ　〃

死んでゆくものうらやまし冬ごもり　　〃

万太郎は三日三晩背広も脱がず一子の病床につきっきりで看病した。この句には「一子の死をめぐりて十句」と前書がある。万太郎は死後になってはじめて一子が総義歯であることを知った。

祖母と伯母

久保田万太郎は明治二十二年十一月七日、東京市浅草区田原町三丁目十番地に父勘五郎二十八歳、母ふさ二十一歳の子として生まれた。万太郎が生まれる以前に兄一人、姉一人がいたが、共に早世し名前も伝わっていない。芥川龍之介より三歳年長ということになる。万太郎の家は祖父萬蔵の代から袋物製造販売を業とした。万太郎が五歳のとき妹はるが生れ、その年に萬蔵夫婦は勘五郎に家督を譲って隠居した。隠居所は浅草千束町で万太郎は祖父母のもとで暮らし育てられた。このような境遇は龍之介に良く似ている。龍之介も生後七ヶ月で老伯父夫妻と一生を独身で通した伯母に育てられている。その頃の思い出を万太郎は次のように詠う。

浅草千束町のおもひでを語る
蓮咲くや桶屋の露地の行きどまり　　万太郎

浅草伝法院横町

甘酒の釜のひかりや夜の土用　〃

父の勘五郎とふさとの間には万太郎のほか二男四女がいたが、上の二人が夭折していたためか、万太郎は隠居した祖父母の手にて大事に育てられた。万太郎が八歳になると祖父の萬蔵が亡くなったので、それ以来、万太郎が二十九歳になるまで祖母の千代に真綿にくるまわれるようにして育てられた。龍之介が結婚しなかった伯母のふきに一人じめのようにして育てられたように、二人は祖母と伯母との違いこそあれ、特別な存在として大事に扱われ、掌中の玉として育てられたのである。万太郎にとっては幼年期を祖父母の膝下で過ごしたことは、万太郎の性格を形成するうえで決定的な影響をもたらした。家庭内では両親よりも偉い、何でも言うことを聞かせられる存在の庇護のもとで育ったということが、万太郎の風貌には似合わない、臆病で気弱な一面を形成させることともなった。祖母の千代は無類の芝居好きで、芝居見物には必ず万太郎が連れてゆかれた。時には家中で出かけることもあり、龍之介の家庭と酷似している。龍之介も三歳の頃の芝居見物の思い出を描いてもいる。万太郎の句には龍之介のそれよりも一層芝居に対する親近感が溢れているものが多い。

家内中芝居の留守の夏のれん　万太郎

すぐぬぎてたたむ羽織や夏芝居　〃
稽古場に幕下りてゐる夜寒かな　〃

万太郎の文章に「雑誌〝苦楽〟の寄席特輯にこたへ、そこはかとなき少年の日のおもひでを語る」との前書がある。

節分やたまたまとほる寄席のまへ　万太郎
うけとりし手もこそ凍つれ下足札　〃
春の雪中入すでにつもりけり　〃
別ビラの墨いろ東風に匂ひけり　〃

この祖母については、まへにぼくのよき幇助者としてしるした。が、ぼくと祖母との関係は、そんな一ト言やふたことで説明できるものではなく、じつはぼくは、生れるときからの、三百安い〝ばばァ育ち〟だったのである。いかにぼくが、この祖母によって、みえざる教育をされたことか、祖母は、下町の老人としてもめづらしい芝居好きだった。大きな芝居はもとより、どんな小さな緞帳でも、毎月開くにしたがってみてまはった。そして随行はつねにぼくだった。ぼくは物ごころつく前から、だから慈愛とともに、芝居に関する知識を祖母からつぎこまれた。だから演劇人として、ぼくを、今日あらしめたのは、この祖母だと言っていい。

万太郎の演劇にしばしば老婆が出て来るが、彼女たちはみなこの祖母をモデルにして描いているとも万太郎は言っている。万太郎が祖母に溺愛されて育ったように、龍之介も伯母の愛情過多の中で育った。「文学好きの家庭から」で次のように言う。

伯母が一人ゐて、それが特に私の面倒を見てくれました。今でも見てくれてゐます。家中で顔が一番私に似てゐるのもこの伯母なら、心もちの上で共通点の多いのもこの伯母です。伯母がゐなかったら、今日のやうな私が出来たかどうかわかりません。—略—

芝居や小説は随分小さい時から見ました。先の団十郎、菊五郎、秀調なぞも覚えてゐます。私が始めて芝居を見たのは団十郎が斉藤内蔵之助をやった時ださうですが、これはよく覚えてゐません。

一家で芝居見物に行ったのは下町の文化人という趣味に根ざしていよう。芥川家は代々のお数寄屋坊主の家系、久保田家は「久保勘」と称された大店で世間の信頼もあり、金を使うことにも通や粋を好んでいた。二人とも少年の頃から何不自由のない暮しで、二人とも大学教育を受け、文学の道に入ることに何のためらいもなかったのは、この祖母と伯母の庇護のお蔭と言える。万太郎は浅草尋常小学校に入学し、龍之介は江東小学校に入学した。二人とも腕白な近所の子供達と戸外で遊ぶことをせず、家の中で本を終日読み耽けり、空想に明け暮れる毎日であった。小学校高等科の頃、万太郎は桜井鷗村の「漂流少年」や武島羽衣の「花紅葉」、塩井雨江の「藻塩草」などを読み漁った。龍之介は近所の貸本屋で講釈本などを読んだり「八犬伝」「西遊記」「水滸伝」などを読んだと記している。また当時の少年達が胸踊らせた、押川春浪の「冒険怪譚幽霊旅館」「武俠艦隊」「絶島の怪事」などを万太郎も龍之介もわくわくしながら読んだ。ここに下町で育った二人の文学少年の素顔がのぞいて見える。

　下谷龍泉寺町
水の谷の池埋められつ空に凧　　万太郎
海贏の子の廓ともりてわかれけり　〃

万太郎は樋口一葉の本を何冊も買って貰っては読んだ。中でも「たけくらべ」に異常な魅力を感じた。廓界隈の風物誌とそこに棲む少年少女の悲しい身の上に殊の外魅きつけられた。それかあらぬか、後年一葉研究に打ち込むようにもなり廓通いも自ずと身についた。

府立三中落第

明治三十六年、万太郎は東京府立第三中学校に入学した。中学校に入るため万太郎は高等科の後半は中学受験のために夜学に通った。万太郎の戯曲「大寺学校」はこの時の経験が基になっている。夜学は夜間という意味ではなく、正規の学校がひけてから下校後に学ぶ所や私塾も個人の家庭教師もみな夜学と呼んでいた。今の学習塾のようなものである。龍之介も明治三十七年、十三歳で深川の小学校教師宅に勉強に通っている。万太郎は十二歳で香取塾に通い、専ら英語を学んだ。それ以前にも祖母のつき添いで十歳の頃から私塾に通い英語と漢文を学んでいる。そうした思い出を万太郎は次の様に詠んでいる。

夜学子や鏡花小史をよみおぼえ　　万太郎
お屋敷でうつとおもほゆ砧かな　　〃

泉鏡花の小説は江戸人の持つ反権力志向とその反面の弱さ、或いは浮世絵や芝居、歌舞伎などの美への憧れなどが鏡花文学の基調となっており、『婦系図』などの代表作があるが、特に鏡花の庶民性、下町性などが好まれた。万太郎も龍之介も早くから愛読していた。龍之介は「小説らしい小説は泉鏡花氏の『化銀杏』が始めだったかと思ひます。尤もその前に『倭文庫』や『妙々車』のやうなものは卒業してゐました。これはもう高等小学校へ入ってからです」と書いていることからも、二人の鏡花作品に寄せる愛着ぶりがよくわかる。

府立第三中学校の当時の校長は、八田三喜という東京帝国大学哲学科卒業の二十八歳の青年校長であった。規律は厳格であったがのびのびと勉強させ、教師も八田校長を中心に心から尊敬し信頼で結ばれていた、と第二代校長で芥川龍之介を五年間担当した広瀬雄は語っている。八田校長は陽明学を現代科学に結びつけたような教育哲学を持って生徒に対し、自主自律の訓育を強調した。そうした校長の気風は万太郎と龍之介では受け取り方が異なっている。龍之介は昭和二年五月に改造社の一円本の宣伝のため文芸講演旅行で北海道に行った帰途、旧制新潟高等学校の校長となっていた八田三喜を訪ね、同校で「ポオの一面」という講演をした後、新潟の篠田旅館で校長や学校関係者達と座談を交わしている。

こぶこぶの乳も霞むや枯れ銀杏　　龍之介
冴え返る身にしみじみとほつき貝　　〃
ひつじ田の中にしだるる柳かな　　〃

龍之介はこのような句を詠みながら、仙台、盛岡、函館、旭川、小樽などを講演して歩き「講演軍記」を書いている。

府立三中は当時は比較的上流家庭の子弟が多く学ぶ学校で、浅草田原町の中流商家の伜の通学するところではなかったらしい。白皙瘦身の帝大出の学者、金縁メガネとフロックコートのよく似合う校長の行う「倫理」という科目に、ただでさえ、わけもなく怖い感情を抱いた。腕白で小度胸な万太郎はどうも倫理という堅い科目が苦手であったらしい。それかあらぬか万太郎はここを落第退学となってしまった。万太郎は後に回想して次のように書いている。

この第三中学の校長さんが、八田元夫のお父さんの八田三喜先生だったのである。白皙、瘦身、金縁メガネと、フロックコートのよく似合ふ、りっぱな校長さんだった。入学した途端〝倫理〟といふ課目を教はり、浅草の商家に生れた、弱虫の、なじみのない人に対しては、はなはだイクヂのなかった子供はわけもなく、怖い先生だナ、と思った。

かようのに、そのころ何にもまだ乗りものの便がなかった。だから浅草田原町のわが家から、ぼくはあるひは吾妻橋を、あるひは厩橋をわたって、隅田川を越し北割下水だの、南割下水だのといふ溝ッ川に支配されていた古い町つづきを、毎日、雨がふらうが、風が吹かうがあるいてかよった。

万太郎は後に府立三中の卒業生名簿に、落第もせずに、しかも卒業したことになって掲載されているのを、万太郎自身いぶかしく思い、面白く思ったとも書いている。一年落第をしたので二年下に龍之介が在籍していたが、勿論当時はまだ不識の間柄であった。明治三十九年、数学の成績が悪く府立三中を落第した万太郎は、祖母の庇護のもとに慶応義塾普通部三年に編入した。この時に同級生の句友大場惣太郎と出合い、秋声会系の運座に加わる。岡本癖三酔や籾山梓月を識り、岡本松浜、渡辺水巴、松根東洋城などに知遇を得るようになる。この頃大場は白水郎を、伊藤は花酔、万太郎は暮雨の号を用いて『中学世界』などに投句した。その時、巌谷小波に天位に選ばれている。

寮の夜の鼓に緋桃こぼれけり　　暮雨
絵だくみは京にかへりぬ桃の春　　〃

万太郎の俳号暮雨は、独逸文学者の茅野蕭々が茅野暮雨とも称していたのがすっかり気に入り、無断借用したということも語っている。

元日の夕べ客なきまとゐかな　　暮雨
初鴉蔵のうしろの闇夜かな　　〃
獅子舞のきて昼近くなりにけり　　〃

永き日の火事吉原ときこえけり　〃
辻の家は柳に暮れぬ螢篭　〃
山百合や湖ある方の乱れ雲　〃
鬼灯や小銭はさみし昼夜帯　〃
猿茶屋の猿はいやしき時雨かな　〃
錦着てこの木偶舞はぬ時雨かな　〃

明治四十二年に慶応普通部を終了した万太郎はまたもや祖母のとりなしで大学予科に進んだ。万太郎はこの頃から俳句に熱を入れ、自ら「身を粉にくだいて精進した」と述べている。『三田俳句会』で岡本癖三酔の指導を受け江戸庵籾山梓月の薫陶を得ている。癖三酔は『時事新報』の俳壇選者から後に自由律に向かう。この頃に瀧井孝作と親しく交わった。やがて万太郎は渡辺水巴主宰の『俳諧草紙』の常連となり、ここで岡本松浜を識った。万太郎は松浜の戯曲的、小説的な人事句に傾倒していった。松浜は大阪生まれの粋人肌で、唯美的で主観的な句を詠みその俳風は万太郎にとって魅力的な存在であった。松浜によって万太郎は都会的な人生諷詠の繊細な句に開眼させせられていった。なお松浜は室生犀星の俳句にも大きな足跡を残した。犀星も初期の頃に松浜から手解きを受けたことから古俳句的作品を多く残した。

朝顔咲く

明治四十四年、万太郎はこの年の一月に初めての小説「朝顔」を書いた。慶応では早稲田の文科に対抗し文科を盛んにするため、文科の主任教授に永井荷風を迎えた。荷風は帰国したばかりで齢はいまだ三十歳であったが、既に『すみだ川』『あめりか物語』『ふらんす物語』などを発表していた。荷風は就任すると早速『早稲田文学』に抗する形で『三田文学』を発足させた。この時、万太郎は既に俳人として一部の人達に名を知られた存在となっていた。

元日や隅田の宿の枯柳　万太郎
はつ午や宵にとどける仕立もの　〃
世之助の幾つの春の雛かな　〃
石床に菫咲いたるあはれなり　〃
長閑な日暮るるに花も散りにけり　〃
櫻餅千住の花の菓子屋かな　〃
春宵の花の渡舟が残りけり　〃

荷風が慶応の主任教授に就任した時期、明治四十三年の万太郎の春の句を抽いてみたが、荷風文学に惑溺して『すみだ川』を読み耽っていた心境がそっくりそのまま俳句に詠まれている。万太郎は自筆年譜に「作家たらんとするの志やうやくうごく。俳句を捨つ」と記している。万太郎が初めて書いた小説が『三田文学』六月号に掲載されると、小宮豊隆の激賞によって忽ち脚光を浴び一躍文壇の寵児となった。万太郎は次の様に回想している。

この作〝三田文学〟に載ることを予想して書いたのでは勿論ない。そんな大それた料簡は毛頭もちもせず、また、もてもしなかったほど、それほどいくぢのない臆病なただ単なる文学好きの青年でしかないわたくしだったのである。―略―

やがて自分も〝三田文学〟に載せてもらへるほどのものを書けるやうになりたい、さうした漫然とした子供らしい希望をもつことによって、みやう見真似、学校から課された作文でも書くやうなつもりで書いたのである。―略―だから、この作を書いたのは一月だったが、活字になったのは六月である。すなはち約半年のあひだ、厄介なもちこみ原稿として先生を悩ましたに違ひない。

慶応大学に祖母の庇護で、父に隠れて本科に進んだおかげで、大学一年の万太郎は二十二歳で一躍新進作家となった。作品の価値も当然悪くはなかったが、この作品が『三田文学』に発表になると、小宮豊隆と中村星湖との活発な論争が「朝顔」をめぐって、華々しく展開された。まず小宮豊隆が六月十一日の『東京朝日新聞』に「『朝顔』と『モデルのうたへる歌』と」と題して「此作者は詩人である。真の意味に於ける詩人である」「今の乾燥無味な生活を写した文壇の一勢力と乾燥を厭ふて故意に味はいを附けんとする文壇の一勢力との間に立って、偽りも懸引もない味はひを出し得た作品として自分は『朝顔』を面白いと思ふ」という内容の長文の読後感、推薦文を寄せると、翌七月十二日の同新聞に小宮豊隆が「『早稲田文学』記者に与ふ」と題して、「『朝顔』を『用意の到らぬ作』と云って難じてゐるが、―略―作品を難ずるに『用意の到らぬ』といふ言葉を以ってするは好悪の問題ではなくて感受性の問題である」と反論し、「記者も此哀れを感じた上の言葉に相違ないが心に夫を感じながら口に古いと云はなければならぬ記者を可哀想な人に思ふ」と作品に流れている「哀れさ」について弁護する。作品の持っている下町の風趣や情緒的な目差しがいかにも旅芸人の母親とその息子の気弱さという浮草のようなはかなさに向けられているのに対して、星湖は「哀れと寂味」と名指して初めは半ばに批評した。それに対して豊隆が「哀れの出てゐる作品が尊重に価せぬと云ふに至っては唯々呆れる外はない」と語気を強めると、星湖は八月一日の同新聞に「崖から」と題して「何故此作者は作中の人物相応にその心持を書いてやらなかったらう、作者自身の心持を書いてゐるのだと言ふならば、そんなら始めから作者自身が其人物になるかなまなか小説の体を借りず平たい論文か抒情文にすればよかったと思ふ」と核心に触れる批評をした。八月十一日にまた「盲いたる評家」と題して星湖が永井荷風の『すみだ川』を例に挙げた部分を引用し、「『すみだ川』を浮き川竹の女とすれば、『朝顔』は下町の長者の家に育てられた箱入の娘である」と書いて、ついに早稲田と慶応の論争にまで発展した。ここに野球の早慶戦よりも一足早い、早慶文学戦が発足した。

明治末年の文壇を、早稲田文学系の自然主義が席捲しようとしていた現状に、漱石門下生達が豊隆を代表者にして論争を挑んだような観がある。この年には「歌行燈」「お目出たき人」「門」「青年」「土」「足跡」「放浪」「別れた妻」などが次々に発表され、自然主義、人道主義、新技巧主義、新現実主義を標榜する作家達がそれぞれの立場で作品を発表した。この年の前後に「塵埃」「泥人形」「何処へ」の白鳥作や「蒲団」「一兵卒」「田舎教師」の花袋作、「春」の藤村、「新世帯」「黴」「爛」の秋声作などの自然主義作家の作品に対抗する形で、消えつつある一派も、雄を奮い起こして、「大川端」を小山内薫が「和泉屋染物店」を杢太郎が書くという旧時代の江戸文学の名残りをにおわせる?作品も併存していた。

龍之介はこの年に府立第三中学校を卒業し四月に一高に進学をした。

秋立つ日うろ歯に銀をうづめけり　　龍之介
献上の刀試めすや今朝の秋　　〃
昼顔や甘蔗畑の汐曇り　　〃

万太郎はこの年「朝顔」で文壇に登場し、世の注目を集め、続いて戯曲「遊戯」が島村抱月や小宮豊隆に認められ、更に当時の一流綜合雑誌『太陽』に懸賞小説のかたちで戯曲「プロローグ」が矢継ぎ早に掲載され、たちまち文壇の寵児になっていた。その頃龍之介は、このような俳句や詩を詠んだりしていた。散文では僅かに荷風の『すみだ川』に触発された形で隅田川の氾濫に取材した「水の三日」という作品を残すのみであった。

親子三人

明治四十五年、万太郎は二十三歳の若さで籾山書店より小説、戯曲集『浅草』を処女出版する。四月には有楽座で「暮れがた」を上演し世の脚光を浴び、翌大正二年には一年で二本の戯曲を書き五本の小説を次々に発表し、名声はつとに高まった。小山内薫、吉井勇、長田幹彦、岡村柿紅、田村寿次郎と親交を深めるかたわら芝居劇場の人々との接触も深まって売れっ子作家となり、大正三年に慶応義塾大学文科を卒業した。

大学を卒業する間際に作品への自信を失いかけたが、かろうじて戯曲一本と小説三本を発表し、十月には小宮豊隆を通して夏目漱石の推輓で小説「路」を朝日新聞に連載する。大正五年には平和出版社より処女随筆集『駒形より』を上梓し、この頃より作句を再開始する。

盆梅をいづれがさびし名刺受　万太郎
追福の句にこの品や玉霰　〃
竹馬や露地に空地にみゆる富士　〃
洒落のめすことばも淋し雁帰る　〃
門前の床屋の月と踊りかな　〃

龍之介と万太郎が親交を深めるのはもう少し後になるが、万太郎は、龍之介が自殺をした昭和二年の九月に「芥川君」という追想文を『文芸春秋』に書いている。万太郎に龍之介を引き合わせたのは、龍之介の小学校時代の友人で、龍之介らと回覧雑誌を出した野口真造で、真造は大正四年の春だった、と言っている。万太郎はその時の印象を「極めて謙遜な注意深い、挙止端正な若い東京人」に映ったとも述べている。そういう龍之介を万太郎は龍之介の死後に「春泥」という昭和三年作の自作の小説に登場させ、龍之介に見立てた主人公若宮という青年を自殺させているが、これは龍之介の自死の出来事に負う所が少なくない。

万太郎は、大正七年二月に隣家の火事で駒形の家が類焼し喜多村緑郎方に仮住いをしたが、四月の末に浅草三筋町に移った。この頃から万太郎の言う流寓の生活が始まることとなる。三十歳の若さで翌年慶応義塾の嘱託となり、国民文芸会理事などに就任している。大正十年には市村座にて泉鏡花の「婦系図」を演出する。大正十二年九月、三十四歳で関東大震災に遭い北三筋町の家を焼け出された。牛込区南榎町に仮住いをした後、十一月になって両親弟妹と別れ、日暮里渡辺町に家を持ち、初めて親子三人の生活が始まり、田端に住んでいた芥川龍之介宅をしきりに往来するようになっていった。この頃の万太郎は次のように『流寓抄』に書いている。

大正十二年九月、浅草にて震災にあひたるあと、本郷駒込の縷紅亭に立退き半月あまりをすごす。諸事夢のごとく去る。二句。

秋風や水に落ちたる空にいろ　　万太郎
いたづらにあかざのびたり秋の風　〃

大正十二年十一月、日暮里渡辺町に住む。親子三人、水入らずにて、はじめてもちたる世帯なり。

味すぐるなまり豆腐や秋の風　〃

二階八畳と六畳、階下八畳と六畳と四畳半、外に台所に所属せる三畳。これがいまゐる渡辺町の家の間取である。この中でわたくしの最も好きなのは階下の四畳半である。奥まった感じをもってゐるからである。すなはちこの部屋をえらんで茶の間に宛つ。

ひぐらしに燈火はやき一と間かな　〃

関東大震災は万太郎に取ってその生活に大きな変化をもたらした。万太郎が洋服を着るようになったのも震災後であったというように社会も大きく変化した。渡辺町は俗称筑波台とよばれた。この台地はまた通称「道潅山」と呼ばれ、その昔太田道灌が砦を築いた。崖の上から日暮里方面に向かうと切り立った崖下に国電が走っており、街を見おろし荒川が見える。遠くに筑波山が見えることからこう呼ばれていた。

　　渡辺町といふところ三句
したたかに水をうちたる夕ざくら　　万太郎
夏近しまなかひつくる蝶一つ　　〃
金魚の荷嵐の中に下ろしけり　　〃
　田端
崖ぞひのふみかためたるみち夜長　　〃
　　長男耕一、明けて四つなり
さびしさは木をつむあそびつもる雪　　〃
親と子の宿世かなしき蚊遣かな　　〃

筑波台から坂を下ると与楽寺という寺があり、龍之介の旧居は与楽寺前の道の坂を上った所にあった。小説や戯曲で名を成すようになってからの万太郎は俳句に疎遠になっていたが、この日暮里渡辺町に移り住んでから「おっつけ晴れて俳句に熱を入れ始めた」と言っているように、周辺の自然の姿と親子水入らずの心の落着きがおのずと万太郎を俳句に向かわせるようになり、なおかつ俳句熱心だった龍之介の刺激が大きな影響を及ぼしたことは間違いない。万太郎は大正十三年に随筆「日曜」に次の様に書いている。

田端の停車場のうへ崖みち。王子から日暮里のはうへつづいてゐる崖みちに、わたしのうちは側面をみせて立ってゐる。といふことは、わたしのうちの、やや東にそれた北むきの縁側。そこの硝子戸越しに、幾分高みからみ下すかたちで結ひまはした建仁寺の外のその崖みちを、大きく雁木を画いてつづいたその一部を見ることが出来る。その下に、遠く、そのあたりもう田端の構内の、人交った幾条もの線路をへだてて三河島だの尾久だのの「ところどころ氷る水のいろが枯野のさまを思はせる」町々の光景がどこまでも拡ってゐる。

この文章の「田端の構内」の様子は今も変わらぬ同じ眺望である。万太郎もここで下島空谷の世話になっている。下島勲は田端文士村の作家達の主治医のような存在だった。

いつにも覚えなき脚気といふやまひをわずらふ。日々下島先生のもとにかよふ。さしたることなきよしにて、診察のあとはいつもの長話なり。

ふところの薬わするる浴衣かな　　万太郎
人、大龍寺のかへりなりとて来る
うち晴れし淋しさみずや獺祭忌　　〃

近くの大龍寺に正岡子規の墓もあったのである。

渡辺町の月

久保田万太郎は大正十五年六月に日暮里諏訪神社前に転居するまでここに住んで龍之介と親しく交じわった。僅か二年であったが、この渡辺町での安定した生活は仕事の上でも転機をもたらした。小説「寂しければ」「みぞれ」「妻子」「家」を書き、戯曲「短夜」「露深く」「月夜」「旧友」など多くの名作がここから、この四畳半の一と間から生まれ出たのであった。昭和四年随筆「春老ゆ」に万太郎はその頃の事を次のように記す。

日暮里へ来て最もわたしのうれしいと思ったことは、由来その土地の桜の木に富んでいることだった。

淋しさやぢもとの菓子と花ふぶき　　万太郎

したたかに水をうちたる夕ざくら　〃
宵浅くふりいでし雨のさくらかな　〃

　かうしたわたしの句はすべてこれ、その渡辺町時分の所産である。道潅坂の上、筑波台の、わたしのうちと、文字通りお隣りだった石井柏亭さんのところの門の中にひともとの大きないい桜が枝をひろげてゐたのである。わたしはその桜に愛着を感じた。

　ここでの生活は万太郎に取って質量共に最も活発な創作活動を示させた。「大震災といふ偶発事によってゆくりなくえたそのあけくれは…以上のやうな閑寂な安定した生活は、ぼくに作家としての在り方を…文学者とはかくあるべきものといふことを、はっきり教へてくれた。ぼくは、それまであまりにもわきめをふりすぎた。迷ひからさめたぼくは、ひとすじに文学のもつまことにすがる決心をつけた」と述懐しながらも、大正十五年には慶応義塾の嘱託を辞し、十月には東京中央放送局嘱託となり、昭和六年八月には文芸課長に就任して、生活様式を一変させてしまうのであった。万太郎にとって世俗の栄誉はすてがたい魅力だったのである。

　龍之介と万太郎のここでの生活は非常に親しく、一日に数度の往来をすることもあった。「現代十作家の生活振り」の中で龍之介は「久保田万太郎を訪ねようとするとちやうど久保田君の家の前で、犬が二匹、僕に吠えついた。犬の眼が帽子にそそがれてゐると思ったので、わざと脱いで小脇にかかえるとその拍子にリボンが路傍に落ちて了った。拾はうと思っても二匹の犬は頑として立去らずにゐるのでどうも怖くて拾へないで、甚だ残念だったがその侭久保田君の家へ入った」と記しているのは、万太郎と龍之介の交流と同時に龍之介の犬嫌いのエピソードを伝えて面白い文章である。

龍之介と久保田万太郎が知り合ったのは大正四年の頃であるから、当時二十四歳の龍之介が「ひょっとこ」や「老年」という作品を書いた頃である。「老年」は実質上の龍之介の処女小説である。橋場の玉川軒という茶式料理屋が舞台で、江戸情緒が色濃く漂う作品である。龍之介は『朝顔』で一躍文壇の寵児となっていた万太郎にこの作品を見て貰っていたことだろう。大正五年八月一日の『新思潮』に龍之介は久保田万太郎著『薄雪草紙』の書評を「唖苦陀」の名で書いている。万太郎の小説四作と戯曲二作が収まった著書であるが、龍之介はこの作品に共通するのは「センティメンタリズムである」とし万太郎が独自の立場を鼓吹できるのも「作品の洗練と東京趣味、江戸趣味なるもの」とする。そうしたセンチメンタリズムが遺憾なく現われていて、また愛すべきペエソスがある、と言っている。当時龍之介が書いていた「ひょっとこ」や「老年」は実にこの万太郎が描いた江戸趣味とペエソスによって作られた作でもある。龍之介と万太郎は出発の時点から共通の土俵に立っていたと言えるであろう。

龍之介は柳川隆之介の署名で大正三年の『新思潮』に「青年と死と」という戯曲を書いている。当時の龍之介は戯曲を何編か書いており未定稿の原稿がある。下町出身者、府立三中の先輩として殊の外万太郎に親近感を抱いていたことから万太郎に倣い戯曲作家を夢みたのであろう。

龍之介は「序ながら僕はセンティメンタリズムとしては東京のセンティメンタリズムに最も同情のある事をつけ加へて置かうと思ふ」とも書いている。自分よりも早く世に出た作家に最大の讃辞を送り「氏のやうな作家のある事に感謝しなければならない」と結んでいる。

大正五年に万太郎は随筆を書くには早すぎると思われる年齢の二十七歳で随筆集『駒形より』を出版した。龍之介はまたこの年の『新思潮』十一月一日に龍之介の本名で「駒形より」と題した書評を書いている。「氏が小説や戯曲を書く片手間に書いた感想や消息や劇評のたぐひを纏めたものである。冊中の諸篇は僕にとって第一にいずれも氏の生活を想見させる点で面白い。さうしてその氏の生活が僕なんぞの生活とは非常に違ってゐる点で更に面白い」と書いているように、厳格な芥川家で育った者と商家という自由な雰囲気の中で祖母によって我侭いっぱいに育った者との違いに龍之介は面白さを見出している。最後に龍之介は「獨り僕のみならず同人は皆氏等大家に対して一種の羨望を持ってゐる事を書き加へて置く」と書くことを忘れていない。こうして書かれた『新思潮』の作品が夏目漱石の目にとまり文壇デビューに繋がるのである。大正十四年に龍之介は随筆「田端人」を書いている。万太郎については次のようにある。

久保田万太郎、これも多言を加ふるを待たず。やはり僕が議論を吹っかければ、忽ち敬して遠ざくる所は室生と同巧異芸なり。なほ次手に吹聴すれば、久保田君は酒客なれども、（室生を呼ぶ時は呼び捨てにすれども、久保田君は未だ呼び捨てに出来ず）海鼠腸を食はず、からすみを食はず、況や烏賊の黒作（これは僕も四五日前に初めて食ひしものなれども）を食はず。酒客たらざる僕よりも味覚の進歩せざるは気の毒なり。

龍之介は後藤末雄と辻潤と久保田万太郎を挙げて「この三君は江戸っ児たる風采と江戸っ児たる気質とは一途に出づるものの如し」と言う。

ニワカニ逝く

久保田万太郎の句集は昭和二年五月に刊行された『道芝』をはじめ十六句集がある。その中でも最も万太郎俳句の真髄を伝えるものは『流寓抄』と『流寓抄以後』であろう。この作品は昭和二十一年から昭和三十八年五月六日に万太郎が七十三歳で没するまでの作品が収まっている。『流寓抄』の俳句は次の句を巻頭にしている。

ふゆしほの音の昨日をわすれよと　　万太郎
これやこの冬三日月の鋭きひかり　　〃
十日まだ一度もふらず冬の海　　〃
一ぱいに日をうくるなり冬の海　　〃

日向ぼっこ日向がいやになりにけり　〃

鎌倉に居を定めた日から詠まれて、東京に在って七十歳を迎えるまでの十三年間の作品である。万太郎は毎日毎日、その日の出来事はすぐに忘れ、拘泥しないようにした。

水打つや何ごともなくけふのすぎ　万太郎
人のけふわが明日草の茂りけり　〃

万太郎は生涯孤独の心境であり、俳句にもそれが一貫して流れている。文化勲章を受賞し、芸術院会員という栄誉にあずかっても、万太郎の心の寂しさと嘆きは生涯消えなかった。万太郎四十六歳のとき独り子耕一を残して妻の京が服毒死した。最初の妻、京は十九歳の時に三十歳の万太郎のもとに嫁いだ。「昭和十七年十一月十六日、妻死去」と前書を付けて詠んだ。

来る花も来る花も菊のみぞれつつ　万太郎

万太郎の影には必ず女性がいた。万太郎が新進作家として名を成した二十五歳の頃深い仲となった吉原の芸者「いく代」という女性は、本名を西村あいと言った。空襲で亡くなった知らせを聞いて万太郎は「三月十日空襲の夜、この世を去りたるおあいさんのありし日のおもかげをしのぶ」と前書きをして次の様に詠んでいる。

わが胸にすむ人ひとり冬の海　　万太郎
いまは亡き人とふたりや冬篭　　〃
さくらもち供へたる手を合わせけり　　〃

昭和三十二年、万太郎六十八歳で三十六歳の一人息子耕一を失った。「二月二十日、耕一死去」とあり「耕一百ヶ日」も「三回忌」もある。

春の雪待てど格子のあかずけり　　万太郎
尋めゆけどゆけどせんなし五月闇　　〃
何おもふ梅のしろさになにおもふ　　〃

昭和三十七年、万太郎七十三歳の十二月、晩年をともに過ごし、万太郎が最も心の安らぎを得た愛人、最後の愛人三隅一子の死も万太郎にとっての魂のよりどころを一挙に失わせた。なまじ心の平安と日当たりのよい安息を得た矢先のできごとであった。

たましひの抜けしとはこれ寒さかな　万太郎
なまじよき日当りえたる寒さかな　〃
死んでゆくものうらやまし冬ごもり　〃

このような形で万太郎は次々に身近な人に先立たれて行った。家族であり、愛人であり、密かに思いを抱く人々であった。しかし万太郎より先立った人々は、こうした人々にかぎらず文壇で親しく親交を深めた人々にも皆先立たれている。そうした不幸を背負ったひともあるものなのだ。先立つ者が幸せか、残されし者が幸せか、残されし者の悲しみが溢れている。

昭和二年七月二十四日、龍之介逝く
芥川龍之介佛大暑かな　万太郎
昭和十二年十月、友田恭助戦死の報に接す
死ぬものも生きのこるものも秋の風　〃
河合武雄逝く
陽炎やおもかげにたつ人ひとり　〃
鏡花先生告別式、朝来驟雨しばしばいたる

萩にふり芒にそそぐ雨とこそ　　〃
　菊池寛、逝く……告別式にて
花にまだ間のある雨に濡れにけり　　〃
　一月二十七日、松本幸四郎、逝く
人徳の冬あたたかき佛かな　　〃
　六世尾上菊五郎の訃、到る
咲き反りし百合の嘆きとなりにけり　　〃
　永井荷風先生、逝く
ボヘミアンネクタイ若葉さわやかに　　〃
　伊藤恭彦クリスマスをまへにして急逝
黄泉の道の凍テいかばかりならむ汝よ　　〃
　一月十六日、桂三木助逝く
敷松葉雪をまじへし雨となり　　〃
　おなじ日、古川緑波逝く
大寒といふ壁に突きあたりたる　　〃
　十月十日、白水郎逝く
露くらく六十年の情誼絶ゆ　　〃

万太郎の両句集にはあまた追悼句や悼亡句が出てくる。これらは万太郎の交流の広さも示しているが追悼句は祝吟に負けず劣らずいずれも味わい深い。これは万太郎自身が人の身の上に思いを寄せる情に熱い所があったからであろう。龍之介はそういう万太郎俳句を句集『道芝』で「歎かい」の発句と言っている。万太郎は万太郎で「芥川君」という情愛溢れる文章を書いている。

東京と云ふ地方的色彩の強い作家は久保田氏の外にも多いであらう。けれども東京中の東京の人々、江戸時代の影の落ちた下町の人々を直写したものは久保田氏の外には少ないであらう。―略―若し伊藤左千夫の歌を彼自身の言葉のやうに「叫び」の歌であるとするならば、久保田氏の発句は東京の生んだ「歎かひ」の発句であるかも知れない。久保田氏の発句は一言に言へば千九百年以後の東京人の発句―しかもその背後に小説家兼戯曲家たる久保田氏を感じさせる発句である。

万太郎は常々「影あってこその形」と言い余情を大事にした俳句を作った。また折にふれて「俳句は縫いとりのようなものだ」と言い十七文字の影にかくれた「ひそかにもつれた感情」を詠めとも言う。また「俳句は剃刀のようなものだ」「短編小説以上の内容を持つことができる」とも言う。

湯豆腐やいのちのはてのうすあかり　万太郎
人の世のかなしき櫻しだれけり　〃
春の灯のまたたき合ひてつきしかな　〃

「久保田万太郎ハ東京ノ人　明治二十二年十一月七日生レ　昭和三十八年五月六日ニワカニ逝ク」。これは万太郎句碑の碑裏の冒頭であるが、画家梅原龍三郎邸で会食中、赤貝を誤嚥し窒息して七十三歳で亡くなった。まさにその死は「ニワカニ逝ク」の通りであった。どこからか「竹馬やいろはにほへと散り散りに」の句が聞こえてきそうである。

万太郎がこの世を去ると、それまでの評価は一変した。「長という字があれほど好きな男もいなかった」と陰口がささやかれるようになった。各団体の長なり委員なりに嬉々として飛びつくように就任していった万太郎の行為は実は生前から作家達の憫笑を受けるところともなっていた。万太郎の急死一年後に『中央公論』社から『久保田万太郎回想』という追悼文集が出ている。多かたは故人哀悼の意や追慕の思いが語られているが、小島政二郎は「強きを扶け弱きを挫く」と書いて拍手を送られている。これほど踵を返すようにして人間久保田万太郎の醜い面があげつらわれたのも生前の名声と比してめずらしい。三島由紀夫は「いざ改札口をとおるとき、私が氏のあとをついて行くと、氏はひらりと一等のパスを車掌に示して、入ってゆくので私は呆気にとられた。要するに氏は、芸術員会員の携行する一等パスの威力を、私に見せたかったらしいのである。こんな挿話は読者の誤解を買いそうだが、そのとき私の鼻先で例のちょこまかした態度で、一等のパスをひらひらさせて、すまして改札口を通った氏の姿は、実に稚気愛すべきものであった。」と書いている。

万太郎は下町に育った者は江戸文化の伝承者であるとする自負と矜持を持っていた。地方出身者が山の手に住んで立身栄達するのを蔑視し、山の手階級に昂然と対抗意識を燃やしていた。そういう意識が万太郎に様々な「長」に就かせ、名誉や権勢を有難がらせたのであり、やがてそれが抜きがたい性根となったのも下町出身者のいじらしい努力のひとつなのであった。同類同族であった小島政二郎がそれを揶揄したのも大人気ないが、また別の見方をすれば、ちゃめっけたっぷりな子供のような万太郎にちょっとの嫉妬をのぞかせたものであったのだろう。

第五章　芥川龍之介と瀧井孝作

俳句の新傾向

大正十四年六月一日発行の『俳壇文芸』に芥川龍之介は「わが俳諧修業」という一文を寄せている。龍之介は大正八年三月末日で大正五年十二月一日から二年四ヶ月勤務した海軍機関学校を辞し、同時に四月二十八日、鎌倉の借家を引きあげて田端の自宅に戻り、作家生活に入った。その頃の俳諧修業について、「作家時代。―東京に帰りし後は小沢碧童氏の鉗鎚を受くること一方ならず。その他一游亭、折柴、古原草等にも恩を受け、おかげさまにて幾分か明を加へたる心地なり。尤も新傾向の句は二、三句しか作らず。つらつら按ずるにわが俳諧修業は『ホトトギス』の厄介にもなれば、『海紅』の世話にもなり、宛然たる五目流の早じこみと言ふべし。そこへ勝峯晋風氏をも知るやうになり、七部集なども覗きたれば、愈鵺の如しと言はざるべからず。今日は唯一游亭、魚眠洞等と閑に俳諧を愛するのみ。俳壇のことなどはとんと知らず。又格別知らんとも思はず。たまに短尺など送って句を書けと云ふ人あれど、短尺だけは恬然ととりつ離しにして未だ嘗て書いたことなし。この俳壇の門外漢たることだけは今後も永久に変らざらん乎。次手を以て前掲の諸家の外にも、碧梧桐、鬼城、蛇笏、天郎、白峯等の句にも恩を受けたることを記しおかん。白峯と言ふは、『ホトトギス』にやはり二、三句づつ句の載りし人なり」と記している。運命というものは不思議なもので、瀧井孝作と芥川龍之介とのめぐり合いもまた縁の深さと言うことができよう。

大正八年二月に孝作は時事新報社文芸部記者となった。碧梧桐の世話で社会部部長に合い、社会部部長から学芸部のほうで一人欠員があり、経験がなくともだんだんわかるようになる、雑誌かなにかに書いたものでもあれば学芸のほうのB氏へ送っておくといいと言われ、指示どおりに書いたものを送ったが、一か月経っても新聞社からはなんの音沙汰もなかった。待ちきれなくなった瀧井は再び新聞社を訪ねて、やっとB氏に会うことができたが、社会部部長の千葉亀雄は懇で、瀧井はその時、こういう人柄の人に用いられるのはいいと内心思った。部長の千葉亀雄からB氏、柴田勝衛に引き合わされた。柴田勝衛は口やかましかったが瀧井は好感を持てて入社が許可された。その時のことを瀧井はこう書いている。

私は社内で他の誰にも引合はされなかった。未だ見習で引合はされるほどのねうちがないからだらう。社長室とある一室の年輩の紳士を社長だとは見受けたが、階段の所などで出会っても黙ってすれ違った。目馴染はできたが、直接仕事の上で口をきく人のほかは誰れにも取合はなかった。

滝井孝作はB氏すなわち柴田勝衛の名前は五、六年前から知っていた。トルストイの「アンナ・カレニナ」の翻訳者でもあった。千葉亀雄は後に評論家として活躍することになる。この後読売新聞、大阪毎日新聞等の社会部長や文芸部長を務め、横光利一等の『文芸時代』に着目し「新感覚派の誕生」と題して評論を書き、新しい文学運動の動向を、世に先がけて認め世間に話題を投じた。龍之介もこの年三月八日付で大阪毎日新聞社社員になったが、この時の文芸部長は薄田淳介（泣菫）であった。また孝作が入社した時事新報記者には菊池寛もいた。龍之介は自分の就職活動に合わせて菊池寛も一緒に大阪毎日新聞社に入社を依頼したが、寛は採用されなかった。ここで孝作は先輩記者の寛と出合ったのであった。

曇り日の枯草の穂先の誰か来る　折柴
冬越す魚に池に枯枝枝をつけて　〃
椎茸のいしづき落し炊ぎたり　〃
汁をつくる三通葉水杓のつかりゐる　〃

百舌鳥が鳴く皿小鉢水につけて　〃

入社当時の孝作の句である。しかし入社してみると社には、後に大衆小説を書いた邦枝完二がいて孝作はこの邦枝とは折り合いが悪かった。入社して三日目から孝作の記事は朝夕刊に出るようになった。この時のことを孝作は次のように記している。

「プランタンの淡い芽の夕刊に筆とった記事」今日の記事の組方を昨日の紙面の上へ赤鉛筆で線引いて位置をきめて私の手に渡して、この通りに大組を、と云ひ、私はこの見本を持ち植字場へいって、めんだうくさがる植字工に大組をさせるのだが、大組が見本と些でも異なるとB氏は甚だ不キゲンであった。また私が午前中に文士や美術家の宅を訪問して取りあつめてきた消息が少いと、B氏は机の上へ何か叩きつける振りでやはり不キゲンを表した。私は訪問を怠ける日もあったけれども五六軒訪ねて何も材料のない日があっても毎日時間は定まって居て、一時頃までには社へ出なければならぬから弱ったことがある。

孝作はこうした事もあって、邦枝と喧嘩して翌年一月には新聞社をやめてしまった。孝作は大正八年四月に芥川龍之介に会った。一月に孝作は俳誌『海紅』を離れるが、その時「弟」という二十五枚程度の短編を書いた。龍之介と宇野浩二がこの短編に注目していたこともあって、孝作が訪れたことを龍之介はこころよく迎えた。孝作は『芥川龍之介全集』の月報に「作品」と題して次のような文章を書いている。

作品

或時、芥川さんは私に向き

「作家は一作毎に切腹しなけりゃならんネ」

「切腹って」

「腹の中を立割って見せる事サ」

とこんなに云はれたことがある。

私はいつまでも自分の仕事の場合に、この切腹といふ詞を思ひうかべて、それは私の仕事に役立って居ます。

この時から三年に渡って孝作は田端の龍之介の書斎の定連になる。孝作が龍之介から教えられたものを見逃すことはできない。龍之介自身はあからさまに自己の生活を書くことを殊の外嫌ったが、一作一作に身を削りながら取り組んだ。その覚悟を「切腹」という言葉で表現したものであった。またそれは小説のテーマそのものが、人生の真実に迫っていなくては人を感動させるものは書けないとの心構えの意も含んでいた。

今昔物語を読む

大正八年の龍之介の日記『我鬼窟日録』の六月十五日には「午前御客四人。夜瀧井折柴が来て又俳論を闘はせる。海紅句集を一冊呉れる」とあり、六月二十一日には「夜折柴来る。玄関で帰って貰ふ。折柴『我等の句境』をくれる。いろいろ貰ってばかりゐて恐縮なり」とある。この年の四月に面会を許されて以来、孝作は頻繁に我鬼窟を訪れるようになる。『芥川龍之介全集』(普及版・一九三五)月報に孝作は「小感」と題して、足しげく田端の澄江堂へ通ったことを「制作欲の空気の充ち充ちた書斎で文学の熱病に感染し、小説の方は作家にならうと云ふ気持は未だハッキリしてゐなかったが、先生にかぶれて漸と書いてみる気が起きるようになった」と書いている。龍之介はたちまち人を把えて離さぬ魅力を持っていた。

九月になると孝作は前言のとおり『時事新報』に文芸時評「人間を土台として」を五回にわたって連載した。これは大正六年四月の俳誌『海紅』に碧梧桐が書いた「人生観の土台より」に和したもので、登場する作家は正宗白鳥・芥川龍之介・菊池寛・岩野泡鳴・久米正雄・宇野浩二・吉田絃二郎・小司小剣・伊藤燁子・泉鏡花・宮地嘉六・加藤武雄・小川未明・谷崎精二・佐藤春夫・豊島与志雄・水守亀之助など多彩な小説家ばかりで、この頃の孝作の文学的充実ぶりを窺うことができる。この時龍之介は二十七歳で瀧井孝作とは二歳しか違わないが、この頃から孝作は俳句から散文に傾きかけていたこともあって、「一章書いては未完の侭持って行ってすぐみてもらう」という方法で龍之介の指導を受けるようになった。龍之介の初期の作品が今昔物語に材を取っていたこともあってか、孝作は龍之介から『今昔物語』を読むことを勧められた。瀧井孝作は「芥川さんの置土産」という文章に「日本の古典の中で今昔物語を教へられたことは身に沁みこんだ。私は、今昔物語を小説の手本とした。簡潔な文章で、千年もむかしの人の心持や事物が、活き活きと生ま生ましく描かれて、何度読んでも新鮮で大好きになった。これは芥川さんの大きな賜物と思ふ」と回想し、龍之介が好んで『今昔物語』や『宇治拾遺物語』に材を得たことから学んだ恩恵を記している。荒々しい野性が生々しい美となっている『今昔物語』には猟奇的な物語や野卑な物語、好色な物語などが描かれているが、それらの物語はいずれも健康さに満ちあふれ、およそ苦悩や厭世というものは見つけようにも見つからない。龍之介は作中のシニカルな小事件を人間の醜いエゴイズムを追求する作品に仕立てあげた。『今昔物語鑑賞』（新潮社、昭二・四・三〇）で「優美とか華奢とかには最も縁の遠い美しさ」と評しているが、その言の通り、一千余話の中から選び抜いた題材で書かれた龍之介の作品が、不朽の名作となっていることに龍之介の鑑賞眼の鋭さが認められる。むしろこうした『今昔物語』の持つ強い生命力や野卑な大らかさ、逞しさは後年の孝作の文章に多大な影響を与えたことは確かであろう。それが俳句でも定型を食み出して長律の形を取らせていた。

汐っぽい板の間を踏み燐寸すり　　　　折柴
おねはんに行く枯草の中で口があく　　〃
松葉牡丹砂利のまばらな地の高み　　〃
妹悲しみをもつ妹が作りおこせし単衣　　〃
ポケットにお前のものをもつ秋の夜也

大正八年の頃には瀧井折柴の句は極端に少なくなって来る。大正十年には僅か七句のみとなるが、作らないのではなく、孝作にとって俳句という文学形式が徐々に小説に移ってゆくのに従い、俳句は俳句形式として記さず、俳句が持つその韻律や着想や景情は孝作にとって、小説文章の中に受け継がれ、更に小説は俳句の命脈によって益々文体が練られるという形を取って行くようになっていた。瀧井孝作の文体の独得無想はこうした経緯にある。

龍之介は大正十五年六月に「滝井君の作品に就いて」という文章で次のように言っている。

さうです。わたしはこの文章を書いてゐるうちにやっと適当な言葉にぶつかりました。滝井君の作品は少くとも古画や古俳諧に共通した美しさの上に立ってゐるのです。尤もかう云ふ美しさばかりを目的にしてゐるとは言ひません。しかしかう云ふ美しさを必要条件の一つとしてゐるのです。若しかう云ふ美しさの上に立ってゐたとすれば滝井君の作品はもっと容易に認められたでせう。実際又滝井君の作品は、滝井君自身も意識しないほど極めて詩的なものですから。或は更に細かに言へば極めて東洋詩的なものですから。

孝作は大正八年四月に時事新報文芸部記者として龍之介に会う以前から小説も文章も書いていた。大正二年四月の『層雲』に「息」を、大正三年一月には「ほんたうの事」を、更には大正三年七月二日からは『大阪実業日報』に八十六回に及ぶ長編小説「夜の鳥」を書いていた。龍之介も既に四月の初面識以前の一月に孝作が書いた「弟」という小説を読んでいたので、孝作が時事新報を辞して『改造』の記者となり小説執筆を再開した時にも、孝作は「小説の方は作家にならうと云ふ気持は未だハッキリしてゐなかった」と記しているが、龍之介は龍之介で孝作がやがて小説に移るであろうという事は予測していた。孝作自身が職業作家への関心はいまだ薄かったとは言え、芥川の直感や人を見る目は確かなもので、孝作が文章についてはあらゆる工夫を試み、文章改造への志向を龍之介に会う前から持っていたことを、孝作は「新人の文章」（昭27・6『文学界』）の中で「大正六七年頃に森鷗外の翻訳集の『諸国物語』を読んで、文章についても眼が開けたやうでした。線の太い、厚味のある、ゴツイ、把握の力の強い文章。私はこれまで周囲ばかり撫でて、感傷と詠歎ばかり綴ってゐたやうで、私は事物を突止める把握力が未だなかったと分りました」と記していることからも理解できる。折柴の俳句を評して龍之介は言っている。

真赤なフランネルのきもので四つの女の児　折柴

大正八年の折柴の句であるが、龍之介がこれを見て「これや、君の俳句も修羅道だネ」と感嘆したのは、龍之介が漱石から「小説は修羅道だ。僕らの創作もやはり修羅道だが」と言われた言葉をそっくり折柴に伝えたのは、滝井孝作に現実と取り組み、言葉と格闘する烈々たる気魄を認めたからであった。孝作はこの時点から人生そのものをも龍之介と同じ「修羅道」を歩み始め、この時点をさかいに俳句から小説に転換して歩み出して行くこととなる。

折柴誕生

岐阜県高山市西之一色町、「飛驒の里」には孝作の文学碑が建っている。碑面には孝作直筆の『無限抱擁』の四文字が刻まれ、碑裏には孝作の略歴が記されている。

作家瀧井孝作先生ハ明治二十七年四月四日飛驒高山ニ生レ、今年八十歳。初期ノ長篇小説『無限抱擁』ハ代表作ト云ハレ、後期ノ短篇集『野趣』ハ読売文学賞、長編小説『俳人仲間』ハ日本文学大賞、マタ随筆集、俳句集ナド著作多シ、昭和十年芥川賞創設第一回ノ委員ニテ今日モ尚芥川賞委員ナリ。日本芸術院会員。勲三等瑞宝章。昭和四十九年十一月文化功労者トシテ顕彰。高山市名誉市民。高山市に本籍、東京都八王子市子安町在住。

　昭和四十九年十一月、高山市文化協会

飛騨高山の町をめぐる文学散歩道に建てられているこの文学碑の建立趣旨説明には次のように書かれており、孝作の文学的姿勢を良く把えている。


　昂然と孝作は言った。

　職業的に成り立たなくてもかまわないでしょう。いいものを出すということがいちばん大事なんだから、作家の作家としての生活が成り立つか成り立たないかということはよけいな心配じゃないか。

　俳句において本格を極め、小説、また、その絶頂をゆく。碑背に刻まれた栄誉は、なんの不思議とするところない当然のことだが、それは、やはり、いい作品のまえでは、あって邪魔になるものではないが、「よけいな心配」ごと程度のものにすぎないであろう。これが、俳人、瀧井孝作である。


　孝作の代表作「無限抱擁」は大正十年に「竹内信一」の題名で『新小説』に発表された作品である。信一が俳句仲間に誘われて吉原に遊び松子を知り、松子の正直で素直な人柄に惹かれる。

河東碧梧桐や周囲の者達は信一が初な少年であることを心配し、交際をやめさせようとするが、信一は松子に熱を入れる。落籍された松子に求婚し、無理に結婚をしてしまう。結婚後無理がたたった松子はやがて死ぬ。という荒筋の小説であるが、作者自身の体験を題材にした作品で、環境に殉じた女主人公の哀れを簡潔な筆で綴っている。発表された当時、川端康成は「太古の無垢に通じる稀有の恋愛小説」と絶讃した。冒頭の一節が川端の代表作『雪国』の冒頭を彷彿とさせるものがあったからであろう。文体は平明で修飾的要素がなく「もの」を写してひたむきで簡潔な文体である。即物的とも言えるが乾いた文章ではなく、作者の心が滲み出ている文体で随所に配した俳句も生き生きと作用している。

六日の晩、根岸の先生の宅の俳三昧で、例の四人が寄った。根岸に行くと何時もの鏡の間を通って一足下りる能舞台の裏側の座敷―その書斎の真中程に、H師は一閑張の机を据ゑて居た。

信一と顔を合わせて、先生はうむと肯た。

彼は坐って、旅先で出来た俳句をまづ見てもらふのであった。清書する暇なくて句稿のノートの侭さし出した。一応目を通して先生は「どうも弱いね」そして言った。

「下まで皆一息に云ってあるのは少なく、大抵二つに断れてゐる。上の句下の句ときれているのは、気持が張らないのじゃあ、ないかね」

作句はよく云はれなかった。信一は
「盆槍してゐたのかなア」

と旅行中の自分を顧見た。張ってないと云はれることは、彼女に生温い気持でゐるわけ故、痛手であった。—略—先生は肯いて「君の考えを聞いて見ようと思ってゐたが、女は何んな人なのだ。」

彼は縁側に横坐りでゐた。

「正直な。あゝ云ふ場所にゐてそれが染ってゐないのです」


これはH師（先生）に松子のことを問われる場面である。H師は河東碧梧桐であり、これから後の展開は松子の素姓や信一の気持ちを確かめる会話が続き俳句が挿入される。ほぼ孝作の実体験にもとずく小説である。


青舎と顔を合せた。例の物などがこまごま無造作にある居間で信一は膝をくずした。

「今先生に逢って来た」

と根岸の話を云うた。また彼は、半紙の上に旅先の句を書いて旅行談にうつるのであった。

諏訪
くわりん花木作りの風月にきてみし

底水になってる蓮の嫩葉見下ろし
月のしまひの諏訪の湖水にきて手紙読む
　安房山にて案内者と共に
朝のうち白桧の葉を布きいこふ
カンギキが朽葉によごれて別る丶なり
信一は田舎の年上の芸者に出逢った事を云った。—略—

お前の正直な日がくれて夏座布団
堀の下の苺のつきゐる発ち出づる
句評などが済んだあとで、彼は、今度の女との間のことを曰うた。先生は
「善良な女のやうだね」
と肯いた。信一は当にならぬ女だと不服を曰ふと、先生は「人間は皆弱点がある故」と云ふた。

孝作に取って俳句と小説は分離したものではない。文章の中に俳句が違和感もなく融け込んでいる。孝作は「俳句は見て見て見抜いて写生するもので、リアリズムの文学に根ざしている」というように、内発してくる物、心の内を表現すると、それはおのずと俳句形式を逸脱し散文化するしかない。そういう点を龍之介は「君が俳句から散文の小説の方に移った気持はよく分かる。

俳句では辛抱できなくなってゐたからネ」と言ったのであろう。龍之介のこの言葉は「物を写す」限界を超え、碧梧桐らが長律・短律という自由形式に進んでいった新傾向俳句の限界がどこにあるかを見据えた言葉でもあった。孝作はその俳句の頂点から小説に移行した。

碧梧桐三千里

瀧井孝作は明治二十七年四月四日に岐阜県飛騨高山町馬場通り（現在の高山市大門町）に、父瀧井新三郎、母ゆきの二男として生まれた。祖父與六は飛騨の匠大工の棟梁であり、父も大工から指物師となって名人と呼ばれた人であった。祖父より遡って三代前、飛騨山脈中の峻峰乗鞍岳の瀧生井という所から高山に移り住んだといわれ、瀧井の氏姓もこの地名から附けられたと言っている。また祖先は戦国時代には美濃の位の高い落人で乗鞍岳に隠れ栖んだとも言っている。母のゆきは飛騨下原村の出で、孝作十二歳の五月に四十一歳で身罷った。孝作が十三歳のとき兄は十八歳で永眠し、翌年には弟が五歳で病没した。瀧井家では明治三十八年から母、兄、弟と三人の死が毎年続いた。孝作も家職の指物師か大工になるはずであったが一家の生計のため、兄の亡くなった年の九月に高山町の川上魚市場へ丁稚奉公に出た。その時のことを「弟」という短篇小説に書いて龍之介に知られるようになった。「弟」には次の様に書かれている。

弟が生れて、日露戦争がはじまり、不景気になって私の家はだんだん貧乏になって行った。私の母は弟をうんで家族が殖え、そして貧乏になってゆく中に、烈しくくらしと戦った。はげしく働いた。母は朝早くから日の暮れるまで機台の上にあがって、賃機を織った。父は或事業に失敗して、この事業に失敗した経済上の痛手と心の痛手とを背負って、今は家で手仕事をする指物師であった。そして晩のお膳に向っては酒を飲みたがった。

このように当時を記しているが、これはあくまで小説で、祖父は飛騨の匠の技を受け継ぐ棟梁で俳諧や狂句を嗜み、兄は和歌を学ぶという文学的雰囲気があった。経済的に逼迫して家運も衰え、孝作は魚問屋に奉公に出たが、魚問屋の隣に五歳年長の柚原畦菫という青年がおり俳句の指導をしてくれた。この年明治四十一年で孝作は十四歳であった。

影に日うつろひなき菊の花の光かな　孝作
これが根雪となるらしも炭窯の石　〃
咫尺の田我が眼離せば氷るかな　〃
かれがれの日日を歌加留多諳じぬ　〃
足袋をさす針光り雪をもたぐ菜に　〃

孝作に俳句の手ほどきをしてくれた柚原畦菫は『ホトトギス』の愛読者で虚子の小説に関心を寄せ、虚子からの手紙などを孝作に見せたりしたが、孝作は河東碧梧桐の『日本派』の作品に心惹かれるものを感じた。俳句の師として虚子を選ばず碧梧桐を選んだという事が、孝作のその後の文学の方向を決定していた。十四歳の少年が浪漫的な抒情を避けて、写実主義の鍛練道の道を選んだという所に、天性の物を見る目の確固さを物語ってもいよう。孝作の祖父は号を老楽という和歌や狂句を嗜んだ。そうした豊かな血脈を受け継いだ父は指物師として名人と言われた。孝作が早くからこうした才を発揮したのも故なきことではなかった。

河東碧梧桐が全国俳行脚の旅の途次、飛驒高山に着いたのは明治四十二年七月十五日の午後六時で、その晩歓迎会が催された。翌日孝作は柚原畦菫と中谷芋子の三人で碧梧桐を訪問した。その時の様子を孝作は『俳人仲間』に次のように書いている。

　碧梧桐先生はこの時三十六歳の壮年で、骨太のがっしりした体格、旅宿の湯上りの浴衣がけで、日にやけた紅い顔、眼ガネの玉もらんらんと光った。その円い大きい眼が異様に赤々とかがやいて鋭どかった。私は今迄こんな眼光のはげしい人に出会はなかったと思った。予ねて、偉い人と一途に信じて、斯う見えたか、この初対面ですぐに強烈な眼光に打たれた。私は少年で何もよう云はなかったが、畦菫は「この折柴君は、いつも先生を神様のやうに崇拝して居ります。」とこんな言ひ方で引合せた。

柚原畦菫と中谷芋子と瀧井折柴はそのまま三十人近く集まっていた人達と一緒に句会に参加した。孝作はこの時自信を持って、また碧梧桐の眼を意識して、次の二句を出句した。

毛深い腕の浴衣がくたくたになり　　折柴
堤長き並松月夜涼み行く　　〃

碧梧桐は歓迎会の謝辞を述べた後で句の講評をした。「この句稿の中で只一つ目についた句は〈堤長き並松月夜涼み行く〉が一番よい。並松月夜といふ言葉も、やや引緊って、涼み行くという言葉にも動きがあり、幾分新らし味があるかと見た」と評し最優秀作であることを発表した。ここに折柴の句は碧梧桐に認められ俳人としても地歩を築いたのであった。この日のことを次のように記している。

明治四十二年の夏、河東碧梧桐さんが全国行脚の途次飛驒高山にも来て、少年のぼくは初めて会った。この歓迎句会から町の先輩の福田鋤雲翁と知合った。鋤雲翁とぼくとは以来日本俳句欄へ毎月欠かさず投稿した。翁は町の名望家で旦那衆、ぼくは魚問屋の丁稚、この身分階級にはこだはらずに俳友の附合をした。また岐阜の方の先輩の塩谷鵜平さんと知合って文通した。この時分畦菫は入営して憲兵で朝鮮の方へ赴任して、明治四十四年に朝鮮の任地で自殺した。多感で果てたのだ。

この日の翌日に三人は句稿をもって碧梧桐を訪れ添削を乞うた。孝作は合歓の花四十句と夏柳三十句を詠んだ句稿を差し出して朱筆を乞いその中から次の四句が採られた。

女護が島の記読む日頃や合歓垂るる　　折柴
魚暦になき赤汐や夏柳　　〃
合歓の花繭干す庭のかすみけり　　〃
葉柳の月紫蘇畑の真黒かな　　〃

孝作の号「折柴」は新井白石の『折焚く柴の記』に拠ったもので「思ひいづる折たく柴の夕けぶりむせぶもうれしわすれがたみに」の白石の和歌に瀧井家の祖霊と古郷の瀧生井への望郷の念を込めたものだった。孝作は「をりしば」と称していたのを碧梧桐から「せっさい」と言われ、そう名乗るのには、一抹の淋しさはあったがその後孝作は俳号を「せっさい」と号した。

碧梧桐は『続一日一信』の中部地方から北越にかけての旅行中で、たまたま飛騨の駅に降り立ったところ、運よく駅前の住伊書店にいたのを畦菫が目ざとく目にとめ「碧梧桐先生ではありませんか」と声をかけた。碧梧桐が「さうだ」と答えたので畦董がそのまま「ひらのや」という旅宿にとどめてしまったのであった。

美しい生活者

孝作は十八歳の年の大正元年に大阪に出て、東区淡路町の江田特許事務所の事務員となった。故郷高山で俳誌『ツチグモ』の編集をしながら散文「息」などを『層雲』に発表した。大正二年には俳誌『紙衣』も編集したが翌年上京し、神田区鍛冶町の竹本特許事務所の事務員になり、中塚一碧楼、大須賀乙字、河東碧梧桐らと共に俳三昧をはじめ、新傾向の更なる変化を求め句作に努めるようになった。翌大正四年に俳誌『海紅』が河東碧梧桐を主宰として根岸の碧梧桐宅から発行になると、孝作は編集助手として牛込西大久保の一碧楼の家に移り住んだ。『海紅』の同人は碧梧桐、一碧楼、喜谷六花、塩谷鵜平、瀧井折柴、小沢碧童、大須賀乙字、広江八重桜、泉天郎、遠藤古原草等であった。後に折柴以下記名した人達は芥川龍之介と親しく交わるようになるにつれ定型俳句に復帰するようになる。折柴はこの五年間に及ぶ『海紅』の編集時代を振り返って『文学的自叙伝』で次の様に言う。

かうして俳句を作って海紅の編集を四年余りぼくは手伝って過したが、この四年間は学校などで教はるよりも以上にぼくは活きた勉強をしたと思ふ。海紅の主張は、直接的表現、自己拡充、人間味の充実、等を唱えて実生活に即いて句作した。これはリアリズムの主張でぼくはこれを自分のものにした。……絶えず佳いものにこすられて自分を磨く、刺戟欲求の勉強をしたが、何と云っても直接親しく話合ふ海紅の同人、碧梧桐、六花、碧童、一碧楼、この先輩や友人からうけた人間的影響が一番多かった。人物各々特色があって、実に色々の方面をぼくは見習った。美しい生活者の手本を見てゐる感がされた。

瀧井折柴は俳句について「もともと俳句は心持を歌ふ叙情詩といふよりも、心持の移った物を描き出す叙景詩なのだ」と言った。ここには俳句を西洋詩と比較して、抒情の概念だけで解答を出してしまえぬ十七音の詩形式であるという認識がある。子規が「俳句は十七音の詩である」という信念から俳句革新の事業を遂行して、俳句は抒情詩の一様式であるという自覚の上に立って、詩や短歌と並んでその一分野を形成して来た。新傾向俳句運動や新興俳句運動などはすべて俳句に詩としての自覚を持たせようとするものであった。そうした考えでは俳句が詩であるならば、季題などの約束や十七音の形式を損ねても、短詩としての本質を些かも傷つけるものではなかった。詩たらしめるためには調べの美しさを説いたり、詩たらしめるための冗物は悉く剪除した。詩たらしめるためには必要と思われるものは新たに附け加え、十七音を崩し長短に帰せしめ、詩という名のもとに還元して俳句を抒情詩として合理化しようと努めた。季題という連衆を結びつける絆としての約束も反故にしてしまい、季節感情の結びつきも生活や思想や倫理に附随するものと考えられた。そうした理解の上に立った新傾向俳句運動であったればこそ、碧梧桐の主張は子規における生活的リアリズムの面のみを押し進めて破調に達したのである。折柴はそうした俳人仲間を「美しい生活者の手本」と言っている。折柴に取ってこの期間はまさに、「見て見抜いて」写生しようとする、その眼の鍛練に於て絶好の機会を与えられたのであった。『折柴随筆』で十七音詩の世界をストイックな自己訓練の場としたことについて孝作は「ぼくは抽象的なこと、思索などははなはだ不得手、その代り具体的なこと、スケッチは間違ひなしにできるやうだ」と言っている。

水しぼる根芹一握にあまるなり　　折柴
赤いあねもねの反りかへる夜の続く也　　〃
心かなしくダリヤに突き当りし　　〃

これらの句には折柴の言うストイックにスケッチする心が如実に表現されている。「新奇を追ふよりも自然を直接に見てゐる方へ進んでゆく」とする新傾向の平明な写生に成功している句と言って良いであろう。また「ダリヤ」や「赤いアネモネ」という色彩豊かな植物を描きながら、自我の表出を試みるという寄物陳思的な表現に、俳句革新に突き進む折柴の熱塊がダブッて見えるようである。この時期を回想して折柴は「酔峰君」という文章で次のように言っている。

僕は当時、文学上の初歩の懐疑思想の頭の持主だった。で、よく俳句の因習打破を口にした。例へば、向ふの岡の上の松の木を見て絵に描いたやうな松といふ風に眺めたら、ハッと自分を省みねばならぬ。つまり絵を髣髴して絵に使って見てゐるので真実の松の木を見たとはいへないから見直さねばならん、自分の目で赤裸々に観察しなければいかん、俳句的観念に囚はれずヂカに見て句作しなければいかん、因習から放れるため一旦外国人の頭になるといい、世界人、原始人、等といったりした。

因襲に囚われず、外国人や原始人の眼で物を見るということは、当時の新傾向俳句の観点から考えれば『海紅』の主張する「直接的表現」「自己拡充」「人間味の充実」というスローガンの実践ということもできようし、当時の文壇を席巻した自然主義文学の自己の体験の告白、事実をありのままに表白するという、自己の赤裸々な体験の報告ということにも取れよう。しかしこの当時の折柴の生活信条から考えるなら、原始人の無垢なる心を持って生活において実現するという文学態度の実践であった。対象を潑剌とした無垢の目で見、無垢の言葉において捕えるということであり、そこに生きた自然の諸相を新しく発見し、我が目で捕えた物を描くということに等しかった。折柴は俳句史に於ける「新傾向俳句運動」を、実践する上でも、生活においても「単純に言行一致といった信条」を守っていたのであった。激情に身を委ねず、自己の生活をその日常性のままに眺める中に自己を摑み、激情を底に湛えた静謐が俳句の要諦であるという信条を持っていた。

龍眠会の仲間

大正八年三月、芥川龍之介は大阪毎日新聞社社員となり、鎌倉から田端に引きあげた。二階の十二畳の書斎を我鬼窟と称し、一高の恩師で第一創作集『羅生門』の題簽を書いてもらった菅白雲（虎雄）の筆による「我鬼窟」の扁額を掲げて日曜日を面会日と定めた。これは師の漱石が「漱石山房」を名乗り、木曜日を面会日としたことにならったものであった。

海軍機関学校を辞職する際の大正八年二月に時事新報社の文芸部記者、孝作が来て記事を取って帰った。当時、時事新報には先輩記者の菊池寛がおり、孝作の取材は寛のはからいで孝作を龍之介に紹介させる意味もあった。大正三年に、芥川、久米、松岡、成瀬、菊池らは第三次『新思潮』を創刊し、寛は「玉村吉弥の死」という戯曲を書いて以来、「屋上の狂人」「父帰る」「身投救助業」などの戯曲作品を書いていた。大正五年に寛は時事新報社の記者となった。その後大正七年に「無名作家の日記」と同九月には「忠直卿行状記」を『中央公論』に発表し、文壇での地位を確立していた。龍之介が新進花形流行作家として先行するのにやや遅れるような形で、寛も大正八年一月に名作と称えられる「恩讐の彼方に」を『中央公論』に発表した。これが世評に迎えられて、その名声はいやが上にも高まり、龍之介と並んで流行作家となっていった。その年の三月、寛は龍之介の推輓で大阪毎日新聞社の客員となり、時事新報社を退社した。龍之介と寛は二人で大阪毎日新聞社に移籍したのであった。龍之介はその当時のことを「菊池といっしょにゐると何時も兄貴といっしょにゐるやうな心もちがする」と述べているように、豪放磊落で細やかな気配りもある、四歳年長の寛に精神的に援助を受けているところは多大にあった。そんな所から孝作の来訪についても龍之介は心よく迎え入れた。

龍之介の書斎を訪れた孝作は扁額の「我鬼窟」を見て一層の親しみを持った。龍之介の恩師菅白雲は中村不折の始めた「龍眠会」という漢魏六朝の書体を書く会に所属し、龍之介は菅白雲から六朝書体の文字を学んだ。孝作はその頃龍眠会の機関紙でもあった書道誌『龍眠』の編集にあたっていた。そのようなことで龍之介は後に「龍眠会」に依りながら『海紅』で俳句を学んでいた河東碧梧桐、小沢碧童、大須賀乙字、谷口喜作らと親交を結ぶようになる。中でも鹿島建設の重役鹿島龍蔵はこの俳人兼書家達のパトロンであり、田端の文人の集まり「道閑会」の中心的人物であったので龍之介は孝作と忽ち親しくなった。

時事新報社の暗き壁に世界図　　龍之介
雅叙園の茶に玫瑰の花の匂　　〃

秋海棠が簇ってゐる竹縁の傾き　〃
家鴨ま白に倚る石垣の乾き　〃
わが友が小便する石だたみの黒み草疎　〃
街の敷石耗り春雨流るる　〃

　こうして龍之介も自由律俳句を作るようになる。龍之介の俳句は修辞と技巧の粋を尽くした珠玉の作品という印象が濃いが、こうした自由律俳句を五十句近く残している。また当時の書簡には「僕も新傾向の句を面白いと思っている。」とも述べている。中村不折に学び、六朝の書を中心に東洋美術に関心の深かった孝作は、こうした機縁から芥川と親しく交わるようになって行った。同年の八月三十日付の孝作宛の龍之介書簡には「雲坪の幅二、隆達筆、隆達節、巻物一、手もとにあり、一人で見るのは勿体ないから見に来ないか」という誘いの手紙を書いている。
　龍之介が日曜日を面会日とし、他日は「忙中謝客」の下げ札を立て執筆に専念するので、龍之介に師事する小島政二郎、南部修太郎、佐佐木茂索などは日曜日に押しかけ小説や芸術論、人生論に到るまでの話しを闘かわせた。

飯食ひにござれ田端は梅の花　龍之介
日曜に遊びにござれ梅の花　〃

篁に飛花堰きあへず居士が家　〃
君琴弾け我は落花に肘枕　〃

この頃龍之介は松岡譲や中塚癸巳男らに誘いの手紙を頻繁に出している。孝作は我鬼窟に出入りするようになった頃の事を次のように伝えている。

面会日には芥川龍之介先生は朝から客に会ひ夜更けに到るまで客を飽かさずに務めてをられた。書斎には小説家の仕事の空気も濃厚で、ぼくらは語り合ってゐる中に先生の制作欲に感染してしまふのだった。同じ連中の佐佐木茂索君なども短編小説の原稿をいつも出来ると持ってきて読んでもらってゐる方で、佐佐木君の小説の原稿の噂はその都度聴かされた。筆の鈍いぼくはやっと一章書いて未完の侭持って行ってすぐそれを見てもらった。先生は自分の小説の型にあてはめたりせずに後進の原稿に就て各自の特色才能を一々実によく認め、本人の未だ気付かぬ所まで巧妙に引張り出して指導された。此の点は老成の大きい批評家だった。そのようにして皆んなここから大成していった。

これは全集月報に「小感」と題して書かれたものである。孝作は翌大正九年に時事新報記者を一年で辞し、二月から『改造』の記者となった。

この年の八月、千葉亀雄氏と柴田勝衛氏とは読売新聞社の方へ移って行った。ぼくはこの二人に仕込まれた記者で共に読売の方へ従って行く筈のところ、気が変って一人で時事新報社に居残った。何故気が変ったかと云ふと、あまり烈しいジャアナリズムの今後の仕事の方針主張などつぶさに聞いて、とても叶はんと思ったから。ぼくは静謐こそ究極の美しさだと考へてゐたからぼくは心から新聞記者にはなれなんだ。つまり文学に踏止ったのだ。

これは『文学的自叙伝』で述べている言葉であるが、この半年後に孝作は『改造』の記者に移籍した。この時点から孝作は小説を書き始め、大正十年には瀧井は住居までも田端に移り住み、おのずと足繁く芥川家に通うようになると、同時に自然と師事する形を取るようになっていた。

龍之介の自由律句

瀧井折柴の句は龍之介に会う以前はいちじるしい破調の句が多かったが、我鬼窟に出入りするようになってやや落ち着いた句風を見せている。これには大いに龍之介の俳句観が影響しており、大正九年には次の様な句がある。

夜行列車一人の口のみかんの汁垂れたり　　折柴

うす羽織きてゐてをろをろ酔ひたり　〃
ぬれた草に落した魚のあげられず　〃
白絣のまうしろみせてつよく別れし　〃

大正九年も半ばになる頃には折柴が龍之介に俳句の添削を受けていたこともわかる。龍之介からの書簡、大正九年四月九日付の折柴宛には次のようにある。

手紙有難う　秋は大して悪くはなさそうだ　案ずるよりうむが易かったと云ふ気がする僕はだんだんあゝ云ふ傾向の小説を書くやうになりさうだ　君の句「桜が咲く妹夭折すべし」が一番よい　あとは三句とも出来は同一水準にあるかと思ふ「妹踏みたりの句も可成同情は出来るが云ひ畢せてゐないと云ふ気がする　云ひ畢せてゐると云ふ点では「わが生まれた日だ」が出来てゐるかも知れない　前に同一水準と云ったがこれを書きながら端書を見てゐると「出あるく」がだんだん善くなって来た「夭折すべし」の次にはこれが好い

このように俳句の寸評をしながらも小説作品の指導もしている。六月に龍之介は『新潮』の編集者で小説家でもあった水守亀之助に孝作の書いた「祖父」という小説を依頼し八月に掲載されている。これ以前にも二月の『新進作家号』（新潮）に孝作の作品「旅」という小品を依頼し掲載されている。龍之介は非常に面倒見の良い作家であった。このように頼って来る者に対して誰にでも親切に指導し出版社に紹介している。また「祖父」が『新潮』に掲載になるとその日のうちに手紙を出している。「新潮の僕の小説、南部のなどとは品が違ふと思ふが如何　君の小説は果して白眉だったではないか」と励ましている。龍之介の優しさが伝わって来る。

大正十年になると折柴は俳句を作らなくなった。『折柴句集』（昭6・8・5）には大正十年と十一年の句は見られない。以後は一、二句のみの作句となる。一方、龍之介は大正十年三月十九日、午後五時半の列車で中国特派旅行に出発した。『大阪毎日新聞』の海外視察員として三月から七月の四ヶ月で上海、南京、九江、漢口、長沙、洛陽、北京、大同、天津を廻る旅であったが、この日風邪気味のまま出発したため同月三十日に上海に着くと、翌日から乾性肋膜炎にかかり三週間入院してしまった。その後も各地で発病しながらの旅であったが、旅先から龍門の門下生にはこまめに消息を知らせて来ている。三月二十九日付、筑後丸の船中から家族に宛てたものには「昨日玄海灘にてシケに遇ふ船遙れて卓上の皿ナイフ皆床に落つ　小生亦舟酔の為もう少しにてヘドを吐かんとす　今日は天気晴朗波静にして済州島の島影を右舷に望む　明日午後上海入港の筈」などと書いている。ほとんど一日置きに書いている。実に筆まめと言えよう。

四月二十六日には佐佐木茂索に宛てて「鄭孝胥、章炳麟なぞの学者先生に会った。鄭先生なぞは書ではずっと前から知ってゐたから会った時はなつかしい気がした。章先生も同様。この先生はキタナ好きだから細君に離婚を申込まれたさうだが、襟垢のついた着物を着て古書堆裡に泰然としてゐる所は如何にも学究らしかった」と記しているように、学者や政府の要人、政治家のエピソードなども伝えている。折柴には五月三十一日に「君はもう室生氏のあとへ引きこした由僕は本月中旬にならぬと北京へも行けぬ　上海臥病の祟りには辟易した　長沙は湘江に臨んだ町だが、その所謂清湘なるもの一面の濁り水だ　暑さも八十度を越へてゐる　バンドの柳の外には町中殆樹木を見ぬ　此處の名物は新思想とチブスだ」と書き送り三度ほどの消息がある。当時の中国は排日感情があったり暴動が頻発したり、激動した政治状況下にあった。こうした様子を「新思想が名物」と無関心に述べている。「室生氏のあとへ引きこした由」とあるのは、室生犀星が田端五七一番地から田端五二三番地に移ったので、その後地に瀧井が移り住んだことを指している。「幼年時代」で小説家として出発した犀星は着実に作家の道を歩んでいた。

中国の不穏な状況の中で、渡中前に抱いていた彼岸の国、龍之介が求めようとしていた漢詩や漢文を通じて育んでいたロマンチックな中国像は破壊され吹き飛んでしまった。しかし龍之介はこの旅で旺盛な作句意欲を示している。

星影に船員が仰ぐ六分儀　龍之介
荒るる海に鷗とび甲板のラシャメン　〃
船室のリンネルの窓かけに入日　〃
海上のサルーンに常磐木の鉢ある　〃

ジャンクの帆煙るブイの緑青色　〃
窓べに煤煙の火の子見えそむる日暮　〃
春雨が暖かい支那人の顔の汚れ　〃
支那人のボイが入口に見る額の広さ　〃
川の病む黄疸、舟の帆の日陰蝶　〃
水夫らが甲板を拭ふ椰子の実よ海よ　〃
星空暖かに家根家根の傾き　〃

かくて龍之介の残した自由律俳句は五十句に近い。上海に上陸して忽ち肋膜炎になって四月一日より三週間里見病院に入院した。院長は里見義彦という碧梧桐派の俳人で狭処水という俳号を持っており、島津四十起や大島葎花ら『海紅』の俳人達が見舞に訪れ、龍之介は静養中にこうした俳人らと交わり作句した句である。

帰国した後も龍之介の自由律俳句熱は収まらず、十月八日付の折柴宛書簡には次の様に記している。

井月の句集校正が出たらよろしく御面倒を見てくれ給へ　僕健康ややよろし但しまだ夢ばかり見てゐる　この頃新傾向の俳人となり句を作った。

草青む土手の枯草日影
曼珠沙華むれ立ち土湿りの吹く
山に雲下りゐ赤らみ垂るる柿の葉
竹むら夕べの澄み峡路透る
家鴨ま白に倚る石垣の乾き
どうだ　中々うまいだらう
我鬼先生の新傾向に中毒しさうなり　助け給へ　折柴兄。修太郎生。

こうした自由律俳句を小島政二郎にも送って楽しんでいる。一方孝作は下島空谷と井上井月の句集作りに奔走する中で『海紅』と決別し自由律俳句を断念して行った。

定型復帰

孝作は大正十年七月に「父」という小説を書いて発表して以来、それまで使っていた俳号「折柴」をやめ、創作も俳句もいずれも本名を使っている。昭和十八年に刊行した第二句集『浮寝鳥』は瀧井孝作となっており、俳句も定型俳句になっている。室生犀星が大正十三年に作句を再開し、その年限りで即刻自由律俳句をやめ、翌年から定型俳句を作りながら古俳句に造詣を深め、「当時碧梧桐氏の新傾向俳句が唱導され、自分も勢ひ此の邪道の俳句に投ぜられた」と反省を深くしているのに対し、折柴の定型復帰は三年の空白を要している。折柴自ら「ハッキリ定型を意識して作ったのは大正十二年の二句である」としているように、次の句には大正十二年八月と十月の注記が書かれている。

こして来て田を眺むれば田草取　孝作
菜畑へ子供のはひる裏庇　〃

孝作の句は新傾向であろうと自由律であろうが、また定型を問わず写生的な句が多い。孝作の小説もまた遅筆であり、「見て見て見抜いて」書くという方法で書かれている。孝作の処女作とも言える「父」は大正十年七月に雑誌『人間』に発表したものであるが、孝作はこれを志賀直哉に目を通して貰い、龍之介の推薦で『中央公論』に渡されたが、結局この雑誌『人間』への発表ということになった。孝作はこれを回想して「決してうまい面白い小説ではない、ヘタクソの読みづらいゴツゴツしたものだが、只、実感を出す方に、ひたむきに熱中して、材料にヂカにヂカに迫って、独自の文体を作って居る」と自ら言うように虚飾のない、嘘や粉飾を回避した実直な文章である。

志賀は志賀で、後に「小説の神様」と称されたように、簡潔にして神経のゆきとどいた筆致と虚偽や虚飾のない的確な描写の上から、孝作の作品に共通の資質を見出していたふしもある。孝作もこれをきっかけに志賀に一層深く傾倒するようになり、大正十一年から昭和四年まで志賀の後を追うようにして我孫子に移り住み、志賀の転居に伴い京都、奈良と居を変えていった。孝作は志賀の影を追うように、作品に於ても、志賀が大正元年から孤独に耐えつつ「暗夜行路」の草稿を書き継いで行ったように、後に「無限抱擁」の名作となる草稿「竹内信一」を大正十年から書き始めた。この小説はまさに龍之介への「死出の贐」のような形で昭和二年九月に一冊となり改造社より刊行された。作者自身の体験を題材に、作家に影のように付き従い殉じた妻の哀れを綴った作品で、題名は無常観の「夢幻泡影」に由来した作であった。

門前や掛稲みゆる松林　　孝作
白鷺も稲分けゐるよ釣歩るき　　〃
裏畑に柿栗ありて我家哉　　〃
野に出でて目路ぎっしり稲の色　　〃
台風を海へ反らせつ今日の月　　〃

孝作が我孫子に移り住んでからの句であるからおのずと田園の風物を詠むようになってゆく。この頃のことを孝作は「田園と俳句」という文章で「田園の風景は、見た目にはすぐ俳句になりさうであって、いざ句に仕立てやうとすると容易ではない。田園の風物は大方悠々と単調であって淡っさりしてゐるだけ是を確っかり摑み出すことは六ヶしいのだ。詩人的情熱旺んでこれを十分こなす手腕がなければ、田園を詠んだよい一句は出来上らないようだ」と述べている。「確っかり摑み出す」というところが孝作のいう描写の力というものであり、「父」という作品もこうした俳句の地続きの上に成り立った小説であった。

大正十五年六月十四日の日付けのある未定稿の龍之介の作品に「滝井君の作品に就いて」という文章がある。『辻馬車』という同人雑誌に孝作の小説の悪評が掲載され、それに対する龍之介の弁護の文章である。どこに発表されたかは不明であるが「神崎清君の煽動によりこの文章を草しました。実はもう少し書きたいのですが、目下腹を下してゐる為精しく考へてゐる余裕がありません」と断り書きがしてあるが友情のこもった善意にあふれた文章である。

第一に瀧井君の文章です。あれは晦渋を極めてゐるやうですが、決して下手な文章ではありません。のみならず非常に凝った文章です—略—しかしあのごつごつした、飛驒の国に産する手織木綿の如き、蒼老の味のある文章は容易に書けるものではないのです。—略—唯わたしはさう言はれる前にああ云ふ文章の味はひも知ってゐて頂きたいと思ふだけです。

第二に瀧井君の作品はトリヴィアルリズムに落ちてゐると云ふことです。成程志賀さんの作品などに比べれば、兎角瀧井君の作品はトリヴィアルな事実を並べることに偏してゐるかも知れません。しかし瀧井君の作品の面白味は一つにはトリヴィアルな事実を並べることに存するのです。—略—けれどもあのトリヴィアリズムを除いたとしたならば瀧井君の作品はどの位美しさを減ずるかわかりません。

瀧井君の作品は少くとも古画（足利時代の画と云ふ意味ではなしに）や古俳諧に共通した美しさの上に立ってゐるのです。—略—実際又瀧井君の作品は瀧井君自身も意識しないほど極めて詩的なものですから。或は更に細かに言へば極めて東洋詩的なものですから。—略—私は瀧井君の作品をユニイクであると云ひました。ユニイクであると云ふ意味は誰も外に真似手のない価値を持ってゐると云ふ意味です。瀧井君の作品は決して志賀さんの作品を模倣したばかりでは出来ません。寧ろ志賀さんの作品を模倣した人々の作品よりも異色を持ってゐることこそ瀧井君の作品の身上なのです。

最後の方は龍之介自身への批評に対する「模倣論」の弁明になっている感もある。文中「特定の定木をあてずに彼の作品を見ると」と言う記述をしている点もかつて「メンスラゾイリ」を書いて批評の手を躲わした論調であるが孝作の作品への同情は厚い。

こよひの鮎

龍之介は孝作の文体を「俳句と書で鍛えた骨太な手織木綿のような文体」と称した。自由律俳句を作っていた頃から写生的傾向の強かった孝作は、一端定型に戻るとそれが特に顕著になって行った。「手賀沼のへりの芦葭の葉が風に靡いて一様に葉並の曲った強い線を見て自然に見倣へばいいと思った」と自叙伝に書いているように、創作に専念するようになってからは、私小説的手法によって自己の身辺を凝視する作品を書き続けて行った。昭和四十三年に小説集『野趣』で読売文学賞を受賞し、昭和四十八年には長篇小説『俳人仲間』で日本文学大賞を受賞した。

水浅く垢芳しく出鮎哉　孝作
朝顔の濃きも淡きもいとしまれ　〃
魚に聞け魚も泣くらむ春老けて　〃
白はちすゆふべの雨を帯びてあり　〃
稲光りねざめがちなる老の夢　〃

昭和五十年頃の孝作の俳句である。人生の晩年の境がよく詠まれている。昭和五年二月、三十六歳で孝作は志賀直哉のもとを去って、奈良から八王子市子安町四七に移居した。転居と同時に

『文芸春秋』に「不易流行」を書いている。後に『折柴随想』に収まるが、「元禄の俳句は緊密で確固として殊に猿蓑集は自然に同化して生れたものと分って頭が下った。ぼくの作る句も十七字の句になりかけた」と記しているように、古俳句にも目を通すようになる。龍之介や室生らが古俳句を学び芭蕉についての一文を草した影響が強く働いている。殊に『猿蓑』についての「自然同化説」は孝作の文学的態度を決定的にした。晩年孝作は『山桜』という句集のはしがきに次のように記している。

昭和になってからの私の俳句は、文壇俳句会の仲間に加わって、十七音の定型俳句になって、文壇俳句会では、私は場違の句作をして居るやうです。私は自分の小説の方で、空想でない実感に即した、型破りの私小説を宗として居る方で、いま自由律の俳句を作れば、自分の散文小説とカチ合って区別がつかないやうで、いまは十七字音の定型俳句の句作ですが、私は、定型俳句には成らない、場ちがひで澄して居ります。

ここには自己の小説を「私小説」と限定している観がある。だから自由律俳句を作ればそれも「生活の描写」であって区別がつかなくなる。しかし定型とは言え十七音に収まってはいるが、リアリズムの方向で作句して来た自分の句はどこか他の方の作る俳句とは違いがあると認めている。思えば十五歳で河東碧梧桐に会い、その当日の句会で第一席になった作も、翌日碧梧桐に朱筆を乞うた作も写生ではなかった。十五歳の魚問屋に勤める少年の空想句であった。

堤長き並松月夜涼み行く　折柴
漁暦になき赤汐や夏柳　〃

空想句から碧梧桐に師事し、『海紅』の編集に携わるようになり折柴の俳句は次第にリアリズムに傾斜して行った。『海紅』の主張する「直接的」「自己拡充」「人間味の充実」の実践を俳句と格闘する形で折柴は追求した。この当時文壇を席捲した自然主義文学の影響を強く受けていた『海紅』や『層雲』では、「接社会」を説いて生活の実相を詠むこと、自己体験の赤裸々な告白と正直な描写を信条としていた。折柴はこの二つの俳誌に関わりながら徹底して物の描写に努めた。それは俳句の表現としては大きく定型を踏みはずすことになるが、その結果折柴は散文に於てその結実を見せることができた。厳しい物を見る態度、生活的リアリズムの姿勢は何事にも真剣に、むきになって生きる日常態度に昇華され、主体客体に一分一厘の嘘も混えまいとする文学信条となって『無限抱擁』に結実されている。日本文学大賞を受賞した『俳人仲間』は七十歳になって筆を起こした作品であった。

昭和二年七月二十四日に龍之介は自裁して果てた。孝作は奈良から直ちに上京し弔問に駆けつけた。犀星も孝作もただ茫然自失するしかなかった。九月になって瀧井孝作は「田端」という短い文を書くしか弔悼の意を示せる方法はなかった。また「黄泉の旅の贐」のように刷り上がったばかりの『無限抱擁』を霊前に供えたのであった。

孝作は龍之介の推輓を得て活字になった「父」を自ら「処女作」と言っている。この「父」は昭和十六年五月二十二日に龍之介の十三回忌に間に合わせる形で高山書院から「父祖の形見」ほか六編と併せて一巻として刊行された。その「おくがき」で「巻頭の『父』はぼくの小説の処女作で…」と書き、「私は徹夜してウンウン歯をくひしばって力んでゐて、一枚も出来ず朝方歯が浮いてしまって物が噛めない事もあるのでした。筋立も構成も分ってゐながら一枚も書けないのは文章に拘はるからでした。筋だけ現はせばよいとはいかないので、生きた脈脈としたつよいものを出したいので拘はるのでした」と書いている。龍之介の創作態度そのものでもあり、志賀の創作姿勢でもあった。ここに孝作は五里霧中の中から文学の手応を確かに摑み出したのであった。そこまでに到る孝作の文章修行はまさに龍之介のいう「修羅道」でもあった。

河童忌や武漢に迫るいくさぶね　（昭13）　孝作
河童忌や湖南の扇思ひ出づ　（同）　〃
河郎忌こよひの鮎の痩せてゐる　（昭14）　〃

昭和四十九年の「老年」で孝作は、「私は死ぬのは恐くないし、ジタバタしない。覚悟といふほどでもないが死に向いては和やかな気持で居る方だ。この気持はもう何十年も前からあった。それは、昭和二年七月に、芥川龍之介の自尽以来で、死に向いて歩いている私の和やかな心持は、芥川さんの大きい置土産であった」と記している。「将来に対する唯ぼんやりとした不安」という動揺と懐疑の中で死んだ龍之介が孝作に「死を恐れぬ和やかな気持」を授けたのであった。孝作は第一回から芥川賞の選考委員を務め昭和五十九年、九十歳で没した。

花開いた血脈

瀧井孝作は昭和五十年四月に勲二等瑞宝章に昇叙された。同時に八王子市の名誉市民にも推挙されている。またこの年中央公論社から『瀧井孝作全集』が刊行された。その時の様子を上田都史は『俳人・瀧井孝作』で「私は簡素が好きで、著作だけを出してあとは只かくれて居たい方で、今回のこの催しも一旦断りましたが、心弱くて断りきれずに、こんな運びになりました。」と会場で挨拶されたという事を記している。自ら望まずにも孝作のひたむきに謙虚に生る姿勢に対する栄誉であった。七十歳で尚起筆する信念と虚飾のない文章が作家として長寿を全うさせたのであろう。孝作は大正八年に龍之介に会い、大正十一年に志賀直哉を追って我孫子に転居するまでの三年間を龍之介の膝下で学んだ。

龍之介の知遇を得て文壇に出て行き、華々しい活躍をしていた瀧井孝作、南部修太郎、小島政二郎、佐佐木茂索は特別な呼称で「龍門の四天王」と呼ばれた。四天王の一人、小島政二郎がその著『眼中の人』や『長編小説芥川龍之介』で同時代の作家の回想を織りこんで龍之介を描いているが、小島は龍之介を「裸になれなかった人」として、龍之介の都会的な洗練された生き方と、その生き方に象徴されている巧緻を極めつくしたような、修辞を凝らした文体が龍之介の致命傷であったと述べている。小島は龍之介没後、文章を越えた旺盛な生活力と人間的魅力を備え、ぐんぐん人を引っ張る力を持った菊池寛に魅かれてゆく。

孝作は政二郎と同様、龍之介没後は妥協を許さない強靭な自我を実生活に於て具現していた志賀直哉の魅力に魅かれてゆく。龍之介も志賀に対しては「志賀直哉氏の作品は何よりも先にこの人生を立派に生きてゐる作家の作品である」と誉言を寄せている。晩年の龍之介が『暗夜行路』の主人公によせて「僕はこの主人公に比べるとどのくらゐ僕の阿呆だったかを感じいつか涙を流してゐた」とその芸術への殉教の凄絶さを示した作品「歯車」に記しているが、龍之介は志賀を作品と人生を含めた生き方に於て対極の地点に自らを位置づけ、慚愧の言葉を吐いたと考えられる。龍之介の死後志賀は、「一体芥川君のものには仕舞で読者に背負投げを食はすやうなものがあった。これは読後の感じからいっても好きでなく、作品の上からいへば損だと思ふといった」と述べそれを芥川君は素直にうけ入れてくれた、とも書いているように志賀は龍之介を理解していた。孝作はそのような志賀の芥川観を直感的に感じ我孫子に転居して行った。

芸術院新会員として参内
五月晴お常の御座所質素なる　　孝作
道潅堀
藻の花よ皇居にもこの山の池　　〃
読売文学賞受賞
沈丁花チヂババ無事に孫丈夫　　〃
上根岸書道博物館
消しゴムと鉛筆の机蓬餅　　〃

これらの句には孝作の卒直な思いが込められいささかも自負や気負は感じられない。こうした淡々たる思いが孝作のいう龍之介の死から学んだ置土産であったのであろう。昭和十三年六月に発表された「父祖の形見」は昭和十一年に想起され二年をかけて完成を見ている。そこには志賀直哉との奮起の思いが語られている。

ぼくも来年は四十三歳、も少し何とか成りたいと頻りに勉強の方に気が向いて来た。四、五年前は自分はこれだけのものだ、何うにも成りやうがない、と云ふ先きの見えた気持で、のんきにやるより仕方がなく麻雀や魚釣や閑つぶしに夢中になったが、現在は何か有難い気持で、矢張先きが見えてゐても勉強しなければすまんと考へるやうになった。閑つぶしの遊びも自分では気が進まず将棋のクラブ通ひも止めた。退屈を感じなくなり、そして月日の経つことの早いのに脅かされる、とこんな話をした。志賀さんは「うむうむ」と肯づき頬笑み乍ら聞いて居られた。

昭和十三年六月に『文芸春秋』に発表された「父祖の形見」は原稿用紙にして三十数枚の作品であるが、「父」「祖父」「曾祖父」の三代の血脈が語られている。「父」では指物師として名人と謳われた老父が考案したという器機の雛形をめぐって指物の用材にも気を配る姿を描いている。「祖父」は棟札に書かれた飛騨の匠としての仕事の見事さを思い描く。中でも孝作の通った「高山尋常小学校」の棟札から祖父の教養人としての一面を描いている。棟札の中央に「匠棟梁瀧井與六貞宜」と書かれ両脇に匠二人ずつの名が記され、下に木挽以下石工まで五人の名が記されている。祖父の教養人としての一面は小説の中に「老楽」と号した祖父の短歌「春まだき御代の光りに若松も延て久しき栄え行らむ」の他五首があり「世渡りは坂に車の教へ草」の狂句一句が紹介され、匠棟梁としての祖父の生涯を描いている。「曾祖父」は仏壇の抽出しから出て来た過去帳から瀧井家の祖霊の来歴を記し、戦国期の武士の末裔であることを記し、瀧井新吉貞則という曾祖父が残した『九曜秘伝書全』に思いを到らせ「此の先祖の血筋が自分に伝ってゐたと分った」と結び、生涯を通じて捲むことのない創作欲を掻き立てている。

龍之介には旧制高等学校から大学時代にかけて、先輩、知己、友人、家族らから識り得た聞き書きや妖怪談を分類した「椒図志異」という作品群がある。その中に養父道章が若かりし時、江戸城から帰城する際に出逢った狐狸妖怪の仕業に遭遇した時の豪胆さを描いている。また自死して果てる二ヶ月前まで書いていた「本所両国」という作品の中でも「僕の叔父は十何歳かの時に年にも似合はない大小を差し、この溝の前にしゃがんだまま長い釣竿を伸してゐた。」という書き出しで若侍に化けた狐を退治した話しや、神道無念流の達人で二刀流の剣客と闘ったことや彰義隊に加わった剣客であったことを愛情を込めて「大溝」に書いている。孝作も龍之介も父祖の血を意識した作家である点に通じている。

定型に復した後の孝作の俳句は清謐な趣がある。昭和五年に八王子に移居したのは、夫人の郷里が八王子であったからであるが、八王子は関東平野の一角で昔から八王子同心の存在で知られているように、荒っぽい土地柄であった。京都に永く住んで京都や奈良の和やかな風物に浸っていた孝作に取って違和感が強かったが、次第にその風物に慣れて行った。八王子の夏は鮎釣の盛んな所だから、孝作は此所の流行にまぎれて魚釣の悠々閑々とした趣を愛した。魚釣りを真底楽しむようになっていた。それに伴ない作品も老父を扱ったものが多くなっていった。

魚に聞け魚も泣くらむ春老けて　　孝作
つりよせて水際の鮎や朝日さす　　〃

足許の石に来てゐる鮎夕べ　〃
断崖に路はすかひや鮎の宿　〃
かなかなや川原に一人釣りのこる　〃

「父祖の形見」という作品は「積雪」以後に書かれたもので、父、祖父、曾祖父と三章に亘って思い出風に淡々と書かれている。前掲の俳句のような柔らかさと美しさのある作品である。ほのぼのとした味わいがある文章で不思議に深い感銘を与える作品である。「積雪」は老父の死の知らせで飛驒高山に帰ることを書いたものであるが、ここには故郷に近づくにつれ見えて来る雪景色が美しい筆致で余すところなく書かれている。

第六章　芥川龍之介と飯田蛇笏

二人の少年俳人

芥川龍之介の俳句は、歳時記の例句に採られ多くの人に愛されている。俳号を「我鬼」と称した。号の由来については、友人で後に文壇の大御所と言われる存在となった菊池寛が、作品「我鬼」（大8・3「新小説」）に「Aは俳号の謂れを訊かれると、君支那人は自我と云ふ意味を我鬼と云ふのだ。遉《さすが》は支那人丈あって、うまく云ってあるだろう。と、何時でも得意になって説明した。我鬼《がき》！　我　鬼《イゴイスチックデモン》！　さうした言葉が彼のその時の心に、ピシピシと徹《こた》へて来るのを覚えた」と書いている。大正六年五月に処女短編集『羅生門』を、その年の十一月には第二創作集『煙草と悪魔』が刊行され、この頃から書簡に我鬼の号を用いるようになる。「鼻」が漱石に認められるところとなり作家生活に入ったが、僅か一年足らずで漱石との死別があった。龍之介が漱石から受けた文学的影響について言えば、両者の文学的主題の共通性と言うことができる。人間心理の奥底にわだかまる利己心を明晰な理智によって腑分けするという手法は、漱石の「こころ」や「それから」などに代表される作品を見れば、それらがいかに龍之介の作品に影を落しているかを看取することができる。

龍之介が『ホトトギス』に投句を始めるのは大正七年の六月であるが、俳句においても、この時から「我鬼」の号を用いている。「我鬼」という語そのものを俳句や短歌に用いている例は、ほとんど見当たらないが、大正八年作の短歌に一首だけある。「赤寺の南京寺の痩女餓鬼まぎはまぐとも酒なたちそね」という歌で長崎を訪れた回想作であろう。龍之介にとって俳句は、小説家として人間心理の我鬼を追い詰める作家生活から一時身を解放し、精神の塵労を払い、安心の境を得る道としての働きをしていたものと思われる。龍之介は作家として已を確立した後、俳句に手を染めたと考えられているが、その出発は意外と早い。

川せみの御座と見へたり捨小舟　　龍之介
湯上りの庭下駄軽し夏の月　　〃
水さっと抜手ついついつういつい　　〃
山僧のつけし頭巾や木下闇　　〃
敵と我白兵戦や木下闇　　〃

これらの句は龍之介が満十四歳の時、自ら編集発行した回覧雑誌『曙光』に見える句であるが、松根東洋城の句や芭蕉の作品、惟然の句を手際よく模倣した作品でもあり、後の小説家龍之介の資質を早くものぞかせている。自己の作句歴を簡略にまとめた「わが俳諧修業」（大14「俳壇文芸」）によれば、「小学校時代。尋常四年の時に始めて十七字を並べて見る。落葉焚いて葉守りの神を見し世かな。鏡花の小説など読みゐたればその羅曼主義を学びたるなるべし」と書いて満九歳で作句を開始したことになっている。「葉守りの神」は、枕草子に「柏木、いとをかし、はもりのかみのますらむもいとをかし」と書かれ、新古今集には、「時しもあれ冬ははもりの神奈月まばらになりぬ森の柏木」と詠まれた柏の木を称し、樹木の神を宿し、転じて皇居守衛の任に当たった兵衛や衛門を指す言葉であるが、龍之介の句そのものは極めて小説的な発想があり、後年芭蕉の句に「鬼趣」を見出す龍之介らしい性癖と鋭敏さが早くも顔を見せている。龍之介の「文学好きの家庭から」や「愛読書の印象」という小品から、小学校から中学校時代にかけて、泉鏡花の作品を愛読したことが語られている。そうしたことを考え併せれば、この句も鏡花の「化銀杏」か「風流線」更には「続風流線」などの神秘的異形の者が現出する話から想を練ったものであろう。幼児から母親に代る伯母に河童の話などを聞かされ、その上龍之介自身の繊細で臆病な感受性も作用していたのであろうと思われる。高校時代には、先輩、知己、家族から聞いたりした妖怪談を分類し「椒図志異」と題したノートを残している。龍之介が河童や天狗の話を収集したことは良く知られており、龍之介の育った家庭が妖怪譚も含めていかに怪奇的な話題が豊富であったかをうかがわせている。
俳句作品に「鬼趣」や「幻想性」を詠んだ作家に飯田蛇笏がいる。蛇笏は、明治十八年に山梨に生まれた。龍之介よりも七歳年長ということになる。蛇笏が初めて正式な句会で俳句を詠んだのは明治三十一年というから蛇笏十三歳の時である。龍之介の作句開始が満九歳であるから、二人とも相当な早熟少年であった。現在残されている蛇笏の句で最も古いものは明治二十七年の作であり、龍之介少年と同じ、僅々九歳ということになる。父親に見せた句だと言われている。

もつ花におつる涙や墓まゐり　　蛇笏

龍之介も蛇笏の句も見事に完成された句でその才質に驚かざるを得ない。更に明治三十六年以前と思われる作で、推定するに、十七、八歳の作として三句残されている。

居すごして箸とる家の柳かな　　蛇笏
たかどのに源氏の君が蚊遣かな　　〃
さし汐の時の軒端や蚊遣焚く　　〃

龍之介の才智に勝った句と比較すると蛇笏少年の句は空想的でロマン的でもある。翌年十八歳の作には、後の俳人飯田蛇笏を語る上でしばしば話題にあがる句が詠まれるようになる。

桐の葉に夕だちを聞く書斎かな　　蛇笏
鈴の音のかすかにひびく日傘かな　　〃
麦の穂にかるがるとまる雀かな　　〃
白菊のしづくつめたし花鋏　　〃
花すすき小垣の昼を鶏鳴いて　　〃

蛇笏は既にこうした写実的でロマン的な完成作を作っているように、俳句作者としての天性の稟質が備わっていた。二十歳を迎えた明治三十九年には十六句の作句をしている。龍之介が生を得たのが明治二十五年であるから、その頃既に蛇笏はいっぱしの俳人として頭角をあらわしていたのである。幼少年期の蛇笏の作句状況については詳しい資料は残っていないが、第一句集の『山廬集』を翻いてみればおおよそ見当はつく。芭蕉が天和二年の江戸の大火から焼け出され、甲斐の国谷村に住んだことがあることから江戸時代の頃から、甲斐の国全域にわたって俳諧が盛んであった。蛇笏自身の年譜によれば、父の生家清水家の長屋門は月並句会の会場で、屢々句会が開かれ蛇笏もそれに参加したことが記されている。「もつ花に」の句は、その句会で「宗匠に採られ添削を受けた」と記している。「鈴の音の」の作は、既に蛇笏の文学的な資質と情感の豊かさ、感性の鋭さが内包されている。龍之介と蛇笏、二人は幼少の頃からこうした環境の中で育ち才質を養われたのである。早期教育や環境がいかに大事であるかが知れるものである。

文学へのさすらい

飯田蛇笏は、明治三十七年山梨尋常中学から京北中学へ転入することになって上京し、翌年早稲田に入学している。そこで『ホトトギス』の同人高田蝶衣を知り「早稲田吟社」に参加する。この時下宿を同じくしていた若山牧水と意気投合し、俳句だけではなく詩作や小説も書くようになり、『文庫』『新聲』という雑誌によって文学活動を展開するようになった。その後蝶衣が病気によって帰郷するに伴い蛇笏が「早稲田吟社」の中心的存在となってゆくが、こうした青年期における文学活動が豊かな感受性を育て、生涯失うことのない瑞々しい詩情の湧出を育てる下地になったものと思われる。

甲斐の山国から上京し私立京北中学に転入すると、蛇笏は、たちまち日夏耿之介や森川葵村らと交わり、早稲田に入学してからは牧水と交わり『明星』に短歌を、『国民新聞』に俳句を投稿し、多様多彩なジャンルへの挑戦を試みる多感な文学青年として成長していった。龍之介が、少年時代『日の出界』や『流星』という回覧雑誌を自ら編集して文学の修業に励み、中学や一高時代には『ホトトギス』を愛読して子規に憧れ、佐々木信綱の『心の花』に短歌を寄せ、白秋、茂吉、吉井勇などの作品を模倣して歌を詠み、鏡花や直哉を模して作文や小説修練に励んだことに酷似している。つまりこうした文学へのさすらひの背景には、何が自己を自己たらしめるのか、どういう文芸の様式がおのれの内面の欲求と合致するのか、こうした模索とさすらいを通してのおのれを見きわめる時間というものは、どうしても若き日に必要であるとともに、己の文学を志す者にとっては避けて通れない道なのであった。

明治四十二年、二十四歳の蛇笏は突然早稲田を中退して郷里の境川の地に帰り、次のような句を残している。

再びやつけばもつるる毬の糸　　蛇笏
毛虫焼くや情人窓掛をあげて弾く　〃
大酔のあとひとりある冬夜かな　〃
枯原や留守の戸なりし貰ひ水　〃
婢を御してかしこき妻や蕪汁　〃

蛇笏が甲斐に帰省した明治四十二年は文学界のエポック期でもあり、文壇では自然主義文学の全盛期で、田山花袋が「田舎教師」を、永井荷風が「冷笑」を、鷗外が「ヰタ、セクスアリス」

などを発表し、翌年には藤村が「春」を書いた年であった。一方詩壇、歌壇では、木下杢太郎や石井柏亭、北原白秋らが「パンの会」を結成し、杢太郎の「南蛮寺門前」、白秋の「邪宗門」が世に迎えられ、文学を志すだれしもがそのどちらかに鋭く反応し、共鳴もしてゆくような雰囲気が漂っていた。この時期、漱石は「それから」を、翌年には「門」を朝日新聞に連載をしていた。龍之介は、この年十七歳で府立三中に籍を置き、俳句や短歌を創作しながら、自然主義にやや影響されたかのような「日光小品」という写生文を書きあげている。

蛇笏が生まれた明治十八年は、日本近代文学の黎明が具体的な形で展開しはじめた時期でもあり、逍遥の「小説神髄」「当世書生気質」が生み出され、紅葉らが硯友社を結成し『我楽多文庫』が創刊された年であった。文章面においても口語文確立の取り組みが俄に芽生えた時期でもあった。またこの年は、どういうわけか、武者小路実篤、北原白秋、木下杢太郎、若山牧水、土岐哀果、野上弥生子、中里介山、長田秀雄、田村俊子という、後の文壇を担って立つ面々がそろって生まれた年であった。そうした同時代の文学者の中で、ひとり蛇笏のみが文学とは凡そ縁遠い甲斐の山国に隠棲し、二十四歳という最も文学活動を展開するのに大事な時期に、甲州の地で俳句一筋に生きようと決意したことは特異な存在として見ることができよう。

飯田蛇笏がひとたびは文学への途を志し、上京したにもかかわらず、東京生活にいちはやく見切りをつけ甲州に帰省した頃、龍之介は府立第三中学校卒業を間近に控えて校友会雑誌の編集に取り組んでいた。校友会雑誌には龍之介自らも「義仲論」という流麗な文語体で書かれた文章を寄せている。「義仲論」は木曽義仲の実像を究明し、客観的にその生涯を評価したものではなく、義仲という時代を劃した青年武将の姿に、少年の夢を仮託し、義仲の生涯に賛辞を表し、理想化して語ることによって、一切の旧い道徳や習慣から自由になって、自己の欲求に従って生きる野性的、破壊的、革命的な生涯への憧憬を語ったものであり、その後の都会的で繊細な龍之介の人生とは全く異なる情熱が直截に語られたものであった。

楓橋の夜泊に響くきぬた哉　　龍之介
一つ家に灯のともりけり鴨の声　〃
山吹や雨に伏したる芝の上　〃
絵日傘に京の人らし萩の寺　〃
武者一騎小川をわたる枯野かな　〃

この時期、満十七歳に作られた龍之介の俳句を見ても義仲への愛着を俳句にしたものや、修学旅行での奈良や京都への訪問の寸感、小説中の一場面を句に仕立てあげたもの、などを見出すことができる。『ホトトギス』からの影響と見られる写生句も散見できる。同時期の蛇笏の作品と比較してみると、蛇笏の句が自然主義文学の影響を色濃くしているのに対し、龍之介の作品は稚拙であるが様々な詠みぶりを見せている。「わが俳諧修業」ではこの頃のことを、「中学時代

――『獺祭書屋俳話』や『子規随筆』などは読みたれど句作は殆どしたることなし」と記しているが、『ホトトギス』を購入したり、『俳句作法』や『古句新註』など読み漁っている。これは本人の謙遜の辞で実際は相当数の俳句を残している。

飯田蛇笏が『ホトトギス』に投句を始めるのは明治四十年であり、芥川龍之介は大正七年からである。当時の『ホトトギス』は俳号のみの掲載で姓は記さなかった。蛇笏は当時「玄骨」と号し、龍之介は「我鬼」と号した。それ故二人は相知る機会がなかったのである。

花の風山蜂高くわたるかな　玄骨
晒引く人涼しさを言ひ合へり　〃
かりそめに燈篭おくや草の中　〃
戸袋にあたる西日や竹植うる　〃
蚊ばしらや眉のほとりの空あかり　〃

こうした句は『ホトトギス』に掲載された句群で、確かな把握力と確かな表現力を備え、その上にロマンが加わっており、蛇笏が後年立句の名手として知られた意味が良く判る折り目正しい自立した句となっている。だが一方で二十二歳の青年がまことに古くさい、しかも幻術か妖術使いの者であるかのような俳号を用いている。こういう趣味を蛇笏は早くから持っていた。龍之介が幼い時から妖怪譚に興味を持ち、中学時代はそういう類のものを収集する趣味を持っていたことと共通している。

小説とのわかれ

飯田蛇笏は、『ホトトギス』の他にも虚子が選をしていた『国民俳句』にも投句をしたが、龍之介同様虚子が俳壇を去った後、『国民俳句』の選を引き継いだ松根東洋城の選も受けるようになる。その頃のことを蛇笏は「一時代の想出」で次のように述べている。

蠅の閑ばか長い縁を拭きはしる　　蛇笏

これは明治四十一年の作で、標題の誂らえむきに俳壇的に問題になった厄介な句である。今ホトトギスの新年号を見ると、不図洟垂れ児頃の乳母にめぐり逢い声をかけられたような人温を感じた言葉を発見した。虚子翁云いけらく、その時蛇笏は見込みがあるというので俳諧散人へ加えたと。さもありなんである。然う云う処の翁をはじめとして、鳴雪、東洋城、三允、癖三酔等皆よきおじさん達であり、眉目や松浜にしたところで齢まさに少なからぬあにきであったろうほどに、齢弱冠を出て間もなく弊衣破帽に毬栗頭の持主は、豊頬甚だ艶たる虚子夫人が浴衣がけのもろ肌脱ぎに乳房を揺りつつ、ぱさぱさと団扇の風を入れながら湯殿の方から廊下づたいにやってくるのにぱったり出逢ってさえ甚だまごまごとしたほどの乳臭さであったのである。

この回想は蛇笏が郷里に隠棲する以前、『ホトトギス』発行所で催されていた「日盛会」と称した同誌幹部の俳人達の集まりに出た時のことである。蛇笏が本格的に俳句に打ち込むようになるのは、大正元年に虚子が『ホトトギス』に雑詠欄を復活させてからである。子規が提唱したものを虚子がどのように継承したかという点はさておいて、少なくとも弱冠二十歳の蛇笏を抜擢して「俳諧散心日盛会」に加えた明治四十年前後の虚子は、夏目漱石とのつき合いにおいても小説に傾いてもいたし、碧梧桐との確執も意識していたため、虚子は自らの鼓舞と『ホトトギス』に依る民意の引き締めのため「日盛会」を組織するなど俳句にも改めて思いを深く致さねばならなかったのであろう。「夏の盛りに、正午から正確に始まる会へ炎天を衝いて高田の馬場から堀部安兵衛武庸が駛った途を逆に、埃りにまみれになって通ったふてぶてしさは、金輪際脳底を去りがたく今日に及んでゐる。」と書いているところを見ても蛇笏がいかに俳句に没頭するようになっていたかがわかる。蛇笏は俳句に手を染める以前は小説も書いていた。河井酔茗らが発行した『文庫』には、蛇笏が二十歳で書いた小説「ぬれ手紙」が掲載され、「飯田蛇骨」の号がある。蛇笏は当時、「白蛇幻骨」や「白蛇玄骨」という筆名も用いている。こうしたおどろおどろとした筆名を用いているところにも蛇笏の人におもねるところのない、骨太の精神を見ることもできる。或いはそのような傲岸な態度が、後に龍之介をして、「蛇笏という男はいやに傲慢な態度をした男だ」と言わしむるようになるのかも知れないが、蛇笏自身は号の由来については次のように述べている。

抱月、桂月、紅葉、鏡花、秋声、藤村、花袋なんか、花鳥風月からとった雅号は平凡だ。一つ奇抜な号にしてやれと言うので蛇骨としたんだ。甲州の山家に生れた俺には似合った号だろう。また詩の世界は広い。花鳥風月だけが詩の対象ではない。道端にころがった馬の糞にも、濁った溝川にも詩がある。俺はこの方面に心を向けて詩を作りたい。

（有本芳水「早稲田時代の思い出」『雲母』昭和38・第五五〇号）

蛇笏が早稲田に入学した頃は、文壇では自然主義の全盛期で、蛇笏の小説にもそうした趣きは色濃く投影されている。「三十年増の小皺をかくした薄化粧、乱散髪が薄紅の色を帯びた頬へばらついて、濃く一文字の眉、男勝りと来た奴が、瓦斯物の華々とした着物へわざとひつこく黒繻子の襟を掛けたのが、比較的釣りあひがとれて、一瞥可也若いで見える」と「ぬれ手紙」の中で出合った女性への思いが書かれた文は、稚拙と言えばそれまでだが、当時の文壇で、口語体の文章そのものが確立されていない中で、精一杯小説に夢をかける蛇笏の姿を見て取ることはできる。またここには当時文学に志す青年が、己の文学を確立するための精神の彷徨と肉体のさすらいを経て行った経緯を見ることも可能である。岩野泡鳴、啄木らの北海道への放浪。志賀直哉の尾道体験、藤村の小諸時代、漱石のロンドン体験。牧水、賢治らの山野跋渉、白秋の逃避行。これらを見てもそうした放浪体験が作家としての自己確立に、いかにかかわりを持っていたかを窺知することができよう。そういえば、若くして流行作家となってしまった龍之介には、そういう体験がなかった。それ故蛇笏のような強靭さは備わらなかったのだろうし、何よりも実人生の強靭さがあってこそ書くことができる長編小説を生み出す力も備わらなかった。蛇笏が甲斐の山中深く、山廬を構えてそこから一歩も踏み出すことなく天下を睥睨できたのは、東京での生活体験が放浪となり、見切りをつけての帰郷が、蛇笏にとっては一種の挫折となって、蛇笏を俳句作家として自立させることとなっていたからである。蛇笏にとって甲斐の地に戻ることは、「小説とのわかれ」を意味していた。帰郷してからの蛇笏の心の中には、『文庫』に依って試みた詩作と、牧水からの誘いに応えた短歌への誘惑はほとんど消滅し、俳句一筋の道を選んだかのように見えるが、小説への誘惑は大正から昭和期にかけても尚埋火のごとく蛇笏の精神に影を落としていた。甲州の地で小説を断念し、俳句と随筆によって蘇生したと思われる蛇笏も、俳壇に復帰した虚子が小説にこだわったのと同様、小説への思いは捨て切れなかったようである。蛇笏の年譜には、「明治四十二年、一切の学術を捨て、所蔵の書籍全部を売り払ひ、家郷に帰り田園生活に入る。」と記されている。その後蛇笏は上京することはあってもこの年をもって生涯二度とこの地を離れることはなかった。この点に於ても、生涯に何度か転居を余儀無くされた龍之介とは異ってもいた。

龍之介は転居を自ら望んだわけではなかった。東京市京橋区入船町に生まれ、故あって生後七ヶ月で本所小泉町へ引き取られた。その後ここと芝浜松町を行ったり来たりし、その後新宿に仮住いし、鎌倉住いを経た後に田端に移り住んだ。皆故あってのことであった。

小説と俳句の時空間

飯田蛇笏が帰郷するに到った直接的な理由は、「俳諧涅槃」（一九二二）や「中塚一碧楼追憶」（一九四七）などから知り得ることができる。虚子の俳壇引退が蛇笏の心に大きな影を落としていたことが書かれている。「当時、日本文壇の全野は、自然主義文学氾濫の時代ですべてが散文的傾向をとり、詩歌の如きは殆ど見る影もなくなった。明治、大正、昭和の三代を通じておそらく此の時代ほど詩歌がしいたげられ韻文凋落の事実を示したことは他になかったであろう。碧梧桐が世に貽した紀行の著述『三千里』の旅は、この時にあたるものである。彼が提唱した新傾向なるものは全く自然主義文学の影響下になるものである」と、書いているのは蛇笏の「中塚一碧楼追憶」の一文であるが、蛇笏が明治四十年に書いた短編小説「婢」には、学生下宿で下働きをする女性の心理と行動とが自然主義的手法で描かれ、一人の女の変容が適確に描かれている。大正三年には「雁に乳張る酒肆の婢ありけり」という句を作っていることからも蛇笏もまた自然主義の毒杯をあおった一人でもあったことがわかる。

明治三十八年に『ホトトギス』に漱石の「吾輩は猫である」が連載され、翌年「坊っちゃん」が掲載されると、たちまち購読者が二倍三倍とふくれあがった。虚子もこれに数多くの小説を発表した。だが明治四十年に漱石が朝日新聞に専属として入社すると『ホトトギス』は他の作家に原稿料が払えなくなり俳句雑誌として再生しなければならなくなった。それに呼応する形で蛇笏も雑詠に投句を開始すると、虚子は季題と定型を墨守する「守旧派」を大正二年に宣言し、名実共に俳壇に復帰した。虚子がいかに蛇笏を頼りにしていたかも自ずと知れよう。

情婦を訪ふ途次勝ちさるや草相撲　蛇笏
梵妻を恋ふ乞食あり烏瓜　〃
農となって郷国ひろし柿の秋　〃
冬山に僧も狩られし博奕かな　〃
幽冥へおつる音あり灯取虫　〃

これらの句はいずれも大正三年の『ホトトギス』の巻頭や上位にランクされた蛇笏の作品である。こうした句を見ても素材の扱いがいまだ小説的で幾分か生活の臭いが残っているところに蛇笏句の特色がある。勿論この時期に俳人蛇笏を代表する名句も生まれている。

竈火赫っとただ秋風の妻を見る　（大三）
芋の露連山影を正うす　（大三）
山国の虚空日わたる冬至かな　（大四）
雪晴れてわが冬帽の蒼さかな　（大四）
紫陽花に八月の山高からず　（大四）

こうした蛇笏の句を虚子は、大正四年四月号から『ホトトギス』に連載した「進むべき俳句の道」で、作風の著しい特色として「小説的、瞑想的、古典的である」と述べ、その作風のよって来たるところを山国に住んでいることをあげて、「迸しるが如き熱情と活気の横溢とから生まれた多彩な作品」として称讃している。

蛇笏が『ホトトギス』に再投句を始めた頃の大正三年に龍之介は佐々木信綱の『心の花』に短歌作品を寄稿し、他方では小説への習作を実行している。龍之介は、この年の四月十四日に処女小説「老年」を、八月に「青年と死」を脱稿し、同月に随想「大川の水」を、十一月には「ひょっとこ」を書くという旺盛な習作活動を開始している。こうした初期の習作活動は自分を確立する上での重要な位置を占めており、蛇笏が牧水と交わり、河井酔茗に組みし新体詩を書きながら短編小説を綴って、「ぬれ手紙」(明39・1)、「藻の花」(明39・2)、「婢」(明治40・8)などを発表しながら小説や詩を通過して俳句への道を確立して行ったのに極めて似ている。文学上の様々な栄養素を摂取し、その中からひとつを選び取って「我の道」を見出すのが習作の時期であるならば、蛇笏にとって在京の時期がそれに当たっていた。大正元年の龍之介二十歳に於ける習作活動は主として短歌活動にあった。そうして作られた短歌はおおむね書簡内に書き付けられたものであり、稚拙の評価は免れ得ないものでもある。『心の花』に寄稿された二十首からなる連作体の短歌は「紫天鵞絨」「薔薇」「客中恋」「若人」などと題され、その題名からでもわかるように瑞々しい情感の迸りと同時に、白秋や茂吉の模倣を見ることができる。その頃蛇笏は『ホトトギス』で華華しい活躍を開始した。龍之介の作品には同時期の詩や漢詩、俳句も散見できる。大正三年頃の龍之介の俳句には次のような句がある。

銀杏落葉桜落葉や居を移す　龍之介
金柑も枝ながらそよぐ南風　〃
武者窓は簾下して百日紅　〃
白梅や夕雨寒き士族町　〃
秋雨や大極殿の雨の漏　〃

大正文学の一性格をあらわすものとして、佐藤春夫は谷崎潤一郎や菊池寛よりも龍之介を引き合いに出し、「芥川の文学はそれほど偉大とは思はないけれども手ごろな存在であり、あの精巧に俊敏で最新式の感銘を与へる小形な芥川の文学こそ大正文学の性格を具体的に現はしている」と語っているが、これはこれで簡にして要を得た誉言ではあるが自然主義の作家達が、本当に活動して重要な代表作を残すようになるのは実際は大正期なのである。蛇笏の習作期の小説にはそうした自然主義的な影響が随所に見られるが、龍之介の習作作品にはその片鱗すらない。龍之介の文学は私小説への疑いから出発した。大正文学が白樺派の自己小説と自然派の告白小説とから派生し私小説に結実したと見る説もあり、久米正雄のように「散文芸術の本道は私小説である」と言って憚らなかったような主張も生まれたのであった。

龍之介の小説は種や仕掛けを多く用いた拵えものと揶揄する向きもあったが、龍之介は「澄江堂雑記」で、「僕も告白をせぬ訳ではない。僕の小説は多少にもせよ僕の体験の告白である」と述べている。「羅生門」や「鼻」が、芥川自身の恋の破局と家族との軋轢、龍之介自身の生存苦の寂莫が、その哲学とともに告白されていることは多言を弄す必要も無いことである。そうした自己の体験を、虚構によって表現したことに、龍之介の小説手法としての本質があったとすれば、「体験の告白」を象徴という手法によって生み出した、龍之介独自の文学手法として位置づけるのも可能なのである。一方蛇笏は習作期に触れた自然主義文学の影響を後に俳句創作の中に取り込み、「人事写生」「人事俳句」として生かすようになる。「人事写生として人の心の機微を克明に写し出す」「人間生涯、人事百般の機微は無限に用意ある俳人の心眼に映って珠玉を成す」として『ホトトギス』の花鳥風月にとどまらない作品を発表するようになる。

妖怪趣味と鬼趣

大正四年になると蛇笏は『ホトトギス』に大量の作品を発表し旺盛な作句ぶりを示す一方、「二十日前後」という小説を載せている。『ホトトギス』巻頭におかれた小説であるから虚子もそれなりに評価したものであろう。蛇笏の数少ない小説の中にあって極めて構成が意図的で、作品としての価値も高く見積ってよい。都会生活で行き詰った若い男がふと一人の女と出合う。この女も勿論行き場を失った女で、二人は二十日前後の同棲の後身辺を整理して田舎へ行って心中するプロセスと心理を描いている作品である。私小説風に描いて蛇笏の習作の中では格段の出来晴えとなっている。この頃大正四年の九月号の『ホトトギス』に掲載された蛇笏の俳句を眺めてみよう。

妻織れど狂はしき眼や花柘榴　　蛇笏
薫に貞意かげあり石蕗暮るる　　〃
落葉ふんで人道念を全うす　　〃

死病得て爪うつくしき火桶かな　〃
おどけたる尼の操や蛞蝓　〃
白衣きて禰宜にもなるや夏至の柚　〃
閨怨のまなじり幽し野火の月　〃

村上鬼城の巻頭十七句の次に並んだ十四句中の作であるが、虚子は「春風や闘志いだきて丘に立つ」や「霜降れば霜を楯とす法の城」など主観の句を推賞していた頃なので、蛇笏の著るしい句柄が特異性をもって詠まれていることがわかる。「進むべき俳句の道」では、「何の顧慮もなく小説的なかかる着想を俳句界に持ち来ったといふ点に於て、君の功績は没することは出来ない」と述べて賞讃している。蛇笏が発表したこれらの句は龍之介に強い影響を及ぼしている。

大正四年の九月に龍之介は「羅生門」を脱稿する。「或る日の暮れ方」から物語は始まる。羅生門それ自体が歴史的にも数々の霊鬼譚を持ち、そのイメージの上に立って老婆が死体の髪の毛を抜くというおぞましい光景や、蟇のような肉食鳥のような老婆のわずかにまとった薄汚ない着衣を引剝をする下人のむごさとあこぎさを強調した方法は、龍之介が収集した妖怪譚にも由来していたであろうが、とりわけ蛇笏の「死病得て爪美しき火桶かな」の句が、楼上に横たわる、髪の毛を抜かれる若い女の着想にいくばくかの影響を与えたであろうことは想像に難くない。この頃龍之介は屢々院展、二科展、文展、草土社展に足を運び絵画に興味を寄せている。勿論龍之介自身の絵も芸術家として評価も可能な、それは見事な作品を残しているところは周知の事実である。特にこうした絵画に魅せられる中で、岸田劉生と木村荘八に強い関心を示している。劉生は川端茅舎が若い頃に師事した画家であったが、その作に屢々変化種々相を描いたらしく、蛇笏は「岸田劉生と木霊」（昭9・3）という一文を書いている。

劉生の妖怪趣味だが、さきに私が関心させられたと申した変化種々相の中でも、とくに関心をもたせられたのは「木霊」という奴であった。向う山の断崖絶壁の突ツ鼻に、すこし苔蒸したあんばいの山梨か何かの甚だ蕭々たるところの樹木の枝にぶらりとぶら下った一個のわらんべの瓢乎たる河童頭。これこそ画人劉生云ふところのやまびこであるのであった。これが素描たる、駄文字の冗漫な説明の羅列を無用とする。そのほか雪女郎、一つ目小僧、夜遅く風呂桶のなまぬるい湯面を舐める入道もあった。

岸田劉生には愛嬢を描いた「麗子像」があり、一種ミステリアス？な雰囲気をただよわせ、極めて細密リアルに、また時には変形グロテスクに思えるような不思議な世界を描いている。妖怪画を好んで描いた劉生の独自な、「写実を追求して、無形の神秘な幽明境」が構築されている。劉生は少年時代から絵の才を発揮し、二十四歳で早くも草土社を始め「草土社流」という一派を築いた。文章にも長じ静謐明快な立論で劉生画論を展開した。茅舎は虚弱な体ゆえに画家になることは断念したが、一時師事した。劉生から学んだ「写実的な神秘派」という立場は茅舎の構築した俳句世界に生きている。「山彦とゐるわらんべや秋の山」という百合山羽公の句もある。
岸田劉生は俳句も創作して屢々蛇笏のもとに送り『雲母』に掲載されている。

恋猫の口真似すれば答へけり　劉生
夜あそびを叱れば猫の眼をつむる　〃
酔どれの大風船をかつぎゆく　〃
はるさめや枕にあてし義民伝　〃
春潮や渚におきし乳母車　〃

龍之介は大正十一年に「支那の画」という一文を書いている。その中で「鬼趣図」と題して中国の画人、羅両峯と金冬心とをあげた後に劉生について述べている。「古怪な寒山拾得の顔に霊魂の微笑を見たものは、岸田劉生氏だったかと思ふ。もしその霊魂の微笑の蔭に多少の悪戯気を点じたとすれば、それは冬心の化け物である。この水墨の薄明りの中に、或は泣き、或は笑ふ、愛すべき異類異形である」と書いているところからも、龍之介が劉生画に見出した鬼趣は、蛇笏が見て俳句に詠んだものと同じものであったと思われる。大正四年には龍之介と蛇笏とは直接の面識はまだなかったが、『ホトトギス』に発表された蛇笏の句を良く龍之介が印象にとどめ、蛇笏の「死病得て爪うつくしき火桶かな」の句を後に龍之介が剽窃するようになるのも両人の心に「妖怪」などの変化に関心を寄せる「鬼趣」を持ち合わせていたからであろう。

蛇笏は少年の頃に白蛇を見た事に大変印象を深くし、後にそのことに関連した小説を書いている。青年が温泉につかっている所に若い女が入って来る。女の肌から男は女の持っている過去に思いをめぐらすという筋のものであるが、昭和二十四年には直接「蛇」という随筆を書いている。「乳色をした蛇身は地獄絵に見る炎のように真赤な血液の流れを透かし、その炎の分岐するところまで気味悪く明らかに見え、私をして慄然として立ちすくませた。この瞬間の事実を悪童等仲間に告げるでもなく而うして成人後も動物学者の文献によって究明しようとせず何か不快なひっかかりがあるような気持で荏苒歳月を過した」と白蛇目撃を記すように、幼い心によほどの痕跡を残したように描いている。蛇笏もまた龍之介と同じく、幼児よりかなり神経質な性格であったように思われるし、龍之介が河童の絵を好んで書いたように蛇笏に取っては、或いはこうした体験が、俳号「蛇笏」というものに結びついてもいるのであろう。

両雄相知る

龍之介も幼い頃は疳が強く、神経質で大の犬嫌いであった。自裁して果てる二ヶ月前に書かれた「本所両国」は、龍之介が幼少時代をすごした界隈の印象記で、過去への愛惜と追懐の情とに満ちている。置いてけ堀、ばか噺、送り提灯、落葉なき椎、津軽家の太鼓、片葉の葦、消えずの行灯、これら本所に伝わる七不思議を実在した怪奇な現象として描いているところに蛇笏に共通する性癖を見ることができる。

飯田蛇笏と龍之介の二人の間に直接面識があったというようなことは、残された文章を見ても見出すことは困難であるが、大正十三年三月の『雲母』に、龍之介が寄稿した「蛇笏君と僕」によれば、龍之介は漱石晩年の木曜会の席で赤木桁平から蛇笏の名を初めて聞いたと記している。また蛇笏の影響のもとに句を剽窃したとも述べている。また或る句会で合った青年が蛇笏を「いやに傲慢な男です」と言ったことに、蛇笏に頼もしさを感じ、龍之介自身が傲慢に安んじている所からの共感を示し、「悪口を云はれた蛇笏は、悪口を云はれない連中よりも高等に違いないと思った」と記して蛇笏に親しみを見せた文章をつづっている。

痨咳の頬美しや冬帽子　　龍之介
惣嫁指の白きも葱に似たりけり　〃
春雨の中や雪おく甲斐の山　〃
おらが家の花も咲いたる番茶かな　〃

同文に収められた句であるが、龍之介自身も相当に自信をもっていた句でもある。「虚子先生も滔滔と蛇笏に敬意を表してゐた。句もいくつか抜いてあった。僕の蛇笏に対する評價はこの時もネガティブだった。殊に細君のヒステリか何かを材にした句などは好まなかった。かう云ふ事件は句にするよりも、小説にすれば好いのにとも思った」と書いているのは、蛇笏の句が早くから小説的であると評されてもいたが、ここでは龍之介自身の鑑賞眼と審美眼とを通して得た蛇笏俳句への龍之介の批評の言辞が率直に述べられている。龍之介が細君のヒステリーを詠んだ句と評したのは次の句のいずれかであろう。

閨怨のまなじり幽し野火の月　　蛇笏
埋火に妻や花月の情にぶし　　〃
妻激して昬蒼し枇杷の月に立つ　　〃

蛇笏は龍之介のこうした言辞を計算に入れた上で、「一時代の想出」という随想では、「薫《かおりぐさ》に貞意かげあり石蕗暮るる。僕が山中に閉じ篭った後に、ふたたび燃え上った制作慾から斯の文芸形式に情を托するを旨として、いささか乱舞乱撃のかたちにはしった。人をして或は小説的とさえ感ぜしめたことも斯かる作品の存するが為であったろうように思うのである」と記している。蛇笏が龍之介の句について触れた最初のものは、大正八年七月号の『雲母』誌上の「山廬漫筆」という一文である。「現俳壇に於て、私の主張する霊的表現であり、主観的写生として愛誦措く能わざる作品は其の数相当の多きに上るであろうと思うが、わけてもホトトギス雑詠に発表された『鉄条に似て蝶の舌暑さかな』の如きは、其の代表的なものとして挙ぐるに躊躇せぬものである。俳壇知名の士の駄作はしばらく措き、無名の俳人によって力作さるる逸品が選者の鋭い吟味と深い考慮とによって世上に公表さるることは厳粛な尊い文芸界の慶事として他の何事にも企及し難い誇りを示すものである」と書いていることは蛇笏が龍之介の作品であることを知った上で「無名の俳人」としたと考えれば、この文章で知る限り、蛇笏の側の思い入れには相当強いものがある。これを見た芥川が「無名の俳人とは恐れ入った。」と語ったと言うが、これは当時の『ホトトギス』が、俳号のみの掲載で、「我鬼」の号を蛇笏が龍之介と存知しなかったことから起こったエピソードとして伝わっている。この頃蛇笏は「霊的表現」を説いており、この句が蛇笏の言う「霊的表現」に叶うものかの疑問は残るが、両者の俳句世界に通底するものは窺知することができる。霊的表現とはその表現や作品が想の域を超えているものを言うのであろう。蛇笏は大正七年五月号の『ホトトギス』に、「霊的に表現されんとする俳句」という一文を載せている。

創作的態度に於いて各々作家が自然及び社会人生に対して現実そのものをあるがままに見ようとする在来の卑下なさもしい態度ではなく、人間至上の芸術的能力の美を社会人生に体現しようとする潑溂たる勇気あるところの信念と努力をひめて、偉大にして輝きある背景を具備し、かかる信念と情熱と相俟って至上芸術としての詩を俳句として認めることが出来るのである。此処に一新期を画して霊的に表現されんとする俳句は、所詮かくなければならないのであって、彼の粉末に的し、徒らに季題、観念に囚はれ過ぎた一種の手心地をもって拵へ上げんとする軽浮なる俳句は如何に努力するも結局虚しい結果を産むのみであろう。

蛇笏の意とする俳句は、現実をあるがままに写すのではなく、人間にしかできない芸術的美を人生や社会に体現するもので、作者の心や生命が込められ、信念と情熱とが感取されるものでなければならないとするものであった。大正七、八年の蛇笏の句を抽いてみる。

這ひいでて人捕るさまや月の蜘蛛　　蛇笏
明月や耳しひまさる荒瀬越え　　〃
剪りさして毒花に睡る蚊帳かな　　〃
婢もあてて屹度あはれむ炬燵かな　　〃
生き疲れただ寝る犬や夏の月　　〃

これらの句には蛇笏個性の濃厚な表現が目立って見え、気魄に満ちて格調が高く荘厳の趣がある。歌人の塚本邦雄氏は、「流燈や一つにはかにさかのぼる」の句を引いて、「霊魂を招きこれと言問ふやうな妖異の作も亦蛇笏の句に夥しい」と評した上で、泉鏡花や上田秋成に比しているのは、蛇笏の霊的表現を妖味を帯びた表現として解釈していたものであろう。蛇笏は自己の文学のすべては俳句と随筆であると明言しているが、こうした評が成り立つところに、蛇笏の句に若き日に捨てたはずの小説が形を変えて蘇ったとも考えられるのである。蛇笏の句集のなかにあまた散見できる人事句のたたずまいは、その背景に本人しか知り得ない深い闇を介在させて小説と連動していると見ることもできる。

たとへば秋の

飯田蛇笏は龍之介に言及した文章を何篇も残している。「俳人芥川龍之介」「芥川龍之介の俳句」「其の後の虚子、龍之介、二氏の俳句」「河童供養」これらの文題が示すように、こうした文章は直接龍之介について言及したものであって、その他随筆の中でも折りに触れて龍之介の句や人柄について語っている。龍之介は蛇笏については「蛇笏君と僕」の一篇のみであるが、蛇笏はよほど龍之介と心通う面を持っていたのであろう。大正十二年に書かれた「芥川龍之介の俳句」についてでは、龍之介の俳句三十句をあげて詳細な句評をしている。

芥川氏の作にはこの「鉄条」の句のみでなく、恁うした主観的写生に立脚した句が甚だ多くこの句境に於て主として成功を収めて居るのである。嘗て「我鬼氏の座談」として『ホト

トギス』誌上へ掲げられた同氏の意見のうちにも「僕は俳句を作るには三つの態度があると思う」として、

一、一つは物をありのままにうつす純客観の態度で写生というのは大体これに当る。

一、次は自然や周囲が自分に与える印象なり感じなりを捉えて現わすもの。

一、最後は純主観で「天の川の下に天智天王と臣虚子と」のような句がそれである。

と説き「三つのうちでどれがいいかと云うことは一概に云えないけれど、私は中の態度を採る」と断定している。即ちこの態度からして生ずるのが「鉄条に似て蝶の舌暑さかな」なのである。

蛇笏は龍之介がこのように述べるところに従って、龍之介の句を選句し句評を施している。この頃には二人の間には書簡のやり取りが度々になっていた。蛇笏が「鉄条」の句と同系列の句として三十句を掲げている中からいくつか抽いてみたのが次の句である。

裸根も春雨竹の青さかな　　我鬼
癆痎の頬うつくしや冬帽子　〃
夏葱にかそけき土の乾きかな　〃
古草にうす日たゆたふ土筆かな　〃

あらあらし霞の中の山の襞　〃
ひと篭の暑さ照りけり巴旦杏　〃

蛇笏はこうした句をあげて一句ずつ蛇笏なりの解釈を施している。中でも「癆痎の」の芥川の作については、蛇笏自身の句を剽窃した、と芥川が述べているのを意識して、蛇笏は龍之介の小説「鼠小僧次郎吉」を引き合いに出しながら「この作などを透して見ることが出来るよき芸術上の才気というものが矢張り俳句の方へ斯うした『癆痎』の内容のうまみを持ち来たすものであろうと思う」と最大の讃辞を寄せている。またこうした句は珠玉と做すべきもので龍之介の天分を表わすものとも評している。次に純客観句として十一首を抽いている。「鼠小僧次郎吉」は財布をすられた本物の小僧が偽者をおどしたりすかしたりする物語りである。

残雪や小笹にまじる龍之髯　我鬼
水の面ただ桃に流れ木を湖へ押す　〃
星赤し人なき路の麻の丈　〃
炎天に上りて消えぬ箕の埃　〃
野茨にからまる萩の盛りかな　〃

蛇笏はこうした龍之介の句を抽きながら、「余程強く主観を加味したものではないかということも疑えば疑えるが」として、龍之介独自の景情把握を讃えている。中でも「日傘人見る砂文字の異花奇鳥」の句については、客観性を疑いながらも「俳句一方の領域を占むるものとして存置すべき必要を十分に認むるものである」として新鮮さを賞讃しながら龍之介の「才気」をとりたてて論じている。主観句としては次の句を抽いている。

元日や手を洗ひ居る夕心　　我鬼
白南風の夕浪高うなりにけり　〃
薄綿はのばし兼ねたる霜夜かな　〃
蜃気楼見むとや手長人こぞる　〃
青蛙汝もペンキ塗りたてか　〃

龍之介の句には主観の句が少ないことを指摘し、「併し此の大胆なる描写といい、奇抜なる着想といい、そうして之が幼稚でなく滑稽でなく案外上滑りしてゆかぬところに吾人の相当考慮を促されるものがある」として俳人としての高い評価を送っている。この文章は大正十二年の『ホトトギス』に掲載されたものであるから、勿論龍之介存命中のものである。この文章が書かれた前号の『ホトトギス』で虚子が「鉄条の」の句について、「この句について主観の機略というものが面白さだけれども根底に写生があるのでよい」とほめたことを引いて、蛇笏はそれを是としながらも、蛇笏にとっては写生というものよりも、尚その奥に龍之介という鮮明な俳人の、印象深い俳句に畏敬の念を抱いた思いを綴っている。蛇笏にとって「写生」とは虚子の主張になる花鳥風月にとどまらず蛇笏の信念に基づいて個性的に写生を把えていたことがわかる。「霊的表現」や「主観的写生」という言葉は、その後も蛇笏が屢々用いる言葉であり、龍之介が蛇笏に讃仰を惜しまなかったのも蛇笏が「詩」としての俳句を推賞していたからであった。

蛇笏は昭和九年に「俳人芥川龍之介」という一文を書いている。龍之介が自裁して果てた七年後の七回忌に寄せてのことである。蛇笏は龍之介の「芭蕉雑記」に書かれた芭蕉像に龍之介の生き様を重ねて描いて鑑賞している。「実に是れは芭蕉その人を物語るよりも龍之介彼自身を多く物語るものでなければならぬ」と書きながら、芭蕉の俳句作品と龍之介の俳句の類似性に言及している。蛇笏は龍之介が自裁して果てた死に対して「たましひのたとへば秋のほたるかな」という弔悼句を詠んでいる。斎藤茂吉は「壁に来て草かげらふはすがり居り透きとほりたる羽のかなしさ」と歌った。「秋のほたる」も「草かげらふ」も龍之介という繊細な文学者を表現するのにこれ以上の言葉はないと思えるし、龍之介文芸の本質的なものを捉えた作としてこれが双璧をなしているものとも思はれる。蛇笏の端然とした詠みぶりと一句の魅力はそのまま龍之介の魂魄を余すところなく捉えているといえよう。龍之介の死後七七忌の四十九日の法要にあたり、香典返しとして配られた『澄江堂句集』七十七句についての厳選は、小沢碧童によるものとも言われているが、一方こうした蛇笏の龍之介に寄せる敬愛とによって、蛇笏が手を加えたとも言い伝えられているのも、また諾なる哉の感がある。

芭蕉の詩心

飯田蛇笏の作品や文章を読んで、一読明瞭な点は、俳人としての蛇笏がその運命に堪えながらもしきりに「詩」という一語に執しているということである。

わらんべの溺るるばかり初湯かな　（昭六）
秋たつや川瀬にまじる風の音　（同）
くろがねの秋の風鈴鳴りにけり　（昭八）
雪山を匐ひまはりゐる谺かな　（昭十一）
冬の蟇川にはなてば泳ぎけり　（昭十三）

蛇笏の句は自然の風物を心で見て、すべてに生命を込めて詠んでいる。どの句にも生命が宿っており鑑賞するほどに味わい深い句となっている。味わううちに作者の心に触れ、噛み締めるうちに作者の詩心に触れる。これが蛇笏風に言えば霊的に表現された俳句ということになろう。

蛇笏は、昭和十七年から二十一年にかけて相次いで肉親を失うこととなる。昭和十七年には次男と母を病気で失い、十八年には幼児の頃から蛇笏に俳句という道のあることを教えた父を失う。昭和十九年には戦地で長男が亡くなり、二十一年には外蒙古の収容所で三男が世を去る。実に四年間で五人の肉親を失ったのであるが、そうした運命に抗しながらも蛇笏の句は変わらなかったのである。蛇笏にとって「詩」という語は、勿論「文学」という語に置き換えることができるに等しいのであるが、その前提が頑ななまでに強固なのである。「俳人芥川龍之介」の一文でも、「筆者はそうした古典味から類推することよりも、もっと生ま生ましい、人間龍之介を描き得る自信を持つ。彼、元気旺盛なりし頃、龍之介は詩人ではない。と云ふ蔭口をきいた人物があったのを耳にして、彼は直ちに怒って家の子郎党をひきぐしてからその人物の居宅につめよったと云ふ巷間の説があった。善哉河童居士、よし、その挙は空しい嘘説であったにしたところで、寒骨、鶴のごとき痩軀を挺して臆面ない。熾烈なる詩人的たましいの厳存は分明に居士に認めて余りあるものである」と記して、龍之介と芭蕉との接点としての「詩」を主張している。

蛇笏は大正二年に虚子が俳壇に復帰したことから『ホトトギス』への再投句を始めるわけであるが、大正三、四年の二年間に雑詠欄の巻頭を八回獲得した。大正四年には愛知県から発行されていた俳誌『キララ』の主選者となり、六年には同誌の主宰となって誌名を『雲母』と改め、大正十四年には『雲母』の編集発行業務を山梨に移し、以後、昭和年代の戦中から戦後にかけて、いわゆる立句と呼ばれる、格調の高い独自の句風を打ち立てたが、戦中に三人の男子を失った悲傷の感情は、土着の生活で縛られた自然観照とひとつになって、彫りの深い作品を生み出し、象徴の世界の高みに到るようになった。「冬滝のきけば相つぐこだまかな」という句は、昭和十七年の作であるが、肉親を失った哀しみが憂愁を含んだ調べで詠まれていて、蛇笏の探求し続けた透徹した世界がのぞいて見える。また前年の昭和十六年には次男数馬の最後の日々を詠んだ連作「病院と死」七十五句があるが、「夏真昼死は半眼に人を見る」という句には息づまるような親の情を看て取ることもできる。龍之介もまた我子を戦地で失うことになるのだが、龍之介はそうした我子を失った悲しみに触れる前に人生の寂寞苦の中で自裁して果ててしまった。蛇笏の「詩」に於ける文学的なものと言うのは、この数馬の死を詠んだ前書き、「詠むにたへず詠まざらんとしてもまた得ず生涯をただこの詩に賭する身の、之れをわが亡子数馬の霊にささぐ」と書かれた「この詩に賭する身」という一節に明らかにあらわれていよう。蛇笏の目は存外冷ややかに見える。透徹した冷厳な凝視、肉親の死を通して人間の運命を蛇笏は見定めていたのかも知れない。

飯田蛇笏は昭和九年に「河童供養―澄江堂我鬼の霊に」と題して二十五句を『俳句研究』誌上に発表している。その中の十句を抽いてみよう。

河童に梅天の亡龍之介　　蛇笏
ほたる火を喰みてきたる河童子　　〃
河童の手がけてたてり大魚籃　　〃

水神に遅月いでぬ芋畠　〃
河童にながれてはやき夏至の雲　〃
河童の恋路に月の薔薇ちれる　〃
濠の月青バスに乗る河童かな　〃
水虎鳴く卯の花月の夜明けかな　〃
河童子落月つるす夜の秋　〃
河童の供養句つづる立夏かな　〃

初期の蛇笏句に見られる幻妖味がこれらの句に見られるのは、早くに小説に筆を執った作者の気質に負うものか、或いは龍之介の「芭蕉雑記」に鬼趣を見い出した二人に共通する性癖によるものかは定かでないが、蛇笏自身は、「河童忌と称して芥川龍之介を偲ぶに至ったのは、そもそもどうしたことかと云うのであるが、尠くとも私自身は、誰に訊き、誰の真似をして、芥川我鬼とを結んだものでなく、いつからか頭に宿っていたところのものを、躊躇することなく、独断で然う打出したものであることがはっきり言えるのである」と記しているように、蛇笏は龍之介と河童とを結びつけて偲んでいたようである。「夫子みずからの風貌もまた痩軀鶴の如く、夜半躬自らのぎろりとした眼で鏡に面した場合、特異な蓬髪をふりみだした姿は決して別のものを感じさせる筈はない」とも記している。

彫身鏤骨の句を成した我鬼と背筋を伸ばして内に剛気を秘め笏を取って一揖するような、端正な句を詠じた蛇笏に共通するものは、終生変わらぬ芭蕉への敬慕の念であった。龍之介の「鬼趣」は芭蕉の俳句に詠まれた怪談趣味について、浅井了意や西鶴を引き合いに論じたものであるが、蛇笏が師の虚子の先に芭蕉を据えていたように、龍之介もまた死の直前まで芭蕉に生への執着を見、芭蕉を通して自分自身の内なる「詩心」に思いを到しているのは確かであった。

龍之介は大正九年九月二十二日付の小穴隆一宛のはがきに「この頃河童の画をかいてゐたら河童が可愛くなりました故に河童の歌三首作りました君の画の御礼に僕の画をお目にかけ併せて歌を景物とします」と書いて「水虎問答の図」とともに河童を詠んだ歌を三首送っている。

短夜の清き川瀬に河童われは人を愛しとひた泣きにけり
この川の愛し河童は人間をまぐとせしかば殺されにけり
赤らひく肌ふりつゝ河童らはほのぼのとして眠りたるかも

同年一〇月二十七日には下島勲に宛てて「たまたま興を得川童の歌少し作り候」として八首を寄せている。龍之介は幼児より伯母から河童の話しを聞かされて育ち、長じては柳田国男の『山島民譚集』で河童の知識を得ている。そうした河童の絵から小穴隆一は不気味で鬼気迫るものがあり、この絵の中に自決の意志が秘められていると述べている。「娑婆を逃れる河童」の絵は、左方へ長く手を伸ばし、体を水平に折り曲げて進もうとする河童に自画像を描き、必ずしも河童が好きでないのにただ死を暗示する道具として使っている、と小穴は述べている。下島に宛てた短歌は次のようなものである。小穴が言うような意味があるならば小説「河童」にも注意しなければなるまい。

人間の女をこひしかばこの川の河童の子は殺されにけり
いなめの波たつなべに河郎は目蓋冷たくなりにけらしも
岩根まき命終りし河郎のかなしき瞳をおもふにたへめや

こうした歌を見るに「鬼趣」を直ちに感じることはできない。むしろ河童という架空の動物に想像を働かせて生き生きと愛着を持って描いているような気もする。龍之介の忌日を河童忌としているのもこれまた龍之介に寄せる多くの人の愛着を物語るものであろう。

第七章　芥川龍之介と川端茅舎

早熟の才子

芥川龍之介の俳句が『ホトトギス』に初入選するのは大正七年の六月号であった。その後断続的ではあるが大正十二年の六月まで続いている。初出六月号には「裸根も春雨竹の青さかな」「蜃氣樓見むとや手長人こぞる」「暖かや蕊に臘塗る造り花」の三句が見える。おとなしい句柄でそれ程上手な句というものでもない。翌七月号は「干し傘を疊む一々夕蛙」というまるで月並俳句の代表のような句が見える。しかし八月号には、後の俳人芥川我鬼の代表句となる三句が発表された。「鉄条に似て蝶の舌暑さかな」「日傘人見る砂文字の異花奇鳥」「青簾畑の花を幽にす」の三句で、蝶が管状になった口で花の蜜を吸っているのを鋼鉄製のゼンマイに見立てた句柄であるが、警奇抜群の比喩で旧来の俳句の手法にとらわれない才気があふれている。大正八年になると「青蛙おのれもペンキぬりたてか」と「怪しさや夕まぐれ来る菊人形」の二句が雑詠に見える。この頃飯田蛇笏は、我鬼即龍之介であることを知らず、「ずぶの素人からかかる嶄新の句が生まれ出るところに俳句文芸の妙味が存する」という意味の批評をした。これはこれで蛇笏が龍之介を知らなかったということで、句の持っている即興性やルナール風の機智即妙さは充分評価しているわけである。しかし文壇では新進作家芥川龍之介が次々と生み出す作品をイカモノと見る風があった。新技巧派と称される作家が「おのれも」と呼びかけた意識の背後には、「も」という並列を表わす助詞を使用したことで、てかてかと光る、セルロイドの玩具のイカモノ蛙と自分とを並べての思いがあり、自嘲諧謔のにがい心持ちが潜んでいるのかも知れない。

龍之介が大正八年一月に正月用として作った句に、「世の中は箱に入れたり傀儡師」という作がある。一月四日の南部修太郎宛書簡に「これは新年の句　本の広告ぢゃありません」とことわり書きをしたように、その月に第三短編集『傀儡師』は発売になった。人形使いを我が身に置き換え、筆先一本で世相を描き、人情を操る作家もまた「傀儡師」であるならば、この句もまた文壇批評家からあげつらわれている龍之介の自画像であり、蛙の句と同様に自嘲と諧謔とが込められた作品であった。小室善弘氏は「諸家の日ごろの批評に先まわりして、作者みずからこれを掲げて傀儡師に居直ってみた」（『芥川龍之介の詩歌』本阿弥書店、二〇〇〇・八・二五）とも述べている。「羅生門」や「鼻」という作品で文壇に彗星の如く登場した作家芥川龍之介の内面は、こうした俳句作品を通して覗くことができるのである。暢達された機知の才華は、年毎に疲労を増して神経衰弱にさいなまれてゆくようになり、内省的な傾向は自己の分析に辛辣の度を加え、凄絶無類の戯画「河童」や「或阿呆の一生」を書いて生涯を終わる。辞世の句と見做されている「水洟や鼻の先だけ暮れ残る」の句は、自分をも「道化の一生」とした太宰や坂口安吾のファルスと等しく、笑いもまた破れかぶれとすることで自分を主張した作品でもあった。「自嘲」と敢て前書きまでして伯母に託した短冊は、われひと、ともに戯画とした傀儡師のぎりぎりの本音であったのだろう。

茅舎・川端信一の俳句が『ホトトギス』の虚子選に登場するのは大正四年二月であるから、龍之介よりも二年先ということになる。この年龍之介は二十四歳で茅舎とは十歳違い、伝ふるに茅舎は満十四歳半であったと言う。「ふくやかな乳に稲抜く力かな」「冬木立ランプ点して雑貨店」などの句を見るといささか早熟を思わせるものがある。また十四、五歳の少年が『ホトトギス』に登場する例を他には余り見えない。後になって茅舎の近親によってその出生の秘密が明らかにされるのだが、茅舎の出生は実際はこれより三年早い明治三十年八月であったから実際は十八歳であった。川端茅舎は、昭和十六年に四十四歳で亡くなっている。川端信一の名で十九歳頃まで『ホトトギス』に投句していたが、大正六年二十歳を迎えて、「茅舎」の号を用いるようになり、同時にこの年蛇笏が主宰者となった。『雲母』への投句もはじめる。

芥川我鬼が『ホトトギス』に投句を始めた頃とほぼ同時であり、投句という点では同時期、同期生といって良かった。大正十三年の十一月に茅舎は『ホトトギス』の巻頭を占めるが、その作品は巻頭としては昭和五年十一月の作品が数段茅舎らしさを備えている。「白露に阿吽の旭さしにけり」「新涼や白きてのひらあしのうら」「金剛の露ひとつぶや石の上」この句によって茅舎は俳句に開眼し、茅舎浄土を顕現させたのであった。昭和六年十一月に脊椎カリエスに罹患し、没年まで闘病生活に終始しストイックで生涯不邪淫の戒を守ったという。昭和十六年六月に第三句集『白痴』を出版し翌月の七月十七日に永眠した。中村草田男は茅舎の長逝を惜しんで、二ヶ月後の『俳句研究』に次のような文章を書いている。

この「殉教者の眼」でしずかに眺められていることを意識するたびにこの十年に近い間、私はほんとの意味での生きてゆく励みを得ると同時に、茅舎といかに親しみ接している場合でも、私は茅舎がひたすら恐ろしかった。

中村草田男が茅舎を「殉教者」と称したのは、茅舎が少年時代から聖書を愛読していたからだけではない。茅舎の句業に「苦業」や「苦行」を見、草田男自身の精神形成の過程を、苦悩の過去を、この茅舎に投影させていたからである。茅舎は病気のため師事した岸田劉生のもとを離れて画家になることを断念したが、その志を捨てるまで武者小路実篤の「新しき村」に加わり、その後、禅僧島丈道に師事し、大島に渡って草庵で仏道の修業をしている。その後、京都東福寺に滞在しながら仏教用語とその思念にとりつかれた俳句を創作してゆく。茅舎は東福寺正覚庵に止宿して、青春の苦悩をストイックに圧殺してその業苦の生涯から生まれた思いを述べた数々の俳句を発表している。そうした作品は「お寺俳句」と揶揄されながらも茅舎は混迷のなかで苦悩を克服しようとしていった。昭和四年に師と仰いだ岸田劉生の死によって茅舎は完全に画業を断念せざるを得なくなり、茅舎生涯での挫折を味わう。前年に母を失い昭和五年に実妹に死別するという相重なる不幸が、この才子を俳句ひとすじに開眼せしむる転機を作り出したのであった。

露の茅舎

白露に阿吽の旭さしにけり　茅舎
新涼や白きてのひらあしのうら　〃
金剛の露ひとつぶや石の上　〃
一聯の露りんりんと糸芒　〃
露の玉蟻たぢたぢとなりにけり　〃

川端信一はこうした句によって「露の茅舎」として開眼し、濁世と汚辱に満ちたこの世に、茅舎浄土を顕現し得たとして世人のひとしく讃称するところとなった。しかし、青春の遍歴と自己の精神の彷徨の中から得た、この清尚な白露の恩寵も茅舎にとってはつかの間の燦光にしかすぎなかった。そう言えば画家としての号を「俵屋春光」と名乗ってもいる。
　昭和八年九月に茅舎は「百合の花」という一文を書いた。その時々の精神の在り様を述べたもので、「一本の藁にも縋る心で僕は色々な理論へ巡礼した。然し如何なる理論も僕を救って呉れなかった。もう僕は黙って花鳥諷詠の下に単純に謙虚な心で帰依して居よう。花鳥諷詠ばかりが僕を救って呉れる」と書いて、迷える精神の帰結と「花鳥諷詠への殉教」を明言した。茅舎が「色々な理論へ巡礼した」と語っているように、瀧井孝作や飯田蛇笏のように、茅舎にも八方試行の遍歴時代があり、洋画を志したことからも窺知できる近代人としての精神の彷徨もあった。後年虚子をして「花鳥諷詠真骨頂漢」と称させたほどの写生行脚の巡礼はこのようにして続けられるようになるが、そうした彼岸浄土への喝仰は現世の穢土の苦悩があってこそ達成されもしたのである。

肥船や白帆つらねて麦の秋　（大六ホトトギス）
甘酒や土手からのぞく長命寺　（大六藻花集）
庫の中地獄に見ゆる焚火かな　（大三俳諧雑誌）
空の濃さに霞の色もありにけり　（大七俳諧雑誌）
題目を唱へて死ぬるコレラかな　（大六渋柿）
秋風や鏡のごとき妓の心　（大七雲母）

白日に蓮の香渡る広野かな　（昭五十上）

この期の茅舎の作風が様々な句柄を示していることを思えば、これのみで茅舎の精神の遍歴の過程を看ることも可能である。俳号「茅舎」について考えてみれば、それについても茅舎の苦悩があったことも思い到される。「茅屋」と書けば、史記の帝尭の「茅茨剪らず采椽削らず」の故事が思い浮かぶし、去来が洛西嵯峨の地で、柿の落ちる音に俳諧解脱の境を得た「落柿舎」も思いうかぶが、まことに求道者としての深い思いを看て取ることができる。

龍之介の「侏儒の言葉」に「人生は狂人の主催に成ったオリムピック大会に似たものである」とある。晩年に到達した龍之介の感慨であるが、人生をある構想に狂って生きる者からすれば、それは確たる意志を持って切り開いてゆく洋々たる人生に見えてくるであろうが、そうした「人生の計画」を持たない者にとっては、人生は混沌たる把握し難いものに見えてしかるべきであろう。茅舎が茅舎浄土を希求して、玲瓏たる世界を打ち立て、虚子をして「花鳥諷詠真骨頂漢」と言わしめた境地でさえ、茅舎自身にとってみれば、それは安息の境地では決してなく、一種のあきらめに近いものでしかなかった。「露の茅舎」「金剛の茅舎」と称賛され、花鳥風月に殉じた殉教者としての内面の苦悩は、ついに周囲には理解されることがなかったように、龍之介の苦悩もまたこの人以外には知り得ぬ、はかり知れない係累の重みと苦悩を抱えていたのであった。龍之介の自殺を「人生に対する敗北」と定義した批評家があったが、「人生の計画」「人生設計の挫折」であったとは定義し得ないであろう。人としての龍之介は既に二十五歳にして「人生の終末」に到達していたと言えよう。そういう龍之介を友人の宇野浩二は「老成した作家」と呼んだ。文壇にあったその後の十年間の作家としての生涯は、自己の精神の安息への希求と、芸術のより一層の洗練と、自己の内なる魂へのより一層の真摯な浄化への歩みにほかならなかった。「続芭蕉雑記」には「やぶれかぶれの、勇に富んだ不具退転の一本道」をひたすら「一生の道の草」を摘みながら「糞やけになって歩いた詩人」が描かれている。日本の大山師芭蕉を描いたが、返す刀で様々なおもわくを秘めた弟子達に看取られて旅立つ、ペシミストとしての俳人の終焉を「枯野抄」に描いて見せるのである。

自己の実人生への真摯な生き方をも自嘲として眺める冷めた眼を持つ一方で、「糞やけ」の不退転の道を歩んだのは、とりもなおさず龍之介その人であり、芸術への完成に殉じた殉教者と言えるのではなかろうか。

水洟や鼻の先だけ暮れ残る　　龍之介

「鼻」を漱石に激賞されて作家への道を開かれた龍之介が「鼻」の句を残して自裁して果てるのは、何か因縁めいたものを感じるが、「不倶戴天」を「不具退転」と書き記す警句の中にこそ龍之介の決意を看て取ることができる。「鼻」は龍之介の作家としての出世作であり、漱石から激賞された作品である。「巫山戯てゐなくて自然其侭の可笑味がおっとり出てゐる所に上品な趣きがあっておもしろい」と書かれてあった。しかし「鼻」は面白いが決して愉快な小説ではない。禅智内供は傍観者のエゴイズムに犯されて、自尊心の毀損を恢復することができなかった。一度は短かくなった鼻が元の長い鼻に戻ったからといって、一度自尊心を傷つけられた内供がはればれとした心になれるはずがない。それ以来虚しい生に生きねばならない内供のその後の姿が造型されている。傍観者のエゴイズムを描いている龍之介の心の裡には醒めたシニックな眼が働いている。禅智内供の「誰も哂うものはない」と思う錯覚をシニカルな眼で突き、虚しい生を際立たせている。「こうなれば、もう誰も哂ふものはないにちがいない。」という語には自嘲の響きが含まれ、あきらめて生きなければならなかったその後の内供の虚しい生は、龍之介自身の作家として歩んだ十年の歳月を暗示していたのであった。二十五歳で人生の終焉を見た龍之介が、肉体の衰弱と、芸術の完成、係累の桎梏などの業苦を背負いながら歩いた三十六年の苦悩の生涯は、まさに「不倶戴天」ならぬ「不退転」の決意で臨むしか生きる方法がなかったのである。

二人の殉教者

川端茅舎が俳句道への殉教者であったとすれば、芥川龍之介は小説道への殉教者と言うことができよう。

昭和二年、龍之介が自裁して果てる一ヶ月前に書いた「或阿呆の一生」は、死を覚悟して生涯を顧みたもので、死に臨んで告白的手記で書かれている。この作品には久米正雄に宛てた序文がある。「僕は今最も不幸な幸福の中に暮らしてゐる。しかし不思議にも後悔はしてゐない。唯僕の如き悪夫、悪子、悪親を持ったものたちを如何にも気の毒に感じてゐる。ではさやうなら」と述べながら続けて、「どうかこの原稿の中に僕の阿呆さ加減を笑ってくれ給へ」という言葉で結んでいる。「阿呆さ加減を笑って」の自嘲的表現に真実を読みとる自由を読者がもてるように書き記されているが、そこには、一時代の終焉、狂気、神経のふるえが羅列されている。

昭和二年九月に発表された「暗中問答」は死との格闘がまざまざと描かれている。芸術以上の人間の惨ましい記録となっている。闇の中からの或る声は、時に天使であり、悪魔であり、デーモンでもある。僕は自己への悲痛な叱咤激励の言葉を投げかける。「芥川龍之介、芥川龍之介、おまえの根をしっかりとおろせ。お前は風に吹かれている葦だ。空模様は何時か変るかも知れない。唯しっかり踏んばってゐろ。それは、お前自身の為だ。同時に又お前の子供たちの為だ。うぬ惚れるな。同時に卑屈にもなるな。これからお前はやり直すのだ」と答える僕は、時にはヤコブであり、時には詩人となって痛ましい格闘を繰り広げている。ここで僕が言う「選ばれたる少数」とは阿呆と悪人との異名となっている。阿呆は龍之介にとって単なる反語ではない。聡明と理智、学識とデリカシィだけを頼りに生き抜いた一人の文学者による最後の悲鳴でもあったのであろう。「人生は地獄よりも地獄的である」と痛感しながらも、それから遁走することもなく、ひたすら家庭の平和を保ち続けることに心を配り、「人生を幸福にする為には日常の瑣事に苦しまなければならぬ。あらゆる日常瑣事の中に堕地獄の苦痛を感じなければならぬ」（「侏儒の言葉」）と思念し、覚悟してひとり宿命を背負って生き、人生とはそういうもの、と認識したからこそ龍之介は、「水洟」の句に「自嘲」という前書きをつけることもできたのであった。

昭和八年九月の『ホトトギス』に発表された茅舎の「百合の花」には、「晴れ渡ったその強烈な空を眺めて居ると【ダマスクスへ】と書いたストリントベルグが何とはなしに懐しく感じられた。唯でも一生に一度は【ダマスクスへ】を書きたくならないかしら。さもない人達は幸福かもしれないが、屹度幸福ということを大して考へないやうに思へるけど。」と書かれている。

ストリントベルグはスウェーデンが生んだ世界的な文豪であるが、龍之介は高等学校卒業前後からストリントベルグに傾倒し、その思想に深く影響されて、ストリントベルグの「家族」「型」「自殺未遂者」などの作を手本としながら、「西方の人」「手巾」「河童」などを書いて、その思想は龍之介のこれらの作品に深い影を落としている。「ダマスクスへ」は罪深い詩人が、神の摂理にもとづく融和の世界へたどりつくという戯曲であるが、龍之介がストリントベルグを生涯愛読し、自分は彼を見るとまるで近代精神のプリズムを見るやうな心もちがした、と認識して、「西方の人」を書いて聖書に救いを求めたのと同じく、茅舎もまた、精神的苦悩を払拭して融和に至る円面の遍歴を告白してみたい気持ちを持っていたことを物語ってもいる。大正十三年龍之介は「文芸鑑賞講座」の中で茅舎の触れたダマスクスについて、「『伯爵令嬢ユリエ』と比べて御覧なさい。残酷な前者の現実主義は夢幻的な後者の象徴主義と著しい相違を示してゐます。」と言って「ダマスクスへ」に共感を寄せている。

西方の日に飛ぶことよ銀杏の茅　茅舎
窄き門額しろじろと母を恋ひ　〃
皆懺悔鶯団子たひらげて　〃
花杏受胎告知の翅音びび　〃
ニコライの鐘が鳴り出す桜かな　〃

「茅舎浄土」「金剛茅舎」と呼ばれ、仏教や俳諧のこころによって、ひたすら彼岸的浄土の形成をもって、自己の俳句完成を実践していた茅舎の句に、いくつかの異和感を覚える俳句が存在する。「茅舎」という俳号は、茅屋に住むことや、かやぶきのあばらやに住まいすることを言い、清貧を意味したが、茅舎自身は、旧約聖書の『レビ記』の「結茅の節」から取ったと言っている。自分をモーゼに率いられ、ヨルダン川のほとりに川端茅屋を結んでさすらうイスラエルの民になぞらえた命名であるという。しかし茅舎の年譜には洗礼を受けたという記録はない。

ぜんまいののの字ばかりの寂光土　茅舎

朴散華即ちしれぬ行方かな　〃

この世とあの世との交感を描いた寂光土。玲瓏凛然たる作風を自在にし、茅舎浄土といわれる澄徹した詩品を示す作品の中に、平安の地を求めて放浪するイスラエルの民の精神や遍歴者としての片鱗が時々に顔をのぞかせる。俳句入門期の茅舎の自己認識は、仏道に帰依した後も、花鳥諷詠詩の中にストリントベルグが模索した近代的人間像の生きた表現をめざし続け、そうした近代人間像の模索はひそかながら終生続けられていたのであった。

「窄き門」は「狭き門」であり、キリスト教では天国に至る道の険しさを指し、「新約聖書―マタイ伝」の「狭き門より入れ」の言葉によっているが、またアンドレ―ジッドの名作でもある。従弟ジェロームを愛しながら、同じく彼を愛する妹のジュリエットへの思いやりや、現世的恋愛の情熱と、聖書の教える道徳との相剋から、苦悩しつつ病死してゆくアリサの姿を通して、宗教のモラルを求める人間の苦悩を描いている。この「窄き門額しろじろと母を恋ひ」の句は母の死に際しての句である。茅舎が慈母を失ったのは昭和三年で、その後令兄龍子にひきとられて、本門寺裏の青露庵に住むこととなる。近くの大森に住む倉田百三の妹艶子にはげしい恋をするが、それも極めてストイックなもので、茅舎俳句にはみじんも影をとどめてはいない。この恋愛の委細は伝わっていないが、艶子は細面の茅舎の母親に非常に似通っていたといわれている。茅舎のストイック性は、自制的な恋愛となって、母の面影に似通っていた艶子の存在と艶子への恋情そのものさえもわずかにこうした表現となってあらわしているだけである。茅舎の句を管見するに恋の句は見当たらないのである。

病魔との闘い

中村草田男は、茅舎の句の中で好きなものはと問われて、

花杏受胎告知の翅音びび　茅舎

をあげて次のように理解を示し、「事実と意味、具体と象徴とを、独自の気韻と魄力とを以て一分の隙もなく渾然と独自の別世界に再現せしめている」（昭和十五『ホトトギス』十月号）と述べている。受胎告知は聖母マリアに天使長ガブリエルが、精霊によって懐妊したことを告げたことを指し、この日、三月二十五日はキリスト教では受胎告知日として祝節となっている。花から花へと飛ぶ蜂の翅音が、杏の受粉をうながすことを受胎告知と詠んだのであった。

茅舎は昭和六年に脊椎カリエスに罹患して昭和医専に入院する。神田駿河台にあったニコライ堂の鐘は、傷心の茅舎の心をいかに癒したかははかり知れないものがあった。

ニコライの鐘が鳴り出す桜かな　茅舎
西方の日に飛ぶことよ銀杏の茅　茅舎

昭和医専付属病院に入院した茅舎は屢々水原秋桜子の慰問をうけている。「西方の日」は西の方角であり、ローマカトリック教を意味する。川端茅舎がこうした句を作ったのも、茅舎が私立有隣小学校や独逸協会中学校というカソリック系の学校に学んだことばかりではない。洋行帰りの岸田劉生に師事して、西洋近代の画法を学んだからでもない。脊椎カリエスという不治の病いを負い、純真なヒューマニズムに生き、美による救済を願っていたからにほかならない。中村草田男はそうした茅舎について、「茅舎を前にしている間ぢゅう、いつもなんかドストエフスキーの作品中の異常な聖なる人と向かいあっているかのような畏怖をいつも覚えさせられていましたね。茅舎の一生というのは、純血な青年の殉教者みたいなところがある。人を十字架に追い上げるんじゃなくて、自分が十字架に昇らなきゃいけないことも当然知っていましたね」と、昭和四十八年の『万緑』九月号で述べている。草田男の目には茅舎が求道者として、聖者と称え得ることが許される殉教者の面影が見えていたのであろう。

穿き門嘆きの空は花満ちぬ　茅舎
夜もすがら汗の十字架背に描き　〃

どくだみや真昼の闇に白十字　〃
露の空薔薇色の朝来たりけり　〃
夕焼の中に鶯猶も澄み　〃

晩年の芥川龍之介は時代と闘い、病と闘い家と闘い、そして聖書との闘いを続けている。龍之介の最後の作品「歯車」の最終章脱稿の日付は昭和二年四月七日である。自裁して果てるまでに四ヶ月弱の日々がある。死を決意した龍之介は誰にも優しく、誰とも親しく、平和な日々を送ろうとしていた。昭和二年七月十日の日付のある「西方の人」および遺稿となった「続西方の人」は龍之介が心血を注いだ最後の作品となったものである。西方の人とはイエスキリストを指すことは言うを待たない。キリストは地中海の東側パレスチナ地方のガリラヤのナザレという村に生まれた。パプテスマのヨハネから洗礼を受け、のちに制度化したユダヤ教を厳しく批判したため、エレサレムで十字架の刑に処せられ、三日目に甦ったとされている。龍之介の二つのキリスト論「西方の人」「続西方の人」はいかなるモチーフになったものであろう。「西方の人」の冒頭は次のようなものである。

わたしは彼是十年ばかり前に芸術的にクリスト教――殊にカトリック教を愛してゐた。長崎の「日本の聖母の寺」は未だに私の記憶に残ってゐる。かう云ふわたしは北原白秋氏や木下杢太郎氏の播いた種をせっせと拾ってゐた鴉に過ぎない。それから又何年か前にはクリスト教の為に殉じたクリスト教徒たちに或興味を感じてゐた。殉教者の心理はわたしにあらゆる教信者の心理のやうに病的な興味を与へたのである。わたしはやっとこの頃になって、四人の伝記作者のわたしたちに伝えたクリストと云ふ人を愛し出した。クリストは今日のわたしには行路の人のやうに見ることは出来ない。それは或は紅毛人たちは勿論、今日の青年たちには笑はれるであらう。しかし十九世紀の末に生まれたわたしは彼等をもう見るのに飽きた――寧ろ倒すことをためらはない十字架に目を注ぎ出したのである。

龍之介の残した「西方の人」「続西方の人」は、それぞれ三十七、二十二の短章から成っている。この二作は龍之介にとってはキリスト教論では決してない。人間イエスを描こうとしたものである。龍之介の二つのイエス論には、マリア論と聖霊論とがある。キリストの母マリアを「永遠に守らんとするもの」として次のように記している。

マリアは唯の女人だった、が、或夜聖霊に感じて忽ちクリストを生み落とした。我々はあらゆる女人の中に多少のマリアを感じるであらう。同時に又あらゆる男子の中にも―。いや、我々は爐に燃える火や畠の野菜や素焼きの瓶や巌畳に出来た腰かけの中にも多少のマリアを感じるであらう。マリアは「永遠に女性なるもの」ではない。唯「永遠に守らんとするもの」である。

これによれば龍之介はマリアにゲーテが見出したような崇高な魂を見ず、マリアを唯の女人とし、逞ましい農婦の如き存在で、日常の幸福を守る存在と解釈しているのである。ここには世の一般の母親像が描かれており、世の母親の苦労が重ねられている。龍之介のマリアは、龍之介自身記憶に残っていない母のイメージで描かれている。これが茅舎の詠む「母恋」のイメージとも重なって来るのである。「続西方の人」の末尾に、龍之介は「我々はエマヌの旅人たちのやうに、我々の心を燃え上らせるクリストを求めずにはゐられないであらう」との印象深い一文を書きつけている。ここには龍之介の信仰心の告白があり、求道者としての龍之介の姿がある。エジプトを逃れたモーゼとその一行は、現代では数時間で到達できるカナンの地まで辿り着くのに実に四十年の歳月を要した。そこに到達するまでに人は誰でも思考過程に多くの試行錯誤を繰り返す努力の積み重ねがあるのである。

龍之介とキリスト教

大正八年五月、芥川龍之介は菊池寛と長崎旅行に出た。旅行の目的は、切支丹の遺跡を訪ね南蛮趣味に浸ることにあった。既に、「煙草と悪魔」「尾形了斎覚え書」「さまよへる猶太人」「奉教人の死」「邪宗門」「るしへる」「きりしとほろ上人伝」などという、一連の切支丹ものを発表していた龍之介は、長崎の町には並々ならぬ関心をもっていた。

切支丹坂を下り来る寒さかな　龍之介
切支丹坂は急なる寒さ哉　〃
粉壁や芭蕉玉巻く南京寺　〃
日傘さし荷蘭陀こちを向きにけり　〃
花を持ち荷蘭陀こちを向きにけり　〃
唐寺の玉巻芭蕉肥りけり　〃

これらの句は、龍之介が長崎に着いて間もなく、家族や友人に宛てて書かれた葉書に書きつけた作品である。「即景」などと詞書があることから長崎の眼前風物の景を手際よく、五七五にまとめたものである。

理智の作家、知性の作家として知られる芥川龍之介の作品に、内に理性への疑いを秘めた小説がある。遺稿となった「侏儒の言葉」の中にも「理性のわたしに教へたものは畢竟理性の無力だった」と自から書き記している。龍之介の実人生や実生活の苦悩、中でも家族や係累の煩鎖の解決法として、理性は何の効力も与えてくれなかった。同じ遺稿「或る阿呆の一生」では、「いつ死んでも悔いないやうに烈しい生活をするつもりだったが、不相変養父母や伯母に遠慮勝ちな生活をつづけてゐた」と記している。芥川龍之介にとって、日常の場における明暗を克服する方法は二つあった。そのひとつは、したたかな自我人・超人に到る道であり、もうひとつは、場の認識を受け止めることの不能な者への道であった。したたかな自我人・超人は、作中の人物で言えば、木曽義仲や「羅生門」の下人、「芋粥」の利仁などの人物像であり、後者は愚人憧憬とも言える美談否定、英雄否定の力学を有する人物像である。人物像としての愚人は初期のものでは、龍之介の文芸上の優情の対象として、後期のものは、己自身の実現不可能な人物としてかかわってくるようになる。龍之介の愚人憧憬は愚直な人物を描くだけに限らず、それらが強い信仰心と結びついている所に特色がある。

「偸盗」（大正六年四月一日『中央公論』）
「奉教人の死」（大正七年九月一日『三田文学』）
「きりしとほろ上人伝」（大正八年三月一日『新小説』）
「じゅりあの吉助」（大正八年九月一日『新小説』）
「尾生の信」（大正九年一月一日『中央公論』）
「南京の基督」（大正九年七月一日『中央公論』）
「往生絵巻」（大正十年四月一日『国粋』）

「仙人」　（大正十一年四月二日『サンデー毎日』）

ざっと眺めただけでも八篇ほどが目に触れる。これらの作品の主人公の名は、「阿濃」「ろおれんぞ」「れぽろぼす」「吉助」「尾生」「金花」「五位の入道」「権助」という人物である。阿濃は白痴に近い天性ゆえの鮮やかさを持ち、天下無双の強者を求めるれぽろぼすは、悪魔より強いという、えす・きりすとこそ仕えるべき強者と信じる。吉助は、キリストが恋に焦がれ死にしたと信じ、自分の同じ悩みも理解してくれると思い切支丹になり代官所で尋問を受ける。そこで独自の信仰を述べ磔刑に処せられる。金花は、キリストが南京に降り自分の梅毒を癒す奇跡を行なったと信じる。五位は阿弥陀を求めて西へ西へと行き、ついに浜辺で餓死をする。飯炊奉公に出た権助は、狡猾な女に二十年間只働きさせられ、その約束の日に松の木から飛び降りさせられる。不思議に忽然と中空にとどまり、礼を述べて雲の中へ去ってゆくというストーリーであるが、いずれも聖なる愚人の像として描かれている。主人公のほとんどが宗教的位相の内に存在し、龍之介の宗教への憧憬とも重なることに注目することができる。自我を投棄することで、更にしたたかな自我を獲得する宗教人の一つの有様を見ることもできる。無知ゆえの幸福な生き方に龍之介は共感を示すのである。「じゅりあの吉助」の末尾には作者の言として、「日本の殉教者中、最も私の愛してゐる、神聖な愚人の一生である」と書きつけ、愚鈍ながら信仰に殉じた吉助の生涯への熱き共感も示している。春を鬻《ひさ》ぐ少女「敬虔な私窩子」の金花の楊梅瘡は一夜で完治する。「天国にいらっしゃる基督様はきっと私の心もちを汲みとって下さると思ひます」という金花の答えの中に、汚れのない心と深い信仰を読み取ることができる。人間の掟から解放された心と深い信仰を読み取ることができる。人間の宿命と定めから解放された、金花という類いまれな素朴な信仰心を抱いた少女の人物の造型に、龍之介が熟読した『新約聖書』の精神が反映されているのである。龍之介の作品には切支丹趣味から成ったと思われる作品も少なくない。「煙草」「尾形了斎覚え書」「黒衣聖母」などがあるが、これらは信仰の世界とは直接つながりはないが、龍之介の作品の中では南蛮文学と称されるものである。

中村草田男が川端茅舎をどのようにみていたかは『万緑』に掲載された「茅舎を前にしている間じゅう、いつも、なにかドストエフエスキーの作品中の異常な聖なる人と向かいあっているかのような畏怖を、いつも覚えさせられていましたね」という一文で全てを語り尽くしているように、聖者乃至殉教者として茅舎を見ていたことは確かである。草田男はドストエフスキーの作品中の異常な聖人と書きながら名言はしていない。その「聖なる人」とは『罪と罰』や『カラマーゾフの兄弟』の中にみえる悪魔に苦しめられるイヴァンであったかも知れないし、『作家の日記』の中の障害の前に立ち竦《すく》んだルナンであるかも知れない。龍之介が洗礼を受けたことを記した記事を見たことはないが、聖書に救いを求め、精神の遍歴の上で聖書に遭遇し、必死に格闘していたのは事実である。「続西方の人」には、「我々はエマヲの旅人たちのやうに我々の心を燃え上らせるクリストを求めずにはゐられないのであらう」という印象深い一文がある。

茅舎と草田男

雪は霏々黄金の指環差し交す　草田男
聖母高し暖炉の火を裾に　〃
妹ゆ受けし指環の指を手袋に　〃
身の幸や雪や、凍て、星満つ空　〃

昭和十一年二月三日、三十四歳の草田男は福田直子と結婚式をあげた。この時挙式した教会で作られたのが掲出の句である。

直子は草田男に取って永遠の女性というべき存在であった。聖心女学院出身の聡明で健康なバイタリテー溢れる女性で草田男の希望のすべてを満たした。直子は当時新進のピアニストとして嘱望されていたが、一切のことを捨てて家庭人となった。しかし直子の両親が内村鑑三系の無教会派に属するクリスチャンであり、直子自身が女学校在学中に受洗したカトリック信者であった。草田男はニイチェの心酔者であり、言わば無神論者に近かった。結婚に到るまでには様々な難問もあったが、草田男と直子の愛は貫かれて、結局信者と未信者の結婚は認められるが、生まれて来る子供達には必ずカトリックの洗礼を受けさせるという承諾書に草田男はサインをしたのであった。この日以来、ヒューマニスト草田男の精神の遍歴は増々強まることとなった。

川端茅舎と中村草田男が揃って『ホトトギス』同人に推されるのは、昭和九年である。二人の交友の本格的な開始は、昭和七年頃からで、茅舎、草田男というこの先輩、後輩はその実作においては、時を得て見事に雁行して、その稀な才能を同時に発揮していった。草田男は茅舎との親交を通じて、茅舎という人物の中に、彼が曽て出会ったことのない真の求道者を見、さらにそれを殉教者とすら見たのであった。草田男は茅舎の求道的態度を単に茅舎の作品のモチーフや表現に好んで用いられた仏教的な求道的な言辞に限定して受けとったのではなく、それより遙かに幅広い求道、つまりキリスト教的なものをも包含した、スケールの大きい求道者として理解した。そのような意味において、茅舎は草田男の求道の開眼者であった。勿論草田男が直ちに自ら求道に赴いたわけではないが、草田男が茅舎をどのように受け止めていたかは次の文章でわかる。

私にとって「かけがえのなさ」の意味を強調するために、わざと反語的に乱暴な言葉遣いをするとすれば、私にとっては「茅舎の作品などはどうでもよかった」のである。「花鳥諷詠真骨頂漢などはどうでもよかった」のである。もちろん茅舎はすべてをただ胸一つの中に畳込んで、自己の精神の生活の秘境を露わに嘗て一度も説いたことのない人物である。それと、自ら覚り得ない人にとっては、彼の其秘境は無いに等しい。無いに等しい其秘境の真中にあっての殉教者としての彼の姿――純潔のためのあらゆる果敢と犠牲――（中略）この

「殉教者の眼」で、しずかに眺められていることを意識するたびに、この十年にちかい間、私はほんとうの意味での生きてゆく励みを得ると同時に、茅舎といかに親しみ接している場合にでも、私は茅舎がひたすらに恐ろしかったのである。

茅舎がキリスト教、それに仏教と死を賭けた孤絶の闘いをしていることへの思いが述べられているが、茅舎への思いを借りて、草田男自身のニイチェと訣別した遍歴の過程を、ニヒリズムとキリスト教との相剋、乃至、キリスト教と汎神論との相剋とから脱し得ずにいた自らの空しい思いにも取れる発言である。以後草田男はキリスト教に関連した句を生涯に百八十五首ほど残している。しかしその間受洗したという記録はない。草田男は年譜によれば、昭和五十八年、八十二歳で永眠するが、霊名は、ヨハネ・マリア・ビアンネとある。

戸塚文卿著『聖ヴィアンネ』（「中央出版」）によれば、聖人ヨハネ・マリア・ビアンネは、フランスのリヨン市の近くのダルディリーという片田舎に一七八六年に生まれた。幼年時代から故郷の自然をこよなく愛したが、彼は必ずしも優秀な聖職志願者ではなかった。それどころか、神学校ではラテン語の課業が不得意で、なかなか司祭になれず知識きわめて劣等といわれた。先任者のお情けもあり、やっと叙階され、三十歳を過ぎてアルスという貧しい村の小さな教会の司祭となったが、その頃、毎週の朝のミサにその教会を訪れたのは僅か二、三人の村女だけであったという。それから聖職者として悪戦苦闘を経て、絶えず悪魔の攻撃にその身を晒し、それを苦業と祈りで必死に克服しようとした。その試練は実に三十五年も続き、その結果遂に至聖の域に達した。数々の奇蹟が起こり、アルス村はビアンネを慕う何万という人々の巡礼地となった。ビアンネは信仰の高みに達しても決して驕り高ぶるようなことはなく、孤独を願ってしばしば聖堂から脱走を試みたと言う。その時、ビアンネは常々「私はほかの神父にくらべれば村に居る白痴のようなものだ」と言ったという。一八五九年八月四日、ビアンネは七十三歳でこの世を去った。一九二五年の五月、聖霊降臨祭で聖人に列せられた。

龍之介の「きりしとほろ上人伝」は早くに安田保雄氏が、山男「れぷろぼす」の描写に『旧約聖書』の「士師記」の中のサムソンの逸話や「サムエル記」のゴリアテを倒すダビデの話が用いられていることを指摘しているが、関口安義氏は『この人を見よ芥川龍之介』（小沢書店・一九九五・七）の中で、「心の貧しい者は仕合せじゃ。一定天国はその人のものとならうずる」という作中の語を抽いて、これが『新約聖書』「マタイによる福音書」の第五章三節の言葉と一致することを指摘している。ここには龍之介が愛した神聖な愚人につながるひとりを独自の愛着をもって描き、心貧しきひとのへの讃歌ともなり、深い宗教性が示されている。龍之介もまた聖書と必死に取り組み、生きることの意味を問いつづけている。龍之介の「西方の人」「続西方の人」は人間イエスを論じることに終止している。自分を含めた人間ひとりひとりの負うべき宿命をすべて担って十字架につくイエス・キリストに、ことばでは言い尽くせない親近感を述べ、「クリストは今日のわたしには行路の人のやうに見ることは出来ない」とまで述べている。

罪の意識

泉へ落ちで罪人堕涙顎伝ふ　草田男

中村草田男が、「泉」という季語に特別に愛着を持って作句するようになるのは、草田男の内部において罪の意識が高まり、同時併行的に求道への関心が深まってゆくようになる頃からである。草田男ほど自尊心が強く、自律的であった俳人は稀である。しかし草田男も罪の問題では苦悩を隠すことをしなかった。正宗白鳥が死の直前になって再びキリスト教に復帰したとき草田男は安堵をしたという。その頃ようやく草田男も神の肯定へと傾きかかっていたからである。罪の問題に向かって正面から対決を挑み、堂々と乗り切ることができた明治、大正の作家は唯一人も居なかったのである。松本鶴雄氏はその著『神の懲役人―椎名麟三文学と思想』（星雲社、一九九九・五・一五）で椎名が留置所をたらい回しにされ、ニーチェの『この人を見よ』を読んでマルクス主義から転向し、昭和二十五年にキリスト教に入信した経過を論じているが、草田男は息を引き取る直前に入信するのである。

龍之介が晩年聖書に愛着を示したのは、罪の意識と実生活の上から来る神経衰弱と不眠症からの救済のためであった。歌人秀しげ子との誤ちは、何かと龍之介を苦しめ、その都度神経を痛め罪の意識におののかせた。芥川の多くの作品の中で、「神聖な愚人」を描いた作品は、愚直な信じやすい人間の清廉な生き方に同意しながら、無知ゆえの幸福な生き方に共感を示したものであり、自身の生き方の対極に存在するものであった。だからこそ「じゅりあの・吉助」の生涯に、「日本の殉教者中、最も私の愛してゐる、神聖な愚人の一生である」と書きつけたのであった。切支丹禁制下にあっての俗的な恋愛から生じた悲劇であったとしても、初志を貫き十字架の背中で死に至るまで自己の立場に誠実であった吉助の生き方には、龍之介をして目を見張らせるものが確かにあったのである。

川端茅舎別号「遊牧の民」は、昭和十六年に四十四歳でこの世を去るが、その一ヶ月前の六月に第三句集『白痴』を刊行している。

栗の花白痴四十の紺絣　茅舎
また微熱つくつく法師もう黙れ　〃
日天子寒のつくしのかなしさに　〃
約束の寒の土筆を煮て下さい　〃
金柑百顆煮て玲瓏となりにけり　〃

句集の命名となったのは、冒頭に示した作品に依ったものであろう。紺の絣りの着物は川端康成や芥川龍之介らが一高在学当時に着衣して写真に撮ったように、少年や青年が着るものである。茅舎がこの句によって紺絣を素材にしたのは、四十を過ぎた人間が、病患のためとはいえ世間一般の業を持たず無為に人生を過ごす自分を自嘲してのことであった。この句を自嘲の句としてみれば、龍之介の「水洟」の句と同様凄絶な句として見ることができる。茅舎はこれに前して、昭和十四年に第二句集を上梓している。第二句集は『華厳』と命名されている。句集名を仏語に求めたところに茅舎の精神の遍歴を見る思いがする。その後記には、「この未曾有難遭遇の時代に悠々と花鳥諷詠することが、未だ善か悪か自分は知らない。けれども然し只管花鳥諷詠することばかりが自分の死守し信頼するヒューマニティなのである。それ以外の方法を現在自分はしらないのである。虚子先生から頂いた一本の棒のやうな序文は再び自分に少年の日の喜びを与えて呉れる。さうして花鳥諷詠する事も亦一箇の大丈夫の道かといふ少年の日の夢を与へて呉れる。」と書きしるしている。茅舎に取っての少年の日の夢とは画家になることであったが、それも師劉子の死や我身の病弱の故に果たせず、今は唯一俳句を作ることしかなかった。だから敢て茅舎は一箇の大丈夫と自嘲の意を込めて述べなければならなかった。昭和十二年に勃発した日中戦争は昭和十四年には拡大の様相を見せ、俳句作品も戦争俳句がさかんに詠まれるようになっていった。従軍もできず病床に身を伏し、戦争俳句も作らず、只管殉教への道を歩みつづける茅舎にとって、あえて花鳥諷詠に殉じることも亦一箇の大丈夫への道と自分を半ば納得させるひそかな矜持とを秘めた句集であった。川端茅舎の「白痴」がドストエフスキーの同題の小説を意識した命名であるならば、この小説の主人公の青年ムイシュキン公爵と自己とをイメージ重ねしたのかもしれない。「白痴」という語についても中村草田男は、「ドストエフスキーの作品中の異常な聖なる人と向かい合っているかのような畏怖をいつも覚えさせられていましたね」と語るようにムイシュキン公爵を思い描いていたことは事実であった。茅舎に取っては、未曾有遭難の国難の時代にあって、無為でしかあり得ない身を自嘲してみずからこれを名乗ったわけであったが、草田男にとっては、白痴と自称した茅舎だからこそ、それは世間知に対するイロニーとして感じられ、ムイシュキン公爵の美しい人とも重なるのであった。［白痴→大愚→美しい心→聖性］という図式は茅舎の句と人生にもあてはまるし、龍之介にとっても生涯の自己のテーマでもあった。

真直ぐ往けと白痴が指しぬ秋の道　草田男

昭和二十九年に作句したものであるが、草田男の第七句集『美田』に収められている。草田男はこの句の作句の動機を自句自解で次のように述べている。

ある秋の日、ある田舎道をひとりで歩いていた。その途次、村人に自分の行先を告げ、そこへ行く道順を訊ねたところ、偶々村人の傍らに居た一人の白痴が、その指で道を真直ぐに指し示した。その瞬間、一種の啓示を得てこの句が生まれた。

中村草田男のこの句にドストエフスキーの小説『白痴』の主人公ムイシュキン公爵が連想されると指摘したのは山本健吉氏である。ムイシュキン公爵が病癒えて、ペテルブルグに帰り着いて間もなく、ムイシュキンは人々に彼岸的なもの、神の国への願望を話す。そこへ到達するためには、唯真直ぐ往くよりほかなく、真直ぐ往くことを疑ったり、馬鹿にしたり、批判したりする者は、決して願望の地、神の国に辿り着くことはできない。辿りつけるのは大愚のほかにない。しかしその大愚は唯の大愚ではなく大いなる聖性に通じる信仰の背理であることを説いたのであった。白痴の公爵ムイシュキンはキリストに従って、生真面目にその道をまっすぐに行きたいと願った。白痴は「神の愚《おろか》は人よりも智《かしこ》し」によっている。

自嘲の生涯

伴天連《ばてれん》の墓をめぐりて野茨かな　　寅彦

明治三十二年六月の『ホトトギス』に掲載されている寺田寅彦の句であるが、句意は、切支丹宗の人達の墓標、十字の墓地のまわりに、野茨の花が美しく咲いていることよという、極めて平凡な写生句にすぎない。しかし明治六年に「宗門改」「宗門請合」「宗門人別」が廃止されたとはいえ、明治中期の日本、殊に発刊まもない『ホトトギス』にキリスト教に関する句が見えるのは稀である。「伴天連」の語句が当時としてはモダーンの味があったのであろう。明治四十年、与謝野寛、平野万里、太田正雄、北原白秋、吉井勇の『明星』に集う歌人五人が九州を旅した。この時の旅の様子は、『東京二六新聞』にその年の八月七日から九月十日まで掲載された。これは旅の紀行文として「五足の靴」として二十九回にわたり連載されている。特定の署名はなく、五人がリレー式で執筆をした。

一方には長崎、平戸の辺から駸々《しんしん》と外国文明が入って来て、帰来せる漂流者の話、美はしき南蛮国の磁器などは或は此少年の多感なる耳目に詩的憧憬を喚起したかも知ない。女は伽羅の油に髪を結ぶといふ、天竺はた碧眼の美丈夫が皀縵帊《そふまんかん》に似たる衣を着るといふ、入船出船の阿蘭陀の都に此世の幸を求めに行かうか。

（「五足の靴」第十五回「有馬城跡」）

『明星』の歌人達によって「南蛮趣味」が高じてゆくこととなった。中でも太田正雄は「南蛮文化」を宣揚して、明治から大正にかけての文学界にキリシタン文学を招来するきっかけを作った。太田正雄は、「はためき」「長崎ぶり」「桟留島《さんとめじま》」などの詩を発表した。明治四十二年、そうした空気の中で北原白秋は『邪宗門』を刊行した。自らが創造した不可思議国に異国情調を漂わせた。この出版記念会で上田敏は、「日本古来の歌謡の伝統と新様の仏蘭西《フランス》芸術に亘る綜合的詩集である」と評した。西洋の詩歌の領略を歌人達はこのようにして果たして行ったのである。北村透谷、国木田独歩、島崎藤村、有島武郎、小山内薫、武者小路実篤、正宗白鳥、龍之介、太宰治、こうした人々は一度は皆キリスト教にかかわりを持った。それは罪の意識や文芸上の問題からでもあったが、作品にしていく過程で、これらの人々の多くは、等しく日本文学にとってキリスト教はなじみ難いもの、として敬遠してゆくようになる。龍之介は自らの罪の意識から深くかかわるがそれによって救済を得ることはできなかった。

真直ぐ往けと白痴が指しぬ秋の道　草田男

路傍に立った白痴は、その指でまっすぐに道を示すことで草田男に一瞬の啓示を与えた。草田男にとってまっすぐな道は、無論この時はまだ信仰上の啓示ではなく、俳句創作の道、文学の道であったが、後年草田男もまた精神の遍歴の上からキリスト教に近づいた。このことは、宮脇白夜著『中村草田男論』（一九八七みすず書房）に詳述されている。ドストエフスキーは、この「白痴」について「現代のキリストを描きたかった」と書簡で述べているが、まさに芥川龍之介が晩年に追求したテーマに他ならないではないか。「聖なる愚人」の像は龍之介が生涯求めた題材であり、自らも願った生存への道でもあった。「理智の愚かさ」を知った作家の終焉間際のあがきであったかも知れないが、遂に龍之介は大愚に徹することはできなかったのである。

「聖なる愚人」は聖書「コリント人への第一の手紙第一章」「まっすぐ往く」は「イザヤ書第四十一章」に依っているというが、草田男がそれを意識していたかは判らない。草田男のこの句は、一方において茅舎の句集『白痴』が意識下にあり、まさしく俳道を「まっすぐ往った」求道者茅舎の行為を、彼岸を求めての精神遍歴の足跡とみなし、茅舎を「大愚の俳人」として畏敬したからに他ならない。草田男にとって禁欲と求道に生きる川端茅舎は、癲癇と精神障害の病を持ちながら、純真な博愛に生きる美しい人ムイシュキン公爵に見えたのであろう。

ウォルター・カイザーの『愚者の知恵』には、「愚者は純粋無垢の存在なので神の霊が一番容易にその中に入りやすい。人間は知恵への誤れる矜持を棄てるなら、唯一真正の知たるキリストの知恵を受け容れるこの上ない器となるであろう」という言辞が見える。『マタイによる福音書』はイエスが処刑されるまでを二十七章に描き全体で二十八章である。茅舎も自己の句集を命名するに『白痴』と名付け二十八章を設けた。それは聖なる愚人たらんとして茅舎もまた自己の救済を願ったからかも知れない。或いは茅舎の家職が芸者の置屋という自らの出自に対する罪の意識がそうさせたのかも知れない。茅舎の身辺近くにあった草田男の意識について、宮脇氏は、「草田男ほど自尊心が強く、自律的であり本物志向の文学者は稀であったと判定してもあながち偏見とは言えないであろう。彼にも罪の意識があった。罪の意識は、それが近代詩人たろうとする彼が、しかもいかなるごまかしをも嫌う彼が、避けて通ることの出来なかった岩礁である」と述べる。ニヒリズムの相剋から罪の意識を強め、求道の生活と神への回神に意を傾けることを生涯の課題としたひとりでもあった。龍之介より五歳年少の茅舎の後半生も病魔との闘いの生涯であった。

龍之介は『侏儒の言葉』で、「罰せられぬことほど苦しい罰はない」と記している。死の予告とも言える「歯車」の中で『罪と罰』を読みながら製本屋の綴じ違えで『カラマゾフの兄弟』の悪魔に苦しめられるイヴァンを描いた一節を偶然読まされるところは、龍之介とドストエフスキーとのぬきさしならぬつながりを感じさせるように、「罪と罰」の意識は、龍之介の出生から自殺にいたる生の実相にかかわる生涯の問題であった。昭和二年に龍之介は自裁して果てるが、再び生を得て自らの生涯を「自嘲」の句に託した者の目から、自らの生涯を自嘲を込めてまとめた句集を読んだとしたならばいかなる思いを持ったであろう。龍之介と茅舎という二人の作家は、自らの生涯を「自嘲すべき生涯」と認識した稀代の俳人達であった。

死後の作品

作家の死後に作品が発表されるという例は滅多にない。芥川龍之介の死は、余りにも劇的であったため、死後に何篇かの作品が発表になった。そのひとつに「闇中問答」がある。死後ほぼ一か月を経過した、昭和二年九月一日の『文芸春秋』に掲載された遺稿である。同誌の菊池寛による「編輯後記」に、この作品の書かれた時期は「昨年若しくは今年初めのものだらう」とあり、「彼の死を頭に入れて読むと、拡されたる遺書と云ふべき、大切な文献であらう。」と記されている。後にこの作品は『西方の人』(岩波書店、昭四・十二・二〇)に収録されるが、佐藤春夫はその跋文で「死を前にした芥川の必死の努力によって生命をその中に注入しやうとしてゐる作品」のひとつであると評している。

激動し揺れ動く時代の渦中にあった龍之介は健康の衰えに悩まされながらも、生涯の決算を自己告白という形でなそうとしていた。自己の罪の意識はこれまでも「河童」や「歯車」などに語られているが、「闇中問答」はそれらよりも尚厳しいまでの自己告白と自己裁断の作品でもあった。「闇中問答」は或る声と僕の問答とから成り立っている。竹内真氏は「芥川の死との格闘がまざまざと描かれている。それは芸術以上の人間の惨ましき記録である」と評しているように、問答形式を取りながら龍之介の告白が描かれている。闇の中の或る声は、時に世間の代表として、時に世間を超越した存在として僕を糾弾する。風流を愛し、また一人の女を愛した僕の矛盾や、「近代文芸読本の印税」のこと、「恋愛の為に父母妻子を抛ったこと」、「僕の不徹底」などを糾弾し、法律上の罪人として僕を責める。

僕は「四分の一は僕の遺伝、四分の一は僕の境遇、四分の一は僕の偶然、——僕の責任は四分の一だけだ」と答えている。或る声は「兎に角お前は苦しんでゐる。それだけは認めてやっても善い」と僕の苦しみを認めつつも「勝手に苦しむが善い」と突き離し、「俺は世界の夜明けにヤコブと力を争った天使だ」と名乗り「一」の章は終わっている。「二」の章での或る声はうって変わって今度は僕を慰める立場に立つ。或る声は同情を帯びた声で「お前は勇気を持っている。

お前のしたことは人間らしさを具えている。お前は良心のない人間ではない」といい、更に「お前は正直だ。詩人であり芸術家だから何事も許されている」と僕を肯定しながらも、お前は人生の十字架にかかっているとまで言い放つ。その或る声に、僕はことごとく異を唱え、自分は或る声の言うような人間ではないと言うと、或る声は「人生はそんなに暗いものではない」と僕に同情するので、僕は「人生は選ばれたる少数を除けば、誰にも暗いのはわかっているし、しかも又選ばれたる少数とは阿呆と悪人との異名なのだ」と答えてついに或る声をして「では勝手に苦しんでいろ。」と言わしめてしまう。僕はそれに対して「お前は犬だ。昔あのファウストの部屋へ犬になってはひって行った悪魔だ」と言い放ち「三」の章は終わっている。

「三」の章になると或る声と僕とは対等に問答をかわす。僕が「人生に微笑を送る為に第一には吊り合ひの取れた性格」が必要だというと、或る声は「お前も亦俺の子供だった」と言い、僕はその時或る声についてその正体を悟る。つまり或る声とは「僕の平和を奪ったもの」「僕のエピキュリアニズムを破ったもの」であり、それはすなわち、「僕らを超えた力」「僕らを支配するデーモン」なのであった。そのデーモンとは「僕がペンを持つ時に俘になる」あのデーモンで、そのデーモンと格闘の末に疲れた僕は、最後に自己への悲痛な叱咤激励の言葉を投げかけるのであった。或る声は「僕の平和を奪ったもの」であり、「昔支那の聖人の教へた中庸の精神を失はせる」ものであったので、最後に或る声は再び僕に対して、「芥川龍之介！芥川龍之介、お前の根をしっかりおろせ」という前章で述べた自己叱咤の声となる。

この対話形式による小説「闇中問答」は芥川晩年の心情を吐露して余りあるものとなっている。闇の中より呼び掛ける「或る声」は時には「天使」であり「悪魔」であり「デーモン」であり「詩魔」でもある。それに対して気魄で対峙する僕は、「ヤコブ」「詩人」「芸術家」「群小作家」「芥川龍之介」であって、この両者の葛藤は情事に躓き、滅びへの恐怖を抱きつつ、尚夜明を待ち望んで踏んばろうとする作家の傷ましさ切実さにあふれている作品である。

龍之介は、昭和十六年に四十四歳でこの世を去る川端茅舎とは一面識もなかったであろうが、『ホトトギス』誌上における大正四年から昭和二年までの十二年間に渡る茅舎の作品は当然目にしていたはずである。龍之介はましてや茅舎が死の一か月前に『白痴』という句集を出すことなど泉下の芥川にはわかろうはずもない。しかし茅舎も草田男も龍之介もドストエフスキーの異常な聖人と向き合っていたことは奇しき因縁と言えよう。

「闇中問答」の或る声と僕の対話は、悪魔との対話で、ドストエフスキーの「カラマーゾフの兄弟」の第四部・第十一篇の九、「悪魔。イワンの悪魔」による悪魔とイワンとの対話を想起させずにはおかない、と国松夏紀氏は述べ、最後の僕の独白を「カラマーゾフの兄弟」の最終部分の「カラマーゾフ万歳」の声とも重なり合う、と指摘している。

龍之介の最後の願いであった、死との格闘を経た後の安らぎは、ドストエフスキーの「白痴」の公爵ムイシュキンを望んだものであったのか、或いは「カラマーゾフの兄弟」の闘いに勝ったイワンの勝利の声を望んだものかは、今となっては知り得べくもないが、「闇中問答」には、まぎれもなく龍之介晩年の心情が吐き出されていることは確かである。龍之介はこの一篇を懺悔の意味を込めて描いている。人生とは何か、自分とは何者か、自分の罪とは何なのか、を厳しく問いかけている。人間存在の問いを発する芥川の姿がここに描かれているのである。

芥川龍之介はこれまで紹介した作家達と親しく交わった。龍之介は唯れにも優しく如才なかった。小島政二郎は初めて会った龍之介の印象を「話題は豊富だし、座談は旨いし、私はつい誘ひ込まれて、初対面の窮屈さなんかすぐ忘れて、腰を落ち着けて話し込んでしまった。」と初対面の印象のすばらしさを述べた後に、「その間にも、跡から跡から来客があって忽ち書斎が一杯になってしまった。主人は誰に向っても萬遍なく話題を持ってゐた。時には、機智を交へて議論を上下した。聞いてゐて、私は主人の博識に舌を巻いた。」と書いているように、龍之介は雑談においても縦横な機智を発揮している。そういう機智や頓智から生まれる龍之介の俳句が川柳味を帯びているものも、当然と言えば当然であろうが、日頃龍之介は私達の知る苦悩に満ちた作家とは別の一面をもっていたことがわかる。機智やユーモアに富み、如才なく、シニカルに、用心深く、愛情を込めて人に対しているのである。だから川柳の中に「社会的苦悶」を見出しているのである。そうした芥川の人に知られぬ一面を示した文章がある。大正十三年六月一日発行の『中央公論』に発表された小文である。

桜　　さっぱりした雨上りです。尤も花は赤いなりについてゐますが。

椎　わたしもそろそろ芽をほごしませう。このちょいと鼠がかった芽をね。
竹　わたしは未だに黄疸ですよ。……
芭蕉　おっと、この緑のランプの火屋《ほや》を風に吹き折られる所だった。
梅　何だか寒気がすると思ったら、もう毛虫がたかってゐるんだよ。
八ツ手　痒いなあ、この茶色の産毛のあるうちは。
百日紅　何、まだ早うござんさあね。わたしなどは御覧の通り枯枝ばかりさ。
霧島躑躅　常――常談云っちゃいけない。わたしなどはあんまり忙しいもんだから、今年だけはつい何時にもない薄紫に咲いてしまった。
覇王樹　どうでも勝手にするが好いや。おれの知ったことぢゃなし。
石榴《ざくろ》　ちょいと枝一面に蚤のたかったやうでせう。
苔　起きないこと？
石　うんもう少し。
楓　「若楓茶色になるも一盛り」――ほんとうにひと盛りですね。もう今は世間並みに唯水々しい鶸色です。おや、障子に灯がともりました。

この文章は「新緑の庭」と題されている。売文糊口の息詰まるような、切羽詰まった作家生活から、一時手を休め、しばらく新緑の庭に目を向けている龍之介の姿が思い浮かぶような名文・

機智である。こうした遊びやゆったりとした時間があれば龍之介も死なずにすんだのであろうが、当時は原稿は買取りであった。「一枚三十銭の稿料」という一文には、「大学在中、短編小説「虱」を売り、一枚三十銭の原稿料を得たり、大正五年の春なりしと覚ゆ」と書かれているように、龍之介の苦悩の作家生活の出発点であった。

あとがき

今年は芥川龍之介が亡なってから七十三年が経った。私は二十世紀という豊かな文明社会に生を得、飽食と物余りの時代を授かった。これから迎える二十一世紀は、龍之介が亡なった昭和という元号と西暦との呼称の違いこそあれ、不安材料は山積されている。龍之介が時代の苦悩を抱いて生きた世相によく似ている。「将来に対するぼんやりとした不安」という龍之介が残した言葉は、龍之介の自殺の動機としてだけではなく、当時の人々が皆ひとしく抱いていた、新しい時代の幕開けへの不安も代弁していたともいわれている。

どんな時代にも、どんな主義主張の体制下でも、「人間の生きる娑婆苦」は存在する。そうした時代の娑婆苦を市井の人々は、俳句や川柳という極小文芸に託して洒落のめし、諷刺や哀感を込めて軽妙に詠み、したたかに、或いは真摯に生き抜いた。

芥川龍之介と時代を共にした作家達が、十九世紀の外国文学の教養を身に備えて、二十世紀という時代とどう関わって生きたか、という点で大いに興味をそそられた。龍之介の近くにいた七人の作家の生き方と作品を通して龍之介の人生を把え直してみたかった。対象とした作家は俳句もひとしなみすぐれた作品を残した。詠まれた俳句には人生そのものが、そのひとの心の内が、真率に語られている。各々の人生そのものを眺めれば、いずれも作家として名声を博した人達であったが、この世に先立ち先送れした人々である。「人生とは何なのか」「幸福とは何なのか」をあらためて思い知らされた。二十世紀も残り僅かである。ここにあげた七人の作家は二十一世紀に忘れられてしまうかも知れないが、龍之介の抱いた「時代の不安」はいつの世にも存在する。いささかでも龍之介の人生に迫り、小説家と俳人の生き様を浮き彫りに出来ているか不安ではあるが、ご批正をいただければ幸いである。

拙文が日の目を見ることができたのも、鼎書房・加曽利達孝氏のご恩にあずかれたからである。記して感謝の意を表したい。

平成十二年十一月十日

中田雅敏